Einaudi. Stile Libero Big

Dello stesso autore nel catalogo Einaudi

Serie del commissario Ricciardi

Il senso del dolore
La condanna del sangue
Il posto di ognuno
Il giorno dei morti
Per mano mia
Vipera
In fondo al tuo cuore
Anime di vetro
Serenata senza nome
Rondini d'inverno
Il purgatorio dell'angelo
Il pianto dell'alba

Serie dei Bastardi di Pizzofalcone

Il metodo del Coccodrillo
I Bastardi di Pizzofalcone
Buio
Gelo
Cuccioli
Pane
Souvenir
Vuoto
Nozze
Fiori
Angeli

Serie di Mina Settembre

Troppo freddo per Settembre
Una Sirena a Settembre

Racconti

Vita quotidiana dei Bastardi di Pizzofalcone
Giochi criminali (con G. De Cataldo, D. De Silva e C. Lucarelli)
Tre passi per un delitto (con C. Cassar Scalia e G. De Cataldo)

Maurizio de Giovanni
Caminito
Un aprile del commissario Ricciardi

Einaudi

Pubblicato in accordo con The Italian Literary Agency, Milano

www.einaudi.it

ISBN 978-88-06-25423-0

Caminito

Caminito que el tiempo ha borrado
que juntos un día nos viste pasar
he venido por última vez
he venido a contarte mi mal.

[Stradina che il tempo ha cancellato
che un giorno ci hai visti passare assieme
sono venuto per l'ultima volta
sono venuto a raccontarti la mia pena].

GABINO CORIA PEÑALOZA, *Caminito*, 1926.

I.

Dall'altra parte del mondo c'era un caffè.

Ci si arrivava in tram, uno di quelli verdi della Línea Lacroze, e in effetti la carrozza sferragliante avrebbe potuto lasciare la donna a pochi metri dall'ingresso; eppure a lei piaceva percorrere l'ultimo tratto a piedi, ascoltando il rumore dei tacchi sul granito, il ritmo del proprio passo ad accompagnare i tanti pensieri in conflitto.

Preferiva camminare, anche quando l'aria era fredda e umida di pioggia come in quello strano, assurdo aprile dell'altra parte del mondo, il quale tutto era tranne che primavera, il quale tutto era tranne che speranza. Un aprile che era gemello dell'ottobre del suo lato del mondo, e nemmeno assomigliava a quello della città in cui aveva vissuto fino a cinque anni prima.

Cinque anni, disse fra sé. Cinque anni. E ancora sento gli odori, ancora percepisco i suoni e le musiche, ancora rammento le parole di quelle canzoni.

Scacciò i ricordi, soffocandoli sul nascere. Ormai sapeva come impedire l'avvitamento nelle emozioni. Troppe notti aveva trascorso convinta di affogare nelle lacrime, all'inizio, subito dopo essere sbarcata dall'immenso transatlantico seguita dalle occhiate sognanti di ufficiali e passeggeri. Troppo dolore si era portata nei bauli e nelle valigie, insieme ad abiti che non avrebbe piú indossato e a memorie da cancellare.

Erano state settimane, e poi erano stati mesi. Passati a chiedersi se avesse fatto bene a cedere all'impulso di partire, a voltare le spalle a ciò che aveva sperato di conquistare. A dichiarare la propria sconfitta.

Alzò lo sguardo, trattenendo il cappellino con la mano guantata per non vederlo volar via nel vento. Le facciate dei palazzi che fiancheggiavano la grande strada facevano il verso all'Europa dalla quale provenivano gli architetti, un po' di Roma, un po' di Madrid, un po' di Parigi; ma c'era sempre qualcosa di falso, di recente, di ricostruito. Si domandò come fossero le città dell'interno, sorte o in procinto di sorgere sui villaggi dei nativi.

Ripensò a sé, a com'era stata. Alle domestiche, all'autista. Alla bella berlina scura che nell'altra esistenza la scarrozzava secondo i suoi capricci. Avrebbe potuto continuarla, quell'esistenza, utilizzando i soldi del defunto marito, vendendone le proprietà per finanziare un rutilante ingresso nell'alta società del luogo. Avrebbe potuto ricorrere al fascino e alla bellezza, alla classe e all'eleganza per irretire uno di quegli industriali o latifondisti arricchitisi sfruttando risorse e immigrati. Avrebbe potuto puntare a un matrimonio dorato, a un facile benessere, al mantenimento di uno stile di vita simile al precedente.

Ma questo avrebbe comportato di nuovo un compagno di letto che non desiderava; di nuovo indossare un sorriso falso ogni mattina; di nuovo diventare oggetto di maldicenze e invidie; di nuovo dover dipendere da un uomo.

Soprattutto, avrebbe corso il rischio che il proprio nome, il proprio vero nome, giungesse alle orecchie sbagliate. Non poteva sapere – e nemmeno voleva – se in certi ambienti resistessero i sospetti, il malanimo che aveva avvertito negli ultimi tempi della permanenza in Italia. Era cosciente di cosa fossero capaci quegli individui. L'aveva visto.

Rabbrividí. Si lanciò un'occhiata alle spalle, d'istinto. Cinque anni non erano stati sufficienti a toglierle di dosso la paura di essere brutalmente uccisa, di essere fatta sparire, di essere rapita e magari torturata. Era stato quello il motivo principale per cui se n'era andata, per cui aveva scelto di vivere da sola; quello che l'aveva portata via senza lasciare tracce, cambiando frequentazioni oltre che identità.

L'uomo sordido che le aveva falsificato i documenti le aveva chiesto come avrebbe voluto chiamarsi. Ricordava il pomeriggio nel quale l'aveva incontrato, ventoso come in quel momento nell'altra parte del mondo. Laura, aveva risposto lei considerando le iniziali ricamate sui fazzoletti. Laura Lobianco. Un nome che allora le era parso gradevole, ma che adesso le suonava come un ironico evocare la sua dannazione.

Era bella. Di una bellezza animale, felina, che sopravviveva ostinata alla nostalgia, alla ricerca dell'anonimato, al dolore; e all'avanzare dell'età.

La bellezza era il bagaglio del passato, ma non era l'unico. L'altro era stato ben piú utile, ed era diventato il modo per tirare avanti e conquistare l'agognata indipendenza. Ciò che aveva amato fin da bambina, di cui non avrebbe mai fatto a meno.

La voce. Il canto.

Aveva scoperto presto che nella città dall'altra parte del mondo erano in tanti a conservare un legame di cuore e di amore con la terra di provenienza, che era la sua stessa terra. Che appena sentivano le note delle canzoni o delle arie d'opera che rievocavano quella realtà fisicamente lontana ma mai davvero abbandonata gli occhi si riempivano di lacrime e di nostalgia, come quando si riceveva una cartolina da un luogo caro e indimenticato.

Alla neonata Laura, però, il successo facile non bastava; e del resto, il timore che la sua voce potesse essere collegata a un'altra che aveva ottenuto in patria una discreta notorietà le pareva fondato. Cosí aveva preso ad avvicinarsi con sempre maggiore interesse alla musica del luogo, che perdipiú era stupenda e le piaceva moltissimo.

L'ostacolo era costituito dal fatto che il tango era di rado cantato da donne. Le *milongas* dove si andava a danzare avevano piú di un'orchestra ma un solo cantante che nemmeno eseguiva tutti i pezzi, lasciando agli strumenti la gran parte delle esecuzioni.

Tuttavia, non era da Laura rinunciare. Le complicazioni la stimolavano, almeno dal punto di vista professionale. Perciò aveva cercato e trovato un caffè, nella zona aristocratica della città, aperto alle novità e al cambiamento.

Ed era proprio lí che stava andando, in quella tarda mattina piovosa di un aprile autunnale; il suo quinto inverno dall'altra parte del mondo si approssimava, e il pubblico sarebbe accorso incuriosito dall'enigmatica artista italiana che osava interpretare il tango.

Spinse la porta a vetri. Fu investita dall'aria calda e fumosa, odorosa di pasticceria e cioccolata, risonante di stoviglie e di posate e di voci troppo alte e troppo gioiose. Scambiò un cenno di saluto con il cassiere e le cameriere, affidò il soprabito alla guardarobiera fingendo di non aver udito il fischio di apprezzamento giunto da un tavolino occupato da quattro studenti, infine entrò nella sala ancora chiusa dove si sarebbe esibita quella sera.

Adattò gli occhi alla penombra. In fondo, al pianoforte, era seduto un uomo grasso con le maniche della camicia rivoltate sui robusti avambracci. A poca distanza, appoggiato su una sedia, c'era un *bandoneón*, il fedele strumento col quale l'avrebbe accompagnata; ma per le prove usava sempre il piano, poiché sostituiva l'intera orchestra che sarebbe arrivata piú tardi.

La melodia era dolce e dolente, forse quella della canzone su cui Laura non si era ancora cimentata.

L'uomo toccò con una mano la tesa del cappello che teneva in bilico sulla sommità della testa, spostato verso la nuca. Il colletto era sbottonato, la larga cravatta rosso scuro allentata. Le bretelle grigie si tendevano sul ventre prominente. Sul pianoforte c'erano una bottiglia e un bicchiere, entrambi semivuoti, e un posacenere traboccante di cicche.

– Ah, mia *señora*, sei in anticipo. Sono fiero di te.

Laura lo raggiunse ancheggiando.

– Lo sai che non vedo l'ora di starti vicino, Diego *querido*. Ogni minuto senza la tua musica dura un giorno intero.

L'uomo fece una smorfia.

– Se mi piacessero le donne, ti donerei l'amore piú bollente della tua breve vita. Purtroppo, o per fortuna, le cose stanno diversamente e posso lasciarti ai molteplici ammiratori che stasera riempiranno questo girone infernale. Soprattutto dopo che avranno ascoltato la canzone che proviamo adesso, che non è stata mai cantata da una donna.

Lei sedette e accese una sigaretta.

– E che ne sai tu, Diego? Magari in passato centinaia di donne l'hanno cantata, lontano dalle tue raffinate orecchie.

– No, credimi. Mai. E nemmeno tu la canteresti, se non avessi sentito quello che ho sentito nella tua voce.

– Davvero? E che cosa hai sentito? Spiegami...

Diego bevve un lungo sorso, svuotando il bicchiere. Poi disse, serio:

– L'autore del testo, Gabino Coria Peñaloza, è un mio carissimo amico. Conosco il sentimento che gli ha fatto scrivere quei versi. Ho visto il dolore nei suoi occhi. È lo stesso dolore che hai tu nella voce ogni volta che canti, mia *señora*.

Laura aspirò una boccata dalla sigaretta e sputò il fumo con fastidio.

– Tu non sai niente di me, Diego. E non c'è nessun dolore nella mia voce, se non mentre ti sento sbagliare le note. Di che accidenti parla questa canzone? E cos'è successo al tuo amico?

Il musicista chinò il capo sulla tastiera e rifece l'introduzione che stava suonando quando la donna era entrata. Stavolta sfiorò i tasti, cosí la musica venne fuori in sordina, quasi arrivasse dall'esterno del locale.

D'un tratto si fermò e puntò lo sguardo in quello di lei. Un'espressione nuova, che lo faceva sembrare un altro: piú vecchio. Piú amaro. Perfino bello.

– C'è una strada, mia *señora*. Una piccola strada di campagna, piena di erba e fiori. Hai presente, sí? Ce ne saranno dalle tue parti, di quelle strade che raccontano della stagione, che sanno accogliere gli amanti in un abbraccio felice. E che, a tornarci da soli, moltiplicano i rimpianti e sommergono di malinconia. Le conosci, quelle stradine?

La donna rise, un po' troppo forte.

– Di che vai cianciando, *hombre*? Ti sembro una da strada di campagna, io? Champagne, violini, rose rosse. Niente sentieri, per una come me.

Diego interruppe un accordo a metà.

– Dici? Io invece penso che il tuo cuore sia rimasto lontano, mia *señora*. Che tu non lo abbia portato qui, cosí distante da dove sei nata. E che sia proprio del tuo cuore, che senti la mancanza –. Riprese a suonare, in silenzio. Poi disse: – Adesso ti racconto, mia *señora*. E dopo decidi tu, se vuoi cantarla o no.

II.

Aprile, aprile.

Tutto un altro aprile, da questa parte del mondo, mentre di là dall'oceano e sotto l'equatore soffiano folate fredde e umide e si sollevano i baveri dei cappotti e non si tolgono i cappelli, e i guanti a stento mantengono tiepide le dita e si provano canzoni nuove da cantare in un caffè del centro.

Tutto un altro aprile qui, dove l'aria che viene dal mare è un soffio gentile che promette ventagli e vestiti di lino, che nulla ha piú dell'inverno fatto di geloni e fuochi accesi con la legna staccata dalle staccionate, di notte, e bruciata nelle case a finestre aperte per non morire soffocati.

Tutto un altro aprile, anche nelle zone appestate dalle industrie che pure dànno lavoro, che Dio le benedica per la fame che levano dagli occhi degli anziani, una fame che scava le guance delle donne, e invece qualcosa da mettere nella pentola almeno arriva perché gli stipendi degli operai girano e vanno a finire nelle tasche di ognuno, e allora questo tanfo si sopporta, che sarà mai.

Aprile che rimescola il sangue degli amanti. E manda in amore i cani e i gatti, per cui ovunque risuonano abbai e miagolii, e se fa caldo i vetri sono spalancati su un concerto di serenate e di lamenti, e qualche anziano sorride di nascosto perché ricorda, e qualche anziana si offende e urla, perché ha dimenticato.

Aprile che mischia le carte, perché fa salire il sangue alla testa e fa cambiare idea, e certi matrimoni diventano prigioni dopo uno sguardo raccolto per strada, rendendo difficile la permanenza e disponendo alla fuga, che rimane però un sogno perché si sa che aprile è come maggio, un mese di illusioni che non è mica reale.

Aprile è difficile da capire, impossibile da esplorare. Perché è fatto di fiori e di frutta nuova, fa immaginare che il peggio sia passato e non ci sia piú da aver paura. Aprile ha la faccia da schiaffi di uno scugnizzo bello e sporco, ha gli occhi luccicanti di una ragazza che ti sembra di aver visto dietro la porta di un basso, mista d'ombra e di raggi di luce come un quadro di Caravaggio, e invece sta lí ad adescare quelli che si fermano un attimo, perché in aprile la voglia d'amore viene a tutti, anche agli operai dalla schiena rotta che rientrano dalla fatica.

Aprile che riporta alla memoria i desideri, ogni desiderio. Anche quello innocente di un antico sapore.

Il maestro Caputo era ghiotto di nespole.

Si sarebbe potuto pensare che se le poteva permettere: qualche nespola da mangiare a fine pasto; ma la sua pensione era davvero miserabile, e una ferita da reduce di guerra non gli consentiva di camminare cosí bene da inventarsi un lavoretto integrativo del magro reddito. E un maestro elementare, persino di un quartiere come quello, la dignità doveva pur preservarla.

Era vedovo, il maestro Caputo. I suoi sessantacinque anni erano passati in fretta, e la sua Ester se n'era andata da quasi quindici: meglio per lei, a sentire come si stavano mettendo le cose. Lui si era chiuso a riccio, gli alunni ormai adulti non andavano piú a trovarlo, non possedeva alcuna affinità culturale coi vicini, non aveva parenti ed era rimasto solo.

Affitto, cibo, stufa e candele assorbivano tutto e per le nespole non restavano risorse.

Ma c'era il boschetto.

Non era un vero bosco, tantomeno un giardino. Il nome era la romantica attribuzione assegnata a una macchia di verde in mezzo al nulla. Verde per cosí dire: non ci andavano in molti, e del resto non ce n'era motivo. Rovi, sterpaglie, erbacce. Alberi spogli e adunchi come artigli di strega, spine grosse quanto un dito: c'era da farsi male o da rimetterci i pantaloni, non sia mai, con quello che costavano.

Era un piccolo appezzamento di terra dietro una fila di grigie costruzioni popolari, abitato nella parte anteriore da topi grossi come gatti e ingombro di rottami abbandonati ad arrugginire; ma chi lo conosceva, e il maestro Caputo c'era cresciuto, sapeva di un sentiero che si snodava all'interno, dove la vegetazione era meno aspra e nessuno gettava niente. Ci si lasciava presto alle spalle l'odore di escrementi e spazzatura decomposta e ci si ritrovava in un luogo diverso, con cespugli di biancospino e un tappeto di muschio a ricoprire scure rocce generate nei secoli dalla montagna di fuoco.

Non erano però le azalee, né le sporadiche fresie, la ragione per cui il maestro Caputo arrancava con la gamba zoppa lungo il sentiero che conduceva in fondo al boschetto. Era stato piuttosto romantico in gioventú, e se Ester fosse stata ancora viva avrebbe potuto testimoniare di qualche focoso aprile, e di finestre serrate per pudore in certe notti di maggio. Ma era roba di un tempo che non c'era piú, da lui stesso dimenticata. No. La ragione del suo arrancare non era un riavvicinamento alla natura o la ricerca di un ricordo.

La ragione era il nespolo.

Per chissà quale motivo, forse per un nocciolo sputato cento anni prima da una bella ragazza, oppure per un vento anomalo che aveva portato fin lí un seme da qualche coltura inghiottita dall'edilizia industriale, dietro i lecci e gli ornielli figli di quelli impiantati dal re nella vicina reggia di Portici era cresciuto appunto un nespolo. Brutto e storto, nodoso e piú largo che alto, piú un cespuglio che un albero: ma assai florido di una gustosa varietà di frutti dalla polpa carnosa che sarebbero caduti inutilmente al suolo, cibo per cinciallegre e merli di passaggio.

Il maestro Caputo, che aveva fatto amicizia con l'alberello già da ragazzino, quando la gamba non era offesa bensí forte e agile, insieme a un amico oramai sepolto andava a raccogliere le nespole per poi venderle alle signore nelle case che gli sembravano piú ricche. Adesso invece ci andava per provare ancora quel sapore alla fine del magro pasto, per sentire esplodere in bocca la polpa bianca e farsi inondare dal gusto fresco che annunciava il proseguimento di una festosa primavera.

Tirò fuori il foglio di giornale in cui avvolgere il raccolto. Non sapeva se il terreno fosse di proprietà di qualcuno e aveva sempre un vago timore di essere bruscamente richiamato: che figura avrebbe fatto? Ma la gola era l'unico vizio che gli era rimasto: e senza un vizio da coltivare, che senso avrebbe piú avuto la vita?

Si chinò a fatica, lasciando pendere la gamba falsa dietro di sé nella buffa parodia di una riverenza. Colse da terra due, sei, dieci frutti, scartando quelli beccati. Non voleva prenderne troppi, non avrebbe saputo come conservarli non possedendo una ghiacciaia e volendo nascondere l'involto sotto la giacca. Si guardò attorno, furtivo, e intravide qualcosa di colorato dietro una siepe. Qualcosa di rosso e di azzurro.

Trattenne il fiato, come in posa, simile a un grosso uccello che si accingeva a piluccare il terreno, la gamba all'indietro, un braccio a bilanciare l'altro sospeso nell'aria. Non udí niente, non percepí alcun movimento. Si rizzò piano, senza fare rumore. Pensò di andarsene, ma era curioso.

Si avvicinò alla siepe e guardò attraverso i rami. Vestiti. Erano vestiti.

C'era una ragazza sdraiata, e un uomo steso su di lei. Stavano facendo l'amore, non c'era dubbio, vedeva persino le mani di lui sul seno della giovane. Ma erano fermi. Forse hanno appena finito, rifletté.

L'uomo aveva indosso una specie di uniforme, scura. La ragazza una gonna rossa tirata sui fianchi; le gambe, bianche come il latte, aperte per ricevere il suo uomo.

Aprile, pensò in un lampo il maestro Caputo. Impossibile resistere ad aprile, se si è innamorati.

Però era strana quell'immobilità. Va bene che dopo un amplesso giunge sempre l'istante di quiete perfetta, ma Caputo era lí da almeno tre minuti e nessuno si muoveva. Aspettava, per potersene andare alla chetichella; ma farlo adesso, col silenzio che c'era, avrebbe di certo attirato l'attenzione dei due, che lo avrebbero preso per un guardone pervertito.

Aguzzò lo sguardo. Gli sembrò che la ragazza lo fissasse sorridendo estatica. Ma c'era qualcosa di anomalo, perché teneva sí gli occhi spalancati, ma la bocca era chiusa.

Si rese conto, e fu come ricevere una mazzata, che quello che gli era parso un sorriso era uno squarcio intorno al collo. E che dallo squarcio colava un rivolo che alimentava una pozza nera a terra. Spostò l'attenzione sull'uomo, che era voltato dall'altra parte: vide che aveva una depressione profonda sulla testa, e quella che aveva scambiato per una scriminatura fra i capelli era una fenditura aperta sul cervello. A meno di un metro, al di là della siepe, c'erano due cadaveri l'uno sull'altro.

Il maestro Caputo si orinò nei pantaloni.
Aprile, aprile.
Che sia freddo o che sia caldo, meglio evitarlo, aprile.
Perché mente, sempre.

III.

Nel loro breve tempo, che valeva una vita, avevano avuto una panchina.

In realtà non era proprio una panchina, benché i due l'avessero sempre chiamata cosí. Era piuttosto un basamento in pietra previsto in origine per chissà cosa, una statua o un obelisco mai posati; forse si voleva fare di quel luogo un giardino pubblico, o forse una casina per l'orchestra come nella Villa Nazionale, salvo poi indirizzare le risorse verso piazze o vie piú frequentate.

Sta di fatto che all'incirca a metà del sentiero di campagna dove passeggiavano nelle ore rubate di quando erano fidanzati senza che nessuno lo sapesse – e che per entrambi era stato fin dall'inizio *Caminito*, come la canzone che a lei piaceva cosí tanto – c'era questo parallelepipedo in pietra, alto meno di un metro e largo due.

Nel loro breve tempo non avevano smesso di andarci, anche da sposati. Si scambiavano uno sguardo d'intesa, scendevano in strada – a volte persino separati e fingendo di avere commissioni diverse da sbrigare – e si ritrovavano nel *Caminito*, per tornare a fidanzarsi pur essendo già marito e moglie. Una specie di gioco, una finzione innocente che rivelava quanto fossero ancora innamorati.

Giunti alla pietra, lui tirava fuori un fazzoletto e lo stendeva con cura per farla sedere. Poi le si accomodava vicino e le prendeva la mano sinistra, quella con cui scriveva e ricamava e lo accarezzava. Restavano cosí, senza parlarsi; respiravano l'aria fresca di erba e di foglie, i piedi poggiati sullo strato di muschio che la pioggia coltivava su un lato della strada, gli occhi negli occhi oppure sul filare di alberi di fronte, che nascondeva i palazzi della via grande e faceva immaginare un paradiso senza fine.

Aveva preso a tornarci da solo. Sei mesi dopo la morte di lei, una sera disperata in cui, piú del consueto, faticava a capire come avrebbe potuto rivedere la luce. Quando nulla, né la bambina in braccio a Nelide, né il lavoro, né l'affetto dei pochi amici sembrava alleggerire una bilancia zavorrata sul piatto dello strazio.

Non lo aveva deciso, di andarci. Trascinato dai suoi stessi piedi, si era ritrovato nella sacrestia della chiesa di San Ferdinando, lui che non era religioso praticante e nemmeno credente, lí dove stava l'unica persona con la quale riusciva a parlare di sé.

Don Pierino Fava era un confessore bravissimo nel mestiere, capace di indurre chiunque ad aprire la porta del proprio abisso. Ricciardi si era chiesto spesso in cosa consistesse quel potere: una forma di ipnosi? O si trattava di semplice pietà, di totale immedesimazione nell'altrui sofferenza, che per il prete era un principio esistenziale e per il commissario un'eterna condanna? Condanna, sí. Perché vedere i morti per fatti violenti nell'istante che restituiva la loro ultima emozione, e cogliere il loro ultimo pensiero, le loro ultime parole ripetute senza sosta, era null'altro che una condanna. Ricciardi caricava su di sé tutta la sofferenza di quei morti, la sorpresa, la rabbia, l'amore, la malinconia. Non si sarebbe mai liberato di quel dolore oscuro che da sempre lo perseguitava e che adesso si sommava a un dolore ancora piú atroce.

Ricordava la sera in cui era entrato nella sacrestia di don Pierino. Pioveva forte, le gocce d'acqua gli cadevano dai capelli scoperti sul soprabito, e poi a terra. Si era scusato, passandosi una mano sul viso reso ispido da una barba che aveva dimenticato di rasare. Sto impazzendo, padre? Sto impazzendo com'è successo a mia madre? Morirò cosí, lasciando la mia bambina sola davanti a chissà quale destino?

Il prete lo aveva ascoltato in silenzio. Aveva seguito il faticoso avvicinarsi di quei due caratteri timidi e ritrosi, li aveva sposati sembrando piú felice di loro, aveva benedetto la cassa che si era portata via Enrica, aveva battezzato la bambina, tra le lacrime dei presenti. Sapeva tutto ciò che c'era da sapere, don Pierino. E il resto, quello che Ricciardi non poteva dirgli, lo percepiva comunque.

Non ce la faccio neppure ad andare al cimitero, gli aveva confidato lui. Non la sento, non la trovo dietro quella pietra col suo nome scritto sopra.

E allora il piccolo prete gli aveva detto che non era lí che doveva cercarla. E nemmeno dove l'aveva vista l'ultima volta, quasi sapesse che era tornato e tornato e tornato nella stanza dell'ospedale, sotto gli occhi preoccupati di Bruno Modo, finché l'immagine di Enrica non si era dissolta definitivamente, sussurrando quel *Non dimenticarti di noi, amore mio. Non dimenticarti di noi* che era un dolce messaggio consapevole, ma anche la piú inutile delle raccomandazioni. E mai avrebbe pensato, Ricciardi, che la sua condanna, il Fatto che era la tragedia della sua vita, in quella circostanza sarebbe potuta divenire il piú insopportabile dei rimpianti.

E quindi dove devo cercarla, padre? Non mi dite dentro di me, vi supplico. Ce l'ho già, dentro di me, ce l'ho ogni momento. E non mi basta, maledizione. Non mi basta.

Nel rumore della pioggia che batteva sui vetri colorati delle finestre, il prete non gli aveva rimproverato l'imprecazione. Gli aveva risposto, piano, che l'avrebbe trovata nei loro posti. Perché era lí, nei luoghi segreti dove erano stati soli, che lei lo avrebbe raggiunto. Ne era certo.

Lo aveva sorpreso. Da un sacerdote si sarebbe aspettato un invito alla preghiera, alla commemorazione, a stare con la figlia. Invece gli aveva consigliato di cercare l'amore della sua vita dove erano stati una persona sola.

C'era andato quella sera stessa, pioggia o non pioggia. Non aveva dimenticato i brividi di freddo, il vento di un gennaio impietoso. Non aveva dimenticato la sensazione del fango sotto le scarpe, né di essere caduto e di essersi rialzato.

Piú di tutto, però, non aveva dimenticato la pace. La serenità che gli aveva invaso il petto non appena si era ritrovato davanti al basamento in pietra che lei chiamava «la nostra panchina», accomodandosi sul fazzoletto e prendendogli la mano nella propria. Era lí, don Pierino non si era sbagliato.

Enrica era lí.

Aveva resistito alla tentazione di trasferirsi, di vivere seduto sulla scomoda pietra estate e inverno pur di sentire con l'anima l'odore di lei. Piuttosto aveva centellinato le passeggiate, concedendosi quelle visite non piú di tre volte alla settimana all'inizio, poi due e infine una: il viaggio nel *Caminito* per andare dalla sua donna. E aveva preso l'abitudine di riferirle, in quel viaggio, tutto ciò che succedeva, fingendo che Enrica fosse soltanto partita, che informarla servisse a rendere la distanza fisica meno pesante.

Follia? Forse. Mancata rassegnazione alla realtà? Probabile. Ma se era l'unico modo per svolgere il compito che lei, morendo, gli aveva assegnato, allora non poteva che fare cosí.

Si rese conto di parlarle molto piú di quanto facesse quando l'aveva accanto. Allora bastava guardarsi, sfiorarsi. Adesso era piú uno scrivere lettere immaginarie in cui raccontare futilità e grandi cose, lasciando che i sentimenti danzassero tra le righe. Salvo esprimerli con forza se diventavano insopprimibili.

E scriveva, realmente. Per sé, non per lei, perché non gli sfuggissero i dettagli che gli venivano in mente nei frangenti piú incongrui, al lavoro o a casa, o nei lunghi tragitti a piedi che la professione gli imponeva. Portava con sé una matita e un foglietto, sul quale annotava parole chiave utili a ricostruire i pensieri.

Si guardò attorno, cauto, ma non c'era mai nessuno al *Caminito*. Per quello, d'altronde, lo avevano scelto. Tirò fuori dalla tasca il foglietto e lesse: «Signora Stromillo». Raccontò quindi a Enrica dell'istitutrice che si sarebbe occupata dell'approccio di Marta, la loro bambina, ai numeri e alle lettere. Lo avrebbe fatto a casa di Bianca, che si era assunta l'onere dell'educazione della figlia. A Ricciardi era parsa un'ottima soluzione, date le conoscenze e la cultura dell'amica; ricordava peraltro che Enrica stessa intendesse approfittare della frequentazione con la contessa di Roccaspina per far crescere Marta in quell'ambiente.

Lesse poi: «Nelide». E descrisse a mezza voce quanto la ragazza fosse attenta al benessere fisico e all'igiene della bambina, che definí «la piccola martire». Una sorveglianza rigida la sua, militaresca e infarcita di proverbi cilentani, che Marta ripeteva imitando l'accento in maniera cosí perfetta da strappare sempre una risata al padre. Ricciardi domandò a Enrica che cosa sarebbe venuto fuori da quelle due opposte influenze: l'aristocrazia elegantissima di Bianca e la saggezza popolana di Nelide. Pensaci tu, amore mio, disse. C'è bisogno davvero di un angelo, per risolvere questo difficile connubio.

Gli venne un groppo alla gola. Quasi cinque anni e ancora ti piango, pensò. Ti piangerò anche quando saranno cinquanta.

L'ultimo appunto riportava: «La prova». La mascella si indurí. Quelle parole erano state segnate in decine di foglietti, e ancora non si risolveva, ancora si ostinava a rimandare. Avrebbe dovuto fare quello che la madre aveva fatto con lui bambino, un terribile pomeriggio in una masseria del Cilento, vicino al castello di Fortino dove era cresciuto.

Il pensiero andò alla figlia. La sua meravigliosa creatura, cosí simile a Enrica. Vide gli occhi di Marta, e avvertí un brivido di inquietudine.

La prova.

Non poteva piú aspettare. Altrimenti non sarebbe stato in grado di proteggerla.

Si alzò, raccolse il fazzoletto e lo mise in tasca. Poi, come sempre, strappò il foglietto in minuscoli pezzi che affidò al vento.

Arrivederci, mio dolcissimo amore, sussurrò. E si avviò nell'aria profumata della primavera.

IV.

La porta si aprí piano, dopo l'invito a entrare.

Il brigadiere Maione si affacciò timido, toccando la visiera del berretto di ordinanza.

– Disturbo, commissa'? Posso?

Ricciardi sollevò gli occhi dal verbale che stava compilando. Il fascio di luce della lampada illuminava la scrivania, ingombra di documenti e faldoni.

– Raffaele, ma è mai possibile che dopo tanti anni ancora non hai capito che se sono in ufficio puoi venire senza chiedere permesso?

Inorgoglito, Maione spalancò la porta per accedere tutto intero, centotrenta chili divisa compresa.

– E che c'entra, commissa'? È una questione di rispetto, mica di confidenza. Ho pensato che, siccome sono a fine turno, era il caso di assicurarmi se avevate bisogno di me.

– No, no, grazie. Piuttosto, come mai questo turno cosí disagiato? Devi aver cominciato almeno alle otto, stamattina.

Maione sospirò, teatrale.

– Ma quali otto, commissa'. Alle sei stavo già qua, parlando con rispetto.

Ricciardi si meravigliò.

– Alle sei? E perché? È successo qualcosa?

– No, no, quando mai, anzi, è un periodo proprio tranquillo. No, è che... Lo sapete, mio figlio Giovanni ha concluso il periodo di istruzione e tirocinio, e adesso ha avuto accesso a tutti gli effetti alla turnazione. Gli toccano i servizi piú disgraziati, però io non voglio che sia agevolato per il fatto che è il figlio del brigadiere Maione. I turni che deve fare, fa.

Ricciardi rimase perplesso.

– Lo capisco, e ti fa onore. Ma continuo a non spiegarmi che ci facevi tu in questura alle sei.

Il brigadiere si lasciò cadere sulla sedia davanti alla scrivania e si tolse il berretto. Sembrava in difficoltà.

– Insomma, commissa', voi lo sapete quello che è successo a Luca… Vabbe', sono passati tanti anni e la situazione si è risolta. Certo, la mancanza è quella del primo giorno, ma almeno un poco di serenità familiare l'abbiamo ritrovata. Solo che quest'idea testarda di Giovanni, di voler fare per forza il poliziotto… Ve lo ricordate, no?, quando si è seduto di fronte alla madre e ha detto: mammà, scegliete, o mi fate fare quello che voglio io o me ne vado a vivere per conto mio.

Ricciardi aspettava, paziente.

– Un ragazzo di principio, e comprendo pure Lucia, dopo tutto quel dolore… Ma ancora non mi è chiaro il motivo per cui…

Maione lo interruppe.

– E quindi Lucia, di fronte a questa scelta… figuratevi se una come lei rinuncia a stirare le camicie e a preparare il pranzo a un figlio che non si è sposato ancora… ha fatto buon viso a cattivo gioco, come si dice. E Giovanni ha iniziato il tirocinio. Oh, è bravo, commissa', va detto. I colleghi istruttori mi hanno riferito soltanto bene di come si comporta. Del resto pure Luca era… Insomma, è entrato definitivo come guardia semplice. Di nascosto, se no diventa presuntuoso e la madre mi riempie di mazzate, ma di nascosto sono molto fiero di lui.

– Sí, ma i turni?

Il brigadiere si grattò la nuca.

– Eh, commissa'. I turni. Lucia mi ha fatto giurare, e vi prego di tenerla come una confidenza assai riservata perché se si viene a sapere mio figlio chiede subito il trasferimento, di essere sempre di turno con Giovanni. Non deve mai capitare, mai, cosí ha ripetuto cento volte, che lui sta in servizio e io sto a casa.

Ricciardi ne fu meravigliato.

– Ma davvero?

Maione piagnucolò.

– Io mi domando, commissa': ma vi pare giusto che uno della mia età, che fra un poco sono sessanta, dico ses-santa, deve fare gli stessi turni di una matricola di vent'anni?

– No, certo. Ma se Lucia cosí sta piú tranquilla...

– Il fatto è che io ho un ruolo di responsabilità, però. Quindi finisce che dopo che il giovin signore se n'è tornato a casa da mammà a prendere la zuppa di latte, io devo restare qui in ufficio a completare le cose mie. Come se lavorassi due volte.

Ricciardi si sforzò di non ridere.

– Una vera ingiustizia. Il peso della famiglia...

– Eh, commissa', voi sfottete, ma la mia vita è difficile assai. Voi per la bambina vostra avete l'aiuto di Nelide e della contessa di Roccaspina; e mi dovete credere, figli piccoli problemi piccoli, figli grossi problemi grossi. Adesso, con questa cosa dei balilla, dei figli della lupa, degli avanguardisti e delle giovani italiane, a casa mia pare di essere in una caserma. Tutti a girare in uniforme. Soprattutto le due ragazze, Maria e Benedetta, sapeste come sono diventate belle. Uno deve stare con tanto d'occhi.

– Secondo me, Raffaele, tu tendi a crearti guai quando non ce ne sono. E lasciamo a Bruno Modo le critiche al regime: almeno i ragazzi fanno attività, ginnastica, e non stanno per strada.

– Ah, quanto a questo tenete ragione, commissa'. Fra una cosa e l'altra, c'è sempre qualche sfilata o qualche celebrazione da preparare. E per fortuna qui come dicevamo è un periodo tranquillo, pare che davvero la città è diventata un posto sicuro.

Ricciardi gettò un'occhiata sulla scrivania. Maione rifletté su come fosse invecchiato il commissario. Le tempie imbiancate, le rughe sotto gli occhi verdi e agli angoli delle labbra sottili; l'aggravamento della perenne espressione di malinconia. Lo sguardo del brigadiere andò alla fascia nera che serrava la manica della giacca di Ricciardi, e il pensiero gli portò Luca. Una perdita non finisce, disse fra sé. Una perdita dura per sempre.

– Proprio cosí, Raffaele. Un periodo tranquillo. Abbiamo soltanto la denuncia del capitano di quella nave genovese, no? La scomparsa del primo ufficiale, se ricordo bene.

– Signorsí, commissa'. Parodi Paolo, di anni ventisette, che non è rientrato all'imbarcazione alla ritirata di ieri. Il comandante dice che non sarebbe mai mancato, che è uno preciso e coscienzioso. Ma lo sapete com'è questa città, vicino al porto. Lo avranno fatto ubriacare, lo avranno spogliato di tutto e si metterà vergogna di tornare. Oppure ha trovato un paio di ragazze e si sta ancora divertendo.

– Noi comunque dobbiamo approfondire, una denuncia è una denuncia. Come ci stiamo muovendo?

– Al solito, commissa'. Abbiamo diramato un fonogramma con la descrizione dell'ufficiale, abbiamo allertato i nostri posti di guardia e abbiamo chiesto agli informatori se hanno notizie. Vedrete che presto verrà fuori qualcosa.

Prima che Ricciardi potesse rispondere, bussarono alla porta. Entrò Antonelli, il piantone in servizio all'ingresso.

– Uh, scusatemi, brigadie', credevo che ve ne eravate andato a casa.

Maione lo guardò a brutto muso.

– E che, devo dare conto a te, Antone'? Che è stato, perché sei venuto dal commissario?

Antonelli batté i tacchi, senza un perché. Poi decise di rispettare la scala gerarchica e si rivolse a Maione.

– Teniamo una chiamata dal posto di guardia di San Giovanni, brigadie'. Hanno trovato due morti in un terreno non coltivato dietro alle case nuove, quelle popolari. Un maschio e una femmina. I colleghi già stanno là.

Ricciardi si era alzato e stava prendendo il soprabito.

– Vado subito, avvisa gli altri, ci metterò una mezz'ora.

Maione aveva calzato il berretto.

– E io vengo con voi, commissa'. Antonelli, avverti l'ospedale per il medico e chiama il fotografo. Dagli l'indirizzo preciso, mi raccomando.

Il commissario lo fissò.

– Ma non hai finito il turno, Raffaele? Vai a riposarti. Domani ti dico.

– Non scherzate, commissa', secondo voi mi voglio perdere l'evento ora che finalmente succede qualcosa? E poi state tranquillo, con quella confusione a casa nemmeno se ne accorgono, se non torno. Io vengo con voi.

V.

Ricciardi coltivava un afflato umanitario nei confronti degli ignari passanti che gremivano le vie del centro, e voleva salvaguardarne l'integrità; per cui, avendo Maione al seguito, rinunciò all'utilizzo di una delle due fiammanti automobili che da oltre un anno erano state concesse in dotazione alla questura.

Il brigadiere, per spirito di servizio e abnegazione nei confronti del superiore, pretendeva infatti di fargli da autista, ritenendo di essere l'unico in grado di condurre la macchina in sicurezza ed essendo invece il piú scadente automobilista di tutti i tempi.

Bisognava stare attenti a non offendere la sensibilità del brigadiere, ma era un'attività affinata negli anni da Ricciardi; il quale disse subito che, a causa del consueto traffico sulla carrozzabile che costeggiava il mare verso est, quella che conduceva a San Giovanni, correvano il rischio di restare bloccati e di arrivare sul posto quando ormai sarebbe stato buio. Molto meglio prendere il tram elettrico.

Pur dubbioso, Maione acconsentí. Non senza puntualizzare che con la sua celebre perizia nella guida avrebbero potuto scapolare con agilità la colonna di auto, carretti e carrozze che occupava stabilmente la strada. Il commissario, al pensiero, fu scosso da un brivido lungo la schiena.

Il tram elettrico numero 55 partiva da un capolinea in prossimità della nuova stazione marittima. Mentre attraversavano la folla della piazza per raggiungere la fermata, Ricciardi rifletté che la parola chiave e forse piú interpretativa degli ultimi anni era appunto quell'aggettivo. Nuovo.

Tutto era «nuovo», o almeno doveva sembrarlo. Si abbatteva il «vecchio» e si erigeva il «nuovo» con arrogante immediatezza, dalla sera alla mattina. Il nuovo Palazzo delle poste, la nuova Casa del mutilato, la nuova Intendenza di finanza, il nuovo Istituto nazionale fascista della previdenza sociale. Grandi costruzioni bianche dalle finestre rettangolari o quadrate, simboli perenni dell'efficienza di uno Stato sempre piú magnifico, forte e presente nella vita delle persone.

Accadeva dovunque: venivano sventrati e rifatti interi quartieri per far sorgere edifici che mutavano alla radice il volto della città, davanti agli occhi meravigliati di chi faticava a orientarsi nei rioni in cui aveva vissuto sin da bambino. Qualche mese prima, il testimone di un incidente d'auto aveva detto a Ricciardi di ritenere naturale che i guidatori non riconoscessero piú le strade: perché le strade, appunto, cambiavano durante la notte.

Ad accrescere la sensazione di spaesamento, specie vicino al porto, era lo straordinario movimento di persone e merci. Ogni giorno attraccavano navi cariche di passeggeri, dall'Inghilterra, dalla Francia, dalla Spagna; e altre che sbarcavano truppe in transito verso il Nordafrica e l'Albania, caricando a bordo altri plotoni giunti in treno alla vicina stazione. Colonne di persone osservavano quel cantiere brulicante che era diventato il centro, in un frastuono incessante di voci e di ferro, di ruote e di motori, di clacson e di richiami di ambulanti.

In piedi sul predellino di un tram pieno di gente, protetto da un arcigno Maione intento a guardare in cagnesco il grappolo di scugnizzi che viaggiava gratis appeso all'esterno della carrozza, Ricciardi andò con la mente a Enrica. Chissà quanto ti sarebbe piaciuta quest'esplosione di vita, amore mio. Tu che mi rimproveravi perché la mia anima cilentana mi portava a cercare la riservatezza e il silenzio, mentre a te piaceva immergerti nella folla dei mercatini; tu che mi trascinavi la domenica a via Toledo per passeggiare davanti alle vetrine. Chissà cosa avresti detto di questi tempi di entusiasmo e di finta grandezza, di questo «fumo» utile a coprire la solita miseria e le solite torbide passioni.

A volte gli sembrava di percepire sul braccio la sensazione fisica delle dita di lei, o il profumo leggero della lavanda che Nelide usava per conservarle gli abiti. A volte gli sembrava di cogliere il baluginio del sole sulle lenti di Enrica, capendo senza nemmeno girarsi che lei lo stava fissando nel tentativo di rintracciare una sfumatura del dolore derivante dalle sue visioni. A volte gli sembrava di ascoltarne il sussurro: amore mio, pensa a me, non stare male, pensa a me, amore mio, perché l'amore è il vero nemico della morte. A volte gli sembrava di immaginare di chiamarla e di vederla già magicamente vicina a sé, quasi gli avesse letto nella testa.

Ingannare il corpo era impossibile, rifletté Ricciardi mentre il tram suonava la sua rauca tromba per liberare le rotaie da un carretto trainato da un mulo che aveva deciso di entrare in sciopero proprio lí, e i tentativi del carrettiere di spingerlo facevano ridere i passeggeri come a un intrattenimento teatrale estemporaneo. Poteva distogliere i crucci e le reminiscenze appena intraprendevano quella strada, e aveva imparato a farlo nei primi anni; ma il corpo era un vigliacco traditore, e quando infieriva con le sue coltellate lo faceva senza preavviso, lasciandolo senza difesa.

Ti sarebbe piaciuta tutta questa vita, amore mio. E per distrarmi, avresti finto di non comprendere che io vedo sempre la morte in mezzo a questa vita. Come adesso, che tra le sagome dei vivi scorgo quella donna con una bambina per mano, accanto al mulo sulle rotaie, entrambe travolte dal tram nell'istante in cui la madre aveva raggiunto la figlia che era sfuggita al suo controllo. Claretta era il suo nome, e sento ancora la donna gridare disperata per fermarla, mentre la piccola la saluta, *Ciao, mamma! Ciao, mamma!*

Eppure tu, amore mio, saresti riuscita a ottenere il mio sorriso insieme alla mia attenzione; perché veder sorridere te in risposta era l'unico spettacolo al quale avrei voluto assistere, e mi è stato tolto cosí presto.

Il mulo alla fine si era mosso, e il tram aveva ripreso il tragitto sferragliante allontanandosi dal ricordo di Claretta e della madre.

Via via che la carrozza avanzava, il contesto mutava e i bei palazzi cedevano il passo alla periferia industriale. Il tram superò l'antico ponte sotto il quale scorreva il Sebeto, il mitico fiume che attraversava la città, e poi i Granili, il grande deposito di grano poi divenuto un carcere e che ora era una caserma. Sulla destra sorgevano gli stabilimenti e le fabbriche – pasta, conserve, cemento – che sfruttavano la prossimità del mare per i movimenti di merce e gli scarichi di acque reflue; sulla sinistra, gli edifici che ospitavano gli operai e le loro famiglie, casermoni brulicanti di bambini seminudi e di donne dall'aria stanca. È vita anche questa, disse fra sé Ricciardi.

Maione lo riportò coi piedi per terra.

– Commissa', mi pare che ci siamo, l'indirizzo che ci hanno dato dovrebbe essere vicino.

Il tram rallentò e i poliziotti scesero dalla carrozza. Si guardarono attorno, e pur essendo la zona molto popolata non videro l'usuale capannello di folla che indicava il luogo del delitto. Maione chiese a una donna intenta a stendere i panni dove fosse il posto indicato sul foglietto fornito da

Antonelli, e lei, con un atteggiamento di chiara diffidenza ispirato dalla divisa del brigadiere, indicò con la testa uno stabile diroccato a poca distanza.

Maione e Ricciardi si avviarono ed entrarono in un cortile invaso da escrementi e da macerie. Dalle finestre prive di imposte si intravedevano pezzi di cielo: della costruzione non era rimasta che la facciata pericolante. In fondo, un'apertura dava su quello che doveva essere stato un giardino e adesso era un intricato ammasso di sterpaglie. Una guardia stava nei pressi di quell'ingresso, tenendo a bada un manipolo di ragazzini curiosi di sapere cosa ci facesse lí la polizia.

Nel vedere i superiori, la guardia si irrigidí sull'attenti.

– Di qua, commissa'. Dovete arrivare fino a giú, state attenti, è pieno di spine.

Una bambina si staccò dal gruppetto e si avvicinò a Ricciardi. Poteva avere cinque o sei anni. Il viso e i capelli erano sporchissimi, ma aveva due occhi espressivi colmi di impertinenza.

– La tieni una caramella, signo'?

Prima che Maione provasse ad allontanarla, Ricciardi cercò in tasca e tirò fuori un dolciume. Aveva l'abitudine di portarne a Marta al ritorno dal lavoro, per avere in cambio un bacio umido; gli sembrò bello darne uno alla bambina.

Si domandò cosa stesse facendo sua figlia in quel momento.

VI.

La signora Stromillo era una donna giovane e allegra non ancora trentenne, con un diploma da maestra e buone letture.

La vita non era stata tenera con lei. Il padre era un noto e stimato preside di liceo, la madre un'insegnante di musica; finché loro c'erano stati, gli Stromillo avevano mantenuto un discreto reddito e una bella reputazione nella borghesia lavoratrice della città. Poi i due se n'erano andati a brevissima distanza l'uno dall'altra, colpo apoplettico per lui, crepacuore per lei; e la diciassettenne Edna, finita la scuola, aveva dovuto cercarsi un lavoro.

Per fortuna il padre aveva coltivato amici amabili e uno di loro l'aveva accolta in famiglia, con la moglie e i sei figli. Il problema era sorto di lí a pochi mesi, quando l'attitudine dell'uomo a generare bambini aveva ricompreso la giovane Stromillo, la quale non aveva avuto la forza di rifiutare le visite che, una volta addormentatasi la moglie, il caro amico del defunto padre aveva cominciato a farle.

Appena la sua condizione era stata evidente, la padrona di casa non l'aveva presa sportivamente e aveva creduto all'immaginifico racconto del marito, che aveva accusato la ragazza di averlo adescato. E lei si era ritrovata per strada, con una pancetta incipiente e in rapida crescita.

Edna, però, non era incline a perdersi d'animo. Aveva utilizzato le magre e residue fortune di famiglia per prendere un quartino in una zona molto popolare, per poi darsi da fare in ogni modo: servizi domestici, lavoretti in una sartoria, fornitura di ricami e di torte alle pasticcerie della zona senza mai negare un sorriso a nessuno, il che la rendeva simpatica. Una volta nato Federico, affidato spesso alle amiche che abitavano nel suo stesso palazzo, Edna aveva cominciato a fare compagnia a vecchie signore benestanti.

Proprio nella dimora di una nobildonna, la marchesa Roselli di Casteggio, aveva conosciuto Bianca Borgati di Zisa, contessa Palmieri di Roccaspina, amica della defunta figlia dell'anziana. Le due donne avevano simpatizzato subito, e la contessa se ne era ricordata quando aveva dovuto cercare un'istitutrice per seguire gli approcci di Marta Ricciardi agli studi. Edna era amorevole e materna, e la presenza del piccolo Federico, coetaneo di Marta, avrebbe favorito il clima affettuoso che Bianca voleva procurare.

Edna Stromillo possedeva la rara capacità di guadagnarsi prima la fiducia dei bambini, poi la loro confidenza e infine l'affetto incondizionato. Per una creatura che aveva avuto la sorte di Marta, era la persona giusta.

Il contesto riprodotto nella bella casa di Bianca era decisamente familiare. Quando Nelide l'accompagnava lí, quattro volte alla settimana, per Marta era una festa. Era legatissima alla governante cilentana, ma Bianca, Edna e soprattutto Federico, l'unico bambino che avesse mai incrociato, erano per lei stimolo e fonte di scoperte.

Quel pomeriggio avevano già finito di riempire fogli di quaderno di ordinate asticelle e numeri da uno a cinque, e Edna era andata nelle cucine per sovrintendere alla preparazione di uno dei suoi famosi dolci. Marta ne era golosissima e non vedeva l'ora.

Rimasta sola con Federico, disse:

– Secondo te che dolce ci prepara, tua mamma? Io vorrei tanto una torta al cioccolato con lo zucchero sopra!

L'altro fece una smorfia.

– Lo zucchero sopra ce lo mette di sicuro, ma non credo che farà la torta al cioccolato. Doveva scioglierlo prima, invece ha avuto l'idea del dolce troppo tardi. Lo farà bianco, vedrai.

Marta si strinse nelle spalle. Era una bimba dai tratti regolari, piú alta della media, con i capelli corti e un bel fiocco sulla testa. Aveva le mani sottili e nervose del padre, ma la somiglianza generale era con la madre. Maria, la nonna, scoppiava a piangere appena la vedeva.

– A me piace anche bianco, ma con lo zucchero sopra. Certo sei proprio fortunato tu, ad avere una mamma e ad averla cosí brava a fare i dolci.

Federico sollevò gli occhi dal quaderno. Era meticoloso e controllava sempre di aver svolto i compiti con precisione.

– Sí, mamma è brava. Ed è tenera e affettuosa con me, io e lei siamo una famiglia. Però, per essere chiari, io non ho un papà. Non l'ho mai conosciuto, e mamma non me ne parla. Tu invece ce l'hai, no? Quindi siamo tutt'e due fortunati e sfortunati, un po' e un po'.

Marta considerò la questione. Ogni volta che rifletteva, piegava la testa di lato e guardava assorta nel vuoto.

– Be', sí, io ce l'ho, il papà. E gli voglio tanto bene, e lui ne vuole a me, me lo dice sempre. Neanch'io, sai, ho conosciuto la mia mamma, che adesso è diventata un angelo come dice mia nonna. Però io chiedo sempre di lei, e mi raccontano un sacco di cose di quando era piccola come me, o anche di quando ha incontrato il mio papà e si sono innamorati. Mi piace sentire parlare della mia mamma, è come se la vedessi. Tu? Non ti raccontano di tuo papà?

– No, e chi dovrebbe farlo? Mia mamma se le chiedo di lui fa la faccia arrabbiata, stringe le labbra e fa di no con la testa, e allora io non glielo dico piú. Alle signore del palazzo con cui stavo qualche volta non potevo chiedere. Quindi non ne so niente. Da come mi guarda, so che mia mamma cerca di capire se gli assomiglio: ma io credo di assomigliare a lei.

Marta scoppiò a ridere.

– Ma certo che assomigli a lei, sei uguale, non te ne accorgi? E quindi abbiamo metà fortuna a testa: tu hai la tua mamma e io il mio papà. Meglio che niente, no? E poi tutti e due abbiamo zia Bianca!

Federico si illuminò.

– È vero, c'è la contessa. Che è bellissima, non ti pare? E ci fa tanti regali, i giocattoli, il treno di legno... E i soldatini!

Marta prese la bambola che aveva vicino e la strinse al petto.

– Sí. È lei che mi ha regalato la principessa Elvira. E poi c'è Nelide, anche.

Federico si rabbuiò.

– Non mi piace, Nelide.

La bambina sembrò sconcertata.

– E perché non ti piace? È la mia governante, pensa a tutto quello che mi serve. Io sto benissimo con lei.

Federico serrò le braccia al petto, torvo.

– È brutta, scura scura, non sorride mai. Poi ti porta sempre via. A me piace stare con te, giochiamo, e sei l'unica con cui posso parlare, a parte mia mamma: quando te ne vai, io resto solo. Ed è per colpa sua!

Marta gli andò vicino e gli prese la mano.

– Non devi pensare questo, Federico. Nelide non mi porta via perché non ti vuole bene, lo fa perché deve accompagnarmi a casa.

Il bambino insistette, ormai di malumore.

– E perché devi per forza andare a casa? Non puoi restare qui, dalla contessa? Noi veniamo perché ci sei tu, altrimenti dovremmo rimanere dove abitiamo, che è un posto piccolissimo dove non ci sono giocattoli. Se Nelide non ti portasse via, potremmo stare sempre qui a giocare; invece quando vai via tu, dobbiamo andarcene anche noi!

Marta sospirò.

– Mi dispiace, Federico. Io vado a casa perché è là che vive il mio papà, e devo stare con lui. Ha già perso la mia mamma, mica posso lasciarlo solo, ti pare? E poi torno qui da zia Bianca quattro giorni alla settimana, e possiamo vederci e giocare. Adesso, per favore, puoi tornare a sorridere?

Federico trasse un respiro, poi disse serio:

– Facciamo fare un giro alla principessa Elvira sul mio treno? Cosí vediamo dove decide di andarsene.

Marta annuí. Non poteva saperlo, ma in quel momento era uguale a sua madre.

Con gli stessi profondi occhi neri.

VII.

Era una specie di viaggio nel tempo. Per qualche ragione, il passaggio in quella cortina di erbacce e arbusti selvatici consentiva di ritrovarsi da un'altra parte, in un luogo primordiale separato dal mondo che si erano lasciati alle spalle. Tanto la strada era un caotico brulicare di vita e di rumore quanto quella specie di boschetto era silenzioso, calmo, bucolico. Si sentiva il vento soffiare piano, il ronzio degli insetti, il profumo umido dei fiori e delle foglie. Non fosse stato per le imprecazioni a mezza bocca di Maione, che restava impigliato con i pantaloni nei rovi, la memoria dei sensi di Ricciardi lo avrebbe condotto indietro di trent'anni, a quando si avventurava da solo nella vegetazione attorno a casa, nel Cilento.

Percorsero una cinquantina di metri sull'unico sentiero appena distinguibile, invaso dalla vegetazione. Gli alberi facevano ombra, e un paio di volte udirono frusciare qualcosa tra le foglie, forse lucertole, forse gatti. Ricciardi pensò che quel posto era molto piú vasto di quello che ci si sarebbe aspettati, varcando il portone. La famiglia che aveva abbandonato il palazzo doveva essere stata ricca e potente, erano i nobili ad acquartierarsi in quella zona perché non lontana dalla reggia. Un luogo di caccia, forse. O un semplice appezzamento di terreno che era stato un giardino, e ora – come pressoché tutto nel quartiere – era preda della decadenza e del degrado.

Giunsero a una radura. Su un tronco caduto erano seduti un giovane in divisa, intento a scacciare mosche col berretto, e un uomo anziano con i gomiti appoggiati alle ginocchia e le mani sul viso. Il poliziotto scattò sull'attenti.

– Guardia scelta Esposito Mario, del posto di San Giovanni. Comandatemi.

– Riposo, Espo'. Io sono il brigadiere Maione e questo è il commissario Ricciardi, della questura. Dicci tutto.

Il ragazzo, bruno, tarchiato e non ancora trentenne, si rimise in fretta il cappello, quasi avesse scoperto in quel momento di tenerlo in mano.

– Niente, brigadie', il maestro Caputo qui presente, alla data odierna, 10 aprile del XVII anno, è intervenuto al nostro posto di guardia per...

Maione alzò la mano, e il giovane si interruppe con uno scatto della mandibola.

– Espo', non stai dettando un verbale. Non è che devi raccontarci come se ci stessi mandando un telegramma. Parla come ti ha fatto tua madre.

L'altro si mosse nervoso sui piedi, si girò verso l'anziano come per cercare aiuto, poi si schiarí la gola.

– E insomma, brigadie', il maestro Caputo ci è venuto a chiamare. Era sconvolto, piangeva, io lo conosco da sempre e non l'avevo mai visto cosí. Allora siamo venuti qua e... e abbiamo trovato questa cosa.

Concluse indicando alle proprie spalle, con un cenno del capo. Ricciardi e Maione videro solo una fitta siepe punteggiata di fiorellini bianchi. Il commissario pensò che in quel posto comandava la primavera, e il mese di aprile.

Il brigadiere stava per perdere la pazienza.

– Senti, Esposito, tu devi parlare chiaro. È la seconda volta che te lo dico, non me lo fare ripetere. Che cosa avete trovato, si può sapere?

La guardia, in palese difficoltà, gettò un'occhiata pietosa all'anziano, che scosse il capo con vigore. Allora il giovane, rosso in viso, si accostò alla siepe e spostò dei rami frondosi, liberando la vista.

Ricciardi e Maione avanzarono. Il ronzio di mosche e calabroni si fece intenso, ma non aveva niente di evocativo o di poetico.

Al centro del prato, nell'ombra di un albero, c'erano due che facevano l'amore. O meglio, c'era il gruppo scultoreo di due che facevano l'amore, perché erano fermi. Il prato, i fiori, le foglie, l'immobilità dei due, la scena inquadrata nella sezione di siepe spostata dalla guardia Esposito che teneva la testa girata all'indietro per non vedere: tutto dava l'impressione di essere davanti a un dipinto dell'Ottocento inglese.

Ricciardi e Maione si avvicinarono. Furono subito evidenti a entrambi lo squarcio profondo sulla gola della donna e la depressione sul cranio dell'uomo, il cui volto non era visibile.

Ricciardi chiese all'anziano:

– Maestro Caputo, ha detto la guardia. Le generalità complete, per favore.

L'uomo si alzò in piedi a fatica, mostrando la rigidità della gamba. Sembrava in grande imbarazzo.

– Caputo Girolamo, classe 1874, maestro in pensione. Reduce di guerra, col grado di caporale, congedato nel 1918, croce al merito.

L'ultima informazione era stata accompagnata da un cenno alla gamba rigida, come a sottolineare la ferita al fronte.

Ricciardi annuí.

– Diteci dove abitate, e com'è andato questo ritrovamento.

Caputo si fece coraggio.

– Io abito in fondo alla strada, a duecento metri da qua, commissa'. Ero venuto a prendere un poco d'aria, e mi è caduto l'occhio sul… quel panno rosso, forse lo vedete, e io… Poi sono andato a chiamare le guardie quando mi sono accorto che… Che non si muovevano, ecco.

Maione, il cui viso era sempre una finestra sui sentimenti che provava, era passato dalla profonda pena nei confronti dei due morti all'evidente diffidenza nei riguardi dell'anziano maestro.

– Ah, quindi voi siete arrivato fin qui per prendere un poco d'aria. E vi è caduto l'occhio sulla stoffa rossa, che è la gonna di quella povera ragazza.

Il maestro assentí, evitando di incrociare gli occhi del brigadiere.

Maione si fece duro.

– E cosí, per godervi il fresco del pomeriggio di aprile, voi scendete di casa, vi fate una bella passeggiata e casualmente finite di fronte a due cadaveri. In questo delizioso boschetto che vi viene di passaggio.

Anche la guardia Esposito pareva in difficoltà. Continuava a tenere i rami per consentire la vista, nell'attesa che qualcuno gli dicesse di mollarli. Ma nessuno glielo diceva.

Maione riprese, e stavolta non c'era traccia di ironia.

– Caputo, ma voi pensate che siamo fessi? No, perché se lo pensate vedete di non pensarlo piú, per cortesia. Mi volete fare credere che con una gamba in quelle condizioni voi vi siete avviato da casa vostra e avete attraversato la giungla di Mompracem, rischiando di incappare in un cane rabbioso o in chissà quale bestia, per un poco d'aria fresca?

Caputo continuava a fissare il vuoto. Maione sibilò:

– Vi dico io che mi viene da pensare: voi siete un pervertito, vi piace guardare gli altri mentre fanno le cose. Ce ne stanno tanti, io da guardia li andavo a pigliare fuori alle scuole. E ai pervertiti a volte gli viene pure di mettersi in mezzo, e allora può andare a finire male.

– Io? Io? No, brigadie', vi state sbagliando, io non le faccio queste cose! Esposito, tu mi conosci da tanti anni, sei stato alunno mio quand'eri piccolo, diccelo tu al brigadiere che io non sono cosí!

Il poliziotto, chiamato in causa, disse stridulo:

– No, no, brigadie', per carità, il maestro è una brava persona, ve lo posso garantire! Noi qua ci conosciamo tutti quanti, e vi assicuro che...

Ricciardi intervenne, sommesso:

– E quindi non avrete difficoltà, signor Caputo, a spiegarci come sono andate le cose. Perché ogni scenario, ve lo assicuro, è migliore di quello tracciato dal brigadiere. Forza, vediamo se gli fate cambiare idea.

Caputo pareva sul punto di scoppiare a piangere. Deglutí e proruppe:

– Le nespole! Ero venuto per le nespole, commissa'! Non lo volevo dire perché non è certo bello che un uomo anziano viene fino a qua per rubare un poco di frutta, ma come me la posso comprare con i quattro soldi che prendo? Guardate là, se non mi credete!

Seguendo l'indicazione di Caputo, Ricciardi e Maione videro un involto di carta di giornale, a terra, vicino alla siepe. Alcuni frutti erano rotolati fuori e macchiavano di giallo il prato.

Il maestro riprese:

– È per questo che ero venuto, credetemi! Poi ho visto il rosso e mi sono affacciato per guardare: ma se si fossero mossi me ne sarei andato di corsa, io quelle cose là non le faccio. Non sono uno di quelli, brigadie', di quelli fuori alle scuole. Io ci lavoravo, nelle scuole!

Si era messo a singhiozzare. Le lacrime gli rigavano il viso. Maione si avvicinò all'involto e controllò la data sul foglio di giornale; soltanto allora guardò Caputo sotto un'altra luce.

Ricciardi ebbe pena del maestro.

– Va bene, Caputo. Basta cosí. Non vi preoccupate. Tu aspetta qui coi signori, Maione. Io vado a dare un'occhiata al di là della siepe.

Il brigadiere annuí. Conosceva le abitudini del superiore. Dopo tanti anni non si era ancora dato una spiegazione, ma il suo modo di voler bene era la devozione assoluta: e a Ricciardi voleva bene davvero.

– Fate, fate, commissa'. Il dottore e il fotografo staranno per arrivare. Prendetevi il tempo che vi serve.

VIII.

Dopo che Ricciardi fu passato dall'altra parte, fece cenno a Esposito che poteva lasciar andare i rami della siepe. La guardia ne fu sollevata, e l'apertura provvisoria si richiuse con un fruscio.

Al di là c'era un'atmosfera diversa. Si completava il distacco dal mondo, e se si evitava di guardare la morte cruenta che trionfava in una sempre piú rumorosa festa di mosche, ci si poteva illudere di essere finiti in un angolo di Arcadia in piena zona industriale.

E tuttavia la morte c'era, univoca nella sua brutalità, senza dubbi e con molte certezze; e quando c'era la morte, come Ricciardi ben sapeva, non la si poteva ignorare. Quando in un qualsiasi luogo – una chiesa o la sala d'aspetto di un medico, un vicolo buio o una piazza, un teatro o un molo – era presente la morte, non c'era altro da poter considerare.

La morte era una grande attrice che recitava benissimo la sua parte. E questo era vero anche per le persone normali, per chiunque respirasse e avesse emozioni: figurarsi per Ricciardi, per il quale la grande attrice metteva in scena uno spettacolo esclusivo, riservato ai suoi occhi verdi che sembravano di vetro.

A palpebre chiuse, Ricciardi si concentrò per abbandonarsi alla dannazione che aveva conosciuto da bambino. La mente andò fulminea a Marta. A come aveva scrutato i suoi occhi di neonata nelle ore successive alla perdita di Enrica, quando tutti lo fissavano preoccupati convinti che avesse perso il senno, chiedendosi cosa cercasse con tanto affanno nel viso minuscolo della bambina. A come aveva atteso che perdessero il loro colore indistinto per prendere quello che sarebbe rimasto, sicuro com'era che ci fosse una relazione fra il verde di sua madre e suo e l'inevitabile facoltà di sentire il terrificante dolore della morte.

Aprí le palpebre. A un metro, spalle alla siepe, c'erano i due cadaveri avvinghiati nell'ultimo abbraccio. Vedeva la schiena e le gambe di lui, i pantaloni a metà delle natiche, una striscia dei glutei all'aria. Pur non scorgendo la faccia, affondata tra il collo e la spalla di lei, capiva che si trattava di un giovane. I capelli erano biondi, da lontano gli erano parsi neri ma erano solo intrisi di sangue. Mazzate dietro la testa, brutali, fortissime. Il cranio spaccato come una noce.

Le gambe di lei, allargate per riceverlo, bianche e lunghe, la gonna rossa sollevata. L'ovale bello e regolare anche nella morte, meno di vent'anni probabilmente. La pozza di sangue scuro, la giugulare recisa di netto.

Tutte queste considerazioni attraversarono rapide Ricciardi, ma erano solo una deformazione professionale: sarebbero state materia di analisi per il medico. Lui era lí per altro.

Si girò piano a sinistra, dov'era rivolto lo sguardo sbarrato della donna. Luminescente nell'ombra, l'immagine della ragazza in piedi, lo squarcio al collo che gettava incessante piccoli fiotti di sangue scuro, mormorava qualcosa.

Ricciardi soffocò l'istinto a scappare il piú lontano possibile. La giovane diceva: *Aprile, aprile è 'o mese, 'e ccerase, perdonami.* Senza senso, disse Ricciardi fra sé. Era frequente, un pensiero e basta, nessuno può controllare quello che pensa prima di morire.

Quasi nessuno, rifletté, mentre nel cuore gli pulsava la voce di Enrica: *Non dimenticarti di noi, amore mio.*

Si voltò dalla parte opposta. Nei pressi dell'albero che dava ombra al prato c'era la figura del giovane, la testa spaccata dalla quale emergevano ossa fratturate e materia cerebrale, oltre a sangue nero. In tanto sfacelo il sorriso era orrendo, un ghigno atroce di gioia in mezzo alla distruzione del corpo.

Ci sposiamo, amore, ci sposiamo a Genova, l'ho detto al comandante, ci sposiamo, diceva.

Forse, considerò Ricciardi, non era stato un incontro casuale. Forse non erano due che si erano presi un piacere momentaneo. Forse non c'era niente di mercenario, in quell'abbraccio.

Con ogni probabilità, il commissario aveva trovato il primo ufficiale della nave di cui era stata denunciata la scomparsa.

Il ramo si aprí e fecero il proprio ingresso in scena il fotografo e Bruno Modo, medico legale. Da due anni lo accompagnava il dottor Cesare Severi, che lo avrebbe dovuto sostituire di lí a poco, quando sarebbe andato in pensione.

IX.

– Ciao. Come stai?

– E come devo stare. Lo sai, come sto.

– Certo, lo so. Voglio dire, hai tutto quello che ti giova? Il posto è quello che è, ma da mangiare e da bere, queste cose qua…

– Sí, nessun problema, quello che mi serve ce l'ho.

– No, perché a vederti non mi sembra che…

– Mi pare il minimo, no? Non è che non è successo niente. È successo quello che è successo, quella cosa terribile. E non è facile, lo capisci?

– Sí. Sí, lo capisco. E però vorrei che anche tu capissi che non è facile nemmeno per me. Per noi. Nessuno ne parla, ma…

– Nessuno ne deve parlare, infatti. Si deve proprio cancellare la cosa, non si deve nominare, non si deve neppure ricordare. È importante.

– Lo so, lo so. Sono io che te l'ho detto. Ti ho detto: bisogna scordarsene. Punto e basta.

– Che poi magari ci stiamo preoccupando inutilmente. Magari non li trovano, quello è un posto dove non si va certo a passeggio. Basterà aspettare un po' e potrò anche uscire da qua, e tornare… e tornare dove stavo.

– …

– Che c'è?

– E che ci dev'essere? Niente.

– Senti, io ti conosco bene. Quando fai quella faccia, qualcosa c'è.

– Niente, ti ho detto. Devi startene tranquillo, e…

– Io non sto tranquillo per niente, e adesso che ti guardo in faccia ancora meno. Non te lo voglio chiedere piú: che è successo?

– Li hanno trovati.

– Come sarebbe a dire?

– Sarebbe a dire che li hanno trovati. Ecco, che sarebbe a dire.

– Com'è possibile? Non ci va nessuno in quel posto, già noi per arrivarci… Lo sai che abbiamo dovuto fare, no? E poi c'è la siepe, come hanno potuto… Qualcuno ci ha visti? Forse qualcuno ci ha visti! E allora sanno anche che… Sanno chi siamo!

– No, no, sei pazzo! Non dire sciocchezze, ecco perché non te lo volevo far sapere!

– Ma non capisci che guaio è questo? Se ci hanno visti, sanno chi siamo! E allora non potremo far credere che…

– Ascolta, lasciami il tempo di spiegarti, e vedrai che non abbiamo niente di cui preoccuparci.

– Immaginavo che li avrebbero trovati quando… tra il caldo e le bestie, insomma, magari nemmeno sarebbero stati riconoscibili. Nemmeno avrebbero saputo mai. E siccome la famiglia di lei non parla di certo, e lui era di fuori, tutto sarebbe finito là. E invece tu, neppure un giorno dopo, mi vieni a dire che li hanno trovati! Ma chi, come?

– Non ne sappiamo molto, per la verità. Uno scugnizzo ha detto al fioraio che ci stava un movimento di guardie nella strada. Allora il fioraio lo ha detto a Ciro, lo conosci…

– Certo che lo conosco, è un cliente di…

– Esatto, proprio quello. E Ciro ha avuto la curiosità di dare un'occhiata; proprio di fronte, a stendere i panni, ci stava Assuntina, la moglie di…

– Di Pasquale il manovale, lo so chi è.

– Eh. Ha visto un brigadiere insieme a uno in borghese, che sarà stato il delegato di polizia, cercare l'indirizzo. Han-

no chiesto proprio a lei. Ciro ha avvisato subito, e noi ci siamo informati.

– E avete capito se qualcuno ci ha visti? Madonna santa, era buio, siamo stati attenti, ma là ci sta sempre tanta di quella gente...

– Non ci ha visti nessuno, te l'ho detto. Ma scusa, secondo te se ci stava questo pericolo non te lo dicevo? Ti facevo correre il rischio di...

– E allora com'è andata? Chi li ha trovati? Perché se qualcuno sapeva che si vedevano là, bisogna chiudergli subito la bocca. Dobbiamo trovarlo e...

– Per favore, stai zitto. Ma ti rendi conto di quello che stai dicendo, sí? Che siamo, una banda di assassini, noi? Andiamo in giro ad ammazzare la gente, noi?

– No, no, certo che no. Ma se possiamo perdere tutto, se...

– Quello che hai fatto, quello che abbiamo fatto, aveva una ragione. Non è che adesso, per aver fatto questa cosa, la dobbiamo ripetere all'infinito. Perché non finisce piú, ti è chiaro? Ci sarà sempre qualcuno che conosce qualcun altro, che chiede in giro o che capita in un posto per caso. Mica possiamo fare la stessa cosa a tutti!

– Sí. Sí, hai ragione, non possiamo. Però almeno sapere com'è successo che li hanno trovati...

– Lo abbiamo saputo, com'è successo. Abbiamo chiesto a diverse persone, stando attenti a non far comprendere che eravamo al corrente di quello che è accaduto in realtà. Lo sai, siamo amici dei Migliaro che comandano la zona, abbiamo fatto finta che ci preoccupava la polizia che andava e veniva. Il fatto è semplice.

– E cioè? Semplice come?

– Allora, ci sta questo povero maestro, un vecchio che non tiene come mangiare, lo aiutano un po' le famiglie là vicino. Invalido di guerra. Pare che va là dietro per le nespole.

– Le nespole?

– Sí. Ci sta un albero, là dietro. Ridicolo, no? Proprio per la frutta.

– Ridicolo, sí. E allora?

– E allora, è andato lí e ha trovato… quello che ha trovato, insomma. La sfortuna è che nessuno lo ha visto entrare, né uscire. Ci avrebbero avvertito, e noi avremmo provveduto. Invece nessuno lo ha visto e lui è andato al posto di polizia; quelli hanno chiamato la questura, e ci siamo ritrovati che era troppo tardi.

– Se è andata davvero cosí, se siamo sicuri, allora… allora forse è pure meglio, ti pare? Ci siamo tolti il pensiero.

– Sí, forse sí. Da adesso però bisognerà stare ancora piú attenti. Ci dobbiamo organizzare.

– Che vuoi dire?

– Che bisognerà, per esempio, andare dalla famiglia. Avvertirli che forse li cercheranno.

– Tu dici che risaliranno? E come?

– Non lo so, ma la possibilità c'è. Non possiamo rischiare.

– E chi ci andrà? Io non…

– Tu no, certo che no. Ci andremo noi. Magari io. Stai tranquillo. Ma ti posso chiedere una cosa?

– Mi puoi chiedere quello che vuoi, io non dimenticherò quello che hai fatto per me.

– Siamo una cosa sola, noi. Non c'è dubbio. Ma quello che volevo chiederti è: prima hai detto «Ci siamo tolti il pensiero». Mi sei sembrato sollevato, alla notizia che li hanno trovati. Che volevi dire?

– Volevo dire che stanotte il pensiero che… non ho chiuso occhio, insomma. Non era bello pensare che… che fossero rimasti in quel modo, uno sopra e l'altra sotto. Mi faceva cosí… cosí schifo.

x.

Il fotografo cominciò a fare il proprio lavoro, sacramentando per le condizioni di luce che si erano fatte difficili col calare della sera e per le zanzare che gli davano il tormento. I lampi al magnesio e lo scoppio delle lampade rendevano la scena meno bucolica di com'era stata fino a poco prima, e facevano risaltare ancora di piú nel paesaggio gli amanti defunti.

La guardia Esposito e il maestro Caputo se n'erano rimasti ben discosti dalla siepe, e fumavano in silenzio. Maione aveva invece raggiunto Ricciardi, accompagnando il dottor Modo; tutti e tre se ne stavano a qualche metro dalla scena del crimine, alla quale si era invece avvicinato il dottor Severi.

Questi era un giovane medico del Settentrione, di qualche provincia romagnola. Era stato assegnato un anno prima all'assistenza di Modo, in ospedale e nelle attività esterne come la medicina legale; grassoccio e rubizzo, di altezza media, pareva piú interessato alla cucina locale che al lavoro. Modo era pregiudizialmente – e, secondo Ricciardi, assurdamente – convinto che in realtà fosse una spia del regime, collocata nei suoi paraggi allo scopo di carpirne le confidenze per farlo arrestare, torturare e mandare al confino in un'isola lontana.

Non tutti i mali e non tutte le fissazioni vengono però per nuocere: la vicinanza di Severi aveva avuto il piú che positivo effetto di contenere le pericolose esternazioni antifasciste di Bruno, che aveva assunto un atteggiamento guardingo e preoccupato. Ciò rassicurava Ricciardi, il quale sapeva bene che l'amico avrebbe finito col mettersi nei guai se avesse continuato a dire peste e corna del governo.

Il pregiudizio di Modo nei confronti del giovane dottore trovava le piú assurde conferme: anzitutto l'accento, cosí simile a quello con cui il duce emetteva i suoi proclami alla radio. Poi, il fatto che l'uomo non parlasse mai di politica: e ciò, in quell'epoca di consenso plebiscitario, era sicuro indice del tentativo di carpire la benevolenza altrui per procedere alla delazione. Terzo e piú grave argomento, la palese inadeguatezza professionale che, secondo Modo, lasciava addirittura dei dubbi sul titolo di studio conseguito dal giovane collega. In ultimo, la ritrosia di Severi verso i bordelli e le donne in generale, che lo allontanava dall'anziano medico in maniera decisiva.

Adesso Bruno, a debita distanza, lo guardava saltellare nei paraggi dei cadaveri, per anticipare la disamina della quale poi gli avrebbe reso conto. La leggendaria intuizione di Modo era per Severi una montagna troppo ardua da scalare, e ogni volta si sentiva come alle prese col piú complicato degli esami.

– Guardatelo là. Ancora si deve avvicinare e già è evidente che non ha capito nulla. Logico, è qui per ben altro che fare il medico: è qui per scovare argomenti per mandarmi a processo. Ah, ma io non gliene darò. Non riuscirà nell'intento, dovrà tornarsene dai suoi capi a mani vuote.

Maione era rassegnato. Il tempo non era passato con leggerezza, per il dottor Modo. Canuto, le spalle curve, la pelle rugosa; soprattutto gli occhi erano cambiati. Mantenevano l'intelligenza, ma avevano perso la scintilla di ribalda allegria che era stata la loro piú indiscussa caratteristica. L'arresto di sette anni prima, col miracoloso rilascio ottenuto grazie all'intercessione della vedova Vezzi, lo aveva terrorizzato al punto di renderlo sospettoso al limite della mania.

– Dotto', abbiate pazienza, ma voi la dovete combattere questa fissazione, se no vi ammalate. Ma perché ce l'avete tanto con quel ragazzo, che fa del suo meglio?

– Ah, sí, brigadie'? E quale sarebbe il suo meglio? Perché io vedo solo il peggio. Primo, non capisce niente: l'altro giorno gli ho chiesto di portarmi la penicillina ed è tornato con le garze, dicendo che non aveva capito, come se si possa confondere un rotolo di tessuto con un flacone di medicinale. Non parliamo della chirurgia, non conosce neppure i ferri, non c'è una volta che mi dia quello giusto. Ha un po' di capacità diagnostica, ma secondo me è fortunato e indovina le patologie a caso. Ve lo dico io: è qua per spiarmi. Ma non ci riuscirà, perché andrò in pensione prima che mi arrestino di nuovo.

Ricciardi sospirò.

– E chi ti garantisce che dopo che sarai andato in pensione non ti arresteranno lo stesso? Peraltro uno come te in pensione non ci andrà mai. Sei troppo innamorato del tuo lavoro.

Modo ridacchiò.

– No, no, caro. Lo sono stato finché ho avuto un vago affetto per il genere umano. Ma adesso questo sentimento è venuto a mancare. E sai da quando?

Ricciardi si fece tetro.

– Lo so, lo so. E non mi sento di darti torto, in verità. Le leggi sulla razza, il comportamento nei confronti degli ebrei, quello che stiamo facendo in Africa orientale… Sono davvero cose terribili. Ma vedrai che…

Modo lo invitò ad abbassare la voce.

– Stai attento, Ricciardi. Quello sente tutto e riporta. E comunque mi riferivo alla chiusura del *Gambrinus*, che ci costringe ad andare da *Caflisch* per poterci mangiare una sfogliatella decente.

Maione intervenne, deciso.

– Quanto a questo vi devo dare ragione, dotto'. E passando davanti a *Caflisch*, ho visto il vostro collega piú volte. A proposito di indizi.

– Sí? E con chi stava, brigadie'? Era con qualche personaggio sospetto? Magari qualche altro settentrionale come lui, sconosciuto dalle nostre parti? Si passavano bigliettini, parlavano a bassa voce o...

– Macché, dotto'. Sempre da solo, e sempre con una pasta in mano. Per pochi attimi, però, perché se le divora in due bocconi.

Il dottore sembrò deluso.

– Questione di tempo, brigadie'. Lo scoprirò con le mani nella marmellata, ve lo dico io.

Ricciardi disse, fintamente serio:

– Ecco, se esci dalla metafora è probabile che lo prendi davvero, con le mani nella marmellata. Piuttosto, vediamo di sbrigarci, perché il fotografo ha finito e sta venendo sera. I necrofori sono arrivati, mi pare.

Modo lanciò un'occhiata al di là della siepe, dove quattro portantini stavano intrattenendosi con la guardia Esposito e col maestro Caputo.

– Sí, sí. Hai ragione, Ricciardi. Sbrighiamoci. Poveri ragazzi, ammazzati nel momento piú bello. Sappiamo chi sono?

– No, non lo sappiamo ancora, non li abbiamo nemmeno perquisiti perché aspettavamo voi. Magari adesso lo sapremo.

Severi stava accovacciato vicino alla coppia, toccando con cautela i corpi. Si voltò verso Modo.

– Dottore, donna dall'apparente età di vent'anni, uomo direi sotto i trenta. Lei squarcio da arnese da taglio sulla gola, apparente dissanguamento da dissezione carotidea. Lui apparente frattura delle ossa del cranio, di sicuro l'occipite, forse il parietale, forse il temporale.

Modo, in piedi accanto a lui, aveva un'aria disgustata.

– Apparente, eh? Forse, eh? Direi che questa cautela è degna di miglior causa, Severi. E a quando risale, forse, l'apparente morte?

Il giovane arrossí.

– Mah, è difficile da dire, dottore. Credo però a molte ore fa, vedo larve di mosca nello squarcio sulla gola della ragazza, ma vanno viste le macchie ipostatiche e...

– Lo so quello che va visto, Severi. Cerchiamo di dare una mano ai nostri amici poliziotti, qui, che non vogliono certo aspettare la fine dell'esame necroscopico che faremo domani in ospedale, vi pare? Forza, spostiamo il cadavere e guardiamo in faccia anche questo povero ragazzo.

Maione nel frattempo aveva perlustrato il terreno attorno, aiutato da Esposito. Disse a Ricciardi:

– Niente, commissa'. Nessuna traccia di armi o di oggetti che possono essere stati usati per il delitto. Chi ha fatto questa cosa se li è riportati a casa.

– E nemmeno sono stati portati qui da qualche altra parte. Nessun segno di trascinamento sull'erba, nessun ramo spezzato. Sono stati sorpresi mentre stavano insieme.

Modo si era abbassato per aiutare Severi a girare il corpo del giovane.

– Prima lui e poi lei. Selvaggiamente lui, vedo almeno quattro colpi, ti saprò dire domani; con decisione lei, un unico taglio netto. Certo dovevano proprio avercela...

La brusca interruzione portò tutti a guardare Modo. Il cadavere del giovane era adesso in posizione supina, il volto coperto dalle macchie derivanti dal deposito di sangue nelle ore in cui era stato riverso sulla donna. Il colore della pelle e questo fenomeno contrastavano con l'espressione estatica stampata sulla faccia del ragazzo, che data la circostanza appariva quasi oscena.

Ricciardi non aveva smesso un attimo di sentirgli dire del prossimo matrimonio, cosí come non aveva cessato di udire lei chiedere perdono e parlare di aprile e di ciliegie. Adesso però era preoccupato dalla reazione dell'amico: sembrava raggelato.

– Bruno? Che succede? Ti senti bene?

Il dottore si sollevò piano. Fece uno, due passi indietro. Severi si alzò a propria volta e gli mise una mano sul braccio.

– Dottore, che c'è? Posso aiutarvi?

La reazione di Bruno fu scomposta: lo allontanò con un gesto cosí violento che il giovane quasi cadde addosso ai cadaveri.

– No. Non ho niente, capito? Niente! Concludete voi, qui. Io me ne vado a casa, ho finito il turno. Ricciardi, ci vediamo domani in ospedale. Buona serata a tutti.

E se ne andò, incespicando nella penombra.

XI.

Fino a cento metri da casa, e cioè per la gran parte del tragitto che come ogni sera percorse dalla questura, Ricciardi si chiese la ragione della reazione di Modo.

Lo conosceva da tanto tempo, e da piú di dieci anni poteva definirlo il suo unico amico. A Maione era legato da un profondo affetto, ma il brigadiere, per l'enorme rispetto che gli portava, non consentiva un livello di intimità tale da potersi dire vera amicizia; e con don Pierino, il solo altro con cui parlava, c'era un flusso di coscienza univoco. A Bianca voleva molto bene, ed era certo che lei lo ricambiasse, ma non si sarebbe mai confidato con lei.

Bruno, invece, sapeva essere il compagno di una serata divertente e anche una spalla sulla quale piangere; e Ricciardi era pronto a ricevere le lunghe elucubrazioni filosofiche sulla vita, sull'amore e sulla politica che il dottore elargiva piú che generosamente. Si parlavano, insomma; lo invitava spesso a casa, visto che Modo era goloso della pesante cucina cilentana di Nelide, e le rare volte che usciva di sera era sempre per stare con lui.

E tuttavia, non gli era ancora accaduto di vederlo sconvolto come in quel tardo pomeriggio di aprile sul prato selvatico di San Giovanni. Lo spettacolo era straziante, ma avevano assistito a ben altro nel tempo che avevano condiviso. Pietà, certo; dolore, come no; disperazione, perfino.

Ma mai quel misto di rabbia e smarrimento che Ricciardi aveva visto palesarsi sul volto dell'amico poche ore prima.

Aveva rispettato il silenzio di Bruno, e lo aveva lasciato andare. Sapeva che lí, davanti a tutti, non avrebbe detto nulla. Era sicuro che il medico avrebbe trovato la maniera di raccontargli che cosa gli era passato per la testa.

Quei pensieri avevano occupato la mente di Ricciardi fino all'ultimo pezzo della dolce salita che lo portava a casa. Dacché aveva la bambina, salvo cataclismi lavorativi aveva fatto in modo di essere sempre di ritorno per cena. Sentiva il dovere di dare a Marta dei punti fermi, pur consapevole che alla piccola fosse piú che sufficiente la presenza di Nelide. Da questo punto di vista, Ricciardi costituiva invece piú un impiccio che un aiuto.

Ma se qualcuno gliel'avesse chiesto, avrebbe risposto che non lo faceva tanto per la figlia, quanto per sé. Nemmeno per un minuto, quando era entrato sconvolto nella stanza dell'ospedale, aveva dato all'innocente neonata che strepitava in braccio alla nonna in lacrime la colpa di quanto accaduto a Enrica; eppure aveva letto negli occhi dei famigliari quella preoccupazione. La colpa l'aveva data piuttosto a sé stesso, alla consapevolezza che avere un figlio costituisse un grave azzardo per uno nella sua condizione, anche se non nel senso di poter far male al suo grande amore. Ma nemmeno questo aveva piú significato.

Adesso contava la bambina, e il darle un equilibrio cercando, se non di compensare, perlomeno di sopperire all'assenza della madre.

Aprí la porta, infilando subito la mano in tasca e cominciando a sorridere perché aveva già sentito i passi leggeri di una corsa da una stanza all'altra, fino all'ingresso. Un salto ed eccola fra le sue braccia, profumata di talco e di lavanda e di pulito, tanti baci sulla guancia come il beccare di un uccellino. Papà, il mio papà, ecco il mio papà, diceva tra un bacio e l'altro. E lui ascoltò l'ondata di calore che gli sommergeva il cuore, e pensò a quanto fosse stato pazzo a immaginare di non volere figli.

Era incredibile quanto fosse identica a Enrica, anche se i suoceri e i cognati non facevano che rilevare la somiglianza con lui. Ma era cosí bello cercare la sopravvivenza di lei nella bambina, che Ricciardi non avrebbe riconosciuto altri tratti che non fossero quelli della donna che aveva amato, che amava ancora e avrebbe amato per sempre.

Come ogni sera, Nelide si piazzò sulla soglia. Tarchiata, braccia e gambe tozze e muscolose, mascella e labbro superiore scuriti da una peluria evidente, un unico sopracciglio a sormontare i vivacissimi occhi neri: Ricciardi non ricordava di averla mai vista sorridere. A ventiquattro anni, era la copia conforme della defunta zia Rosa, l'amata governante che aveva fatto da mamma al commissario e gliel'aveva lasciata in eredità.

E come ogni sera disse, con voce profonda:

– *Canta lu addu e tòcola la cora*…

Lasciando alla squillante vocina di Marta la fine del proverbio:

– *Iamo a mangia', ca è bbenuta l'ora.*

Ricciardi tornò a riflettere sulla compatibilità dell'educazione cilentana con quella aristocratica che Bianca aveva deciso di impartire a Marta. Ma sedendosi a tavola e concentrandosi sul fitto racconto della giornata della bambina, pensò che a Enrica sarebbe piaciuta tanto quella contaminazione di intelligenza popolare e maniere dell'alta società.

Alla luce dell'abat-jour, ascoltarono un po' di musica alla radio lasciando che il mondo segreto di cui erano gli unici due abitanti li avvolgesse. Era un momento nel quale nessuno chiedeva a Marta di essere una signorina, e nessuno chiedeva a Ricciardi di essere un funzionario di polizia; lei gli si accoccolava in braccio, lui le infilava il naso tra i capelli e le accarezzava la nuca, mentre Marta, la guancia sulla camicia del padre, gli stringeva le braccia al collo. *Bambina innamorata*, cantò la radio, e sembrava un ritratto. Subito dopo una voce tenorile intonò *Non ti scordar di me*, e per Ricciardi fu un dolce ricordo che, nella penombra e al di sopra della testa della figlia, lo indusse al pianto.

Piú tardi, appena riconobbe il respiro regolare di Marta, la mise a letto mentre Nelide vegliava sull'operazione, pronta a completarla con la vestizione della baronessina per la notte: riusciva a toglierle i vestiti e a metterle la camiciola con una tale delicatezza da non svegliarla mai.

Marta però aprí gli occhi nell'istante in cui Ricciardi le stava posando un lieve bacio sulla fronte.

– Papà, puoi raccontarmi una cosa della mamma? Cosí la sogno.

Era una richiesta che qualche volta faceva, ma di giorno. Quella sera voleva sognarla, invece. A Ricciardi si strinse il cuore, e sedette sul bordo del lettino.

– Che vuoi che ti racconti, piccola mia?

– Quello che ti piace, papà. Tanto io immagino.

Da fuori veniva la luce di un lampione. C'era uno spiraglio aperto, e l'aria di aprile prometteva meraviglia. Le note di un pianoforte arrivavano da chissà dove, e anche se per la lontananza non si riconosceva la melodia, sembrava la cosa piú naturale del mondo che musica e notte facessero amicizia.

– Io la guardavo dalla finestra, sai. Non avevo il coraggio di parlarle, ma la guardavo ogni sera. E lei si metteva seduta nella cucina dei nonni e ricamava.

– Perché non avevi il coraggio di parlarle? Ti faceva paura?

– No, amore mio. Non avevo paura di lei; ero convinto che fosse troppo... troppo dolce, troppo bella per me. Ero convinto che... che non avrei mai potuto averla.

Marta tacque, tanto che Ricciardi credette si fosse addormentata. D'un tratto disse:

– Ma tu sei bellissimo, papà. Sei il papà piú bello di tutto il mondo. E poi, se non ci avessi parlato, non sarei nata io, no?

Gli occhi verdi lasciarono il volto di Marta e andarono alla finestra. Ai ricordi, al ricamo con la mano mancina. Alle note indistinte del pianoforte nella notte di aprile.

– Lei però mi aspettava, anche se io non lo sapevo. Aspettava con pazienza. Era tanto paziente, la tua mamma. Lo sapeva che dovevi nascere tu; aspettava solo che lo capissi pure io.

La vocina piena di sonno disse, in un soffio:

– E poi lo hai capito, papà?

Non ti scordar di me, pensò Ricciardi. Forse la musica era quella.

– Sí, amore mio. Alla fine l'ho capito.

XII.

Nemmeno ci provò a mettersi a letto, il dottor Bruno Modo. L'agitazione gli mordeva lo stomaco, e conosceva il proprio corpo abbastanza da sapere che a nulla sarebbe valso ubriacarsi e rigirarsi nelle lenzuola: non avrebbe dormito, e anzi, davanti agli occhi sbarrati nel buio si sarebbero avvicendate le peggiori immagini. Sarebbe stato anche molto peggio di come si sentiva.

Il che non era poco.

Il cane se n'era accorto subito. Al suo rientro aveva alzato un orecchio e puntato il muso su di lui, come a interrogarlo sulle ragioni di quel turbamento. Poi si era avviato alla scodella, per bere l'acqua fresca che il medico gli aveva versato. Tutti poteva ingannare, tranne il cane; era con lui da quasi otto anni, l'amico di un povero bambino morto ormai da molto ma mai dimenticato. All'inizio lo aveva lasciato senza nome, ritenendo che quella coabitazione non sarebbe stata definitiva: non aveva mai pensato di essere in grado di tenere un cane; ma aveva dovuto arrendersi alla prova dei fatti e aveva cominciato a chiamarlo Libero, un augurio e un riconoscimento.

Adesso il cagnolino si andava facendo vecchio e malandato, come Modo, del resto; e come Modo era attaccato alla vita e alla propria libertà.

Una volta a casa, Bruno si era messo allo scrittoio, vergando quattro bigliettini dall'identico contenuto. Era di nuovo uscito, affidandoli a un ragazzino che conosceva e dandogli qualche moneta come ricompensa, e quello era partito di corsa.

Adesso si trattava di trascorrere la notte. Prima dell'indomani non c'era nient'altro da fare.

Si rammaricava molto della reazione che aveva avuto. Avrebbe dovuto digerire l'informazione come un consumato giocatore di poker, lasciando sedimentare la consapevolezza di ciò che aveva sotto gli occhi. E avrebbe dovuto manifestare freddezza di fronte agli effetti della violenza. Ma non ce l'aveva fatta.

Era tranquillo per Ricciardi e Maione, di cui si fidava come di sé stesso e che in mille occasioni avevano dimostrato la completa neutralità politica, se non altro. Ma Severi era un altro discorso. Severi, ne era certo, era una spia del regime messa vicino a lui al solo scopo di smascherarne l'attività antifascista, magari non prima di aver ricostruito eventuali legami con altri oppositori non ancora noti a quegli infami.

E lui c'era cascato come un pollo. Perdendo la testa e scappando terrorizzato. Un vero stupido.

In realtà era stato sorpreso con le difese abbassate. Aveva visto Paolo Parodi solo il giorno prima, in un luogo riservato, per prendere le lettere da recapitare alle famiglie dei prigionieri. Era il suo turno, nell'avvicendamento che era stato stabilito. A propria volta aveva consegnato le lettere ed era finita lí.

Il giovane, con cui aveva scambiato poche parole, gli aveva riferito dell'umore tutto sommato buono sull'isola, i saluti di chi aveva incontrato. Rivederlo lí, in quello strano giardino incolto, coi pantaloni abbassati e la testa spaccata come una noce, era stato troppo traumatico per nasconderlo.

Per l'intera notte, trascorsa a fumare sul balcone, gli erano passate davanti le peggiori immagini. Forse Severi aveva già comunicato della sua reazione, e forse la macchina che avrebbe portato alla sua cattura si era ormai attivata. Forse aveva fatto male a convocare gli altri, forse lo avrebbero seguito e avrebbero preso tutti. Forse si sarebbe trovato sull'isola di lí a poco.

Ma doveva avvertire. Doveva far capire cos'era successo. E poteva farlo soltanto di persona, qualsiasi altra comunicazione sarebbe stata ritenuta falsa, o sarebbe stata intercettata.

All'alba, si lavò e si sbarbò cercando di trattenere il tremito della mano. Si vestí e uscí.

Aveva pensato molto a come si sarebbe recato nel luogo convenuto. In genere utilizzava il tram numero 28, che lo lasciava proprio lí davanti. In alternativa, se gli andava di passeggiare, sceglieva la funicolare e ci arrivava a piedi, facendo una bella camminata panoramica in discesa, nel profumo dei fiori della Villa Floridiana.

Stavolta optò per il percorso piú tortuoso e quindi, almeno sperava, imprevedibile: l'autobus numero 5, che partito dal Plebiscito passava per piazza Dante, dove lo avrebbe preso, e risaliva via Salvator Rosa fino a piazza Vanvitelli, il centro del nuovo quartiere del Vomero. Da lí avrebbe proceduto a piedi fino all'inizio di via Aniello Falcone, seguendo per una volta i pensieri foschi invece della meravigliosa veduta del mare che luccicava ai raggi del sole.

La lenta salita del pesante automezzo, la piccola folla di manovali e operai che andava al lavoro nei cantieri e negli orti del rione collinare fatto di campagne e di recenti costruzioni, l'aria frizzante della mattina di aprile non distrassero Modo dalle tetre riflessioni. Il mondo attorno a lui stava cambiando, e mai era stato cosí convinto che quella deriva andasse fermata. Vedeva con chiarezza il baratro nel quale stava precipitando il paese, sotto la guida di un pazzo megalomane che non sapeva misurarne la reale grandezza rispetto alle altre potenze; ed era disgustato dalle politiche poste in essere giorno dopo giorno: le leggi razziali, gli ebrei costretti a perdere l'impiego e le aziende che avevano costruito, gli africani uccisi a migliaia, adesso perfino l'Albania.

Ma aveva anche paura. Un'intima paura di essere privato – come in quelle poche ore di anni prima gli era successo – della dignità di uomo e di medico per essere ridotto a nessuno, in fila dietro a un altro e davanti a un altro ancora, diretto verso chissà dove e chissà quale destino.

Vedeva tante persone della sua età in preda a crisi acute, cardiache, cerebrali, epatiche. Prima non avevano idea di essere malate e quindi vivevano bene; dopo, anche se guarite, non riuscivano piú a sentirsi sane. Erano attanagliate dalla paura, quasi che la malattia potesse arrivare di nuovo di soppiatto e ucciderle.

Modo provava sensazioni simili. Sentiva di dover combattere, ma era terrorizzato dalle possibili conseguenze.

Giunse dopo circa un'ora nel luogo dell'appuntamento. Non arrivavano né prima né dopo, erano tutti puntuali. Questo, avevano immaginato, abbassava il rischio.

Era una trattoria, sorta da una quindicina d'anni su una terrazza naturale affacciata su un panorama mozzafiato. La montagna, la penisola e l'isola si aprivano come un abbraccio, e il mare era una distesa azzurra solcata da barche e da navi, di giorno visibili e di notte rese vive da luci intermittenti che davano l'idea di stelle cadute dal cielo. Per anni era stata frequentata da pochi amatori della cucina tradizionale che proponeva; poi era stato aperto un teatro che in breve era diventato un polo di attrazione anche della buona società, che saliva in collina con la funicolare per assistere agli spettacoli.

Si era presto sparsa la voce della sua nomea, e la trattoria era cresciuta fino a diventare un ristorante tra i piú grandi e accoglienti della città. Il proprietario, al quale il successo non aveva impedito di sovrintendere il servizio, era un uomo dal pancione enorme la cui presenza valeva quanto la bontà delle pietanze e il panorama. Si chiamava Alfredo. Era amico di uno del gruppo, un filosofo austero ma appassionato di gastronomia che era stato un suo assiduo frequentatore sin dall'apertura. In considerazione di ciò, gli era riservato un tavolino sulla terrazza, all'ombra di un pergolato, sotto i fitti rami di un glicine.

La posizione era ideale. Oltre a essere riparata dal vento e dalla pioggia per via della pianta e di due pareti, nessuno poteva vedere il tavolo mentre loro avrebbero visto se qualcuno si affacciava a guardarli. Forse le cautele erano eccessive, ma se ne sentivano davvero tante e si rendeva necessaria la prudenza.

Sedettero in cinque. Parlarono del piú e del meno, cari amici che si incontrano per una colazione e fare quattro chiacchiere innocue. Il cameriere portò bicchieri e piatti, un fiasco di rosso, un vassoio di formaggi, pane, olio buono. Quando si fu allontanato, l'atmosfera mutò.

C'era il filosofo, conosciuto come il Professore, un uomo anziano e grassoccio dagli occhiali dorati, folti baffi bianchi e radi capelli. C'era un cinquantenne in tuta da operaio dall'aria torva e guardinga, detto Gaspare ma nessuno ne conosceva il cognome. C'era un ometto magro e nervoso, si guardava di continuo intorno e si chiamava Franco. E c'era un giovane, poco piú di un ragazzo, dall'aria raffinata e l'accento pugliese, di nome Riccardo.

Fissavano Bruno, in attesa. Lui non parlava, quasi cercasse la maniera giusta per dire quello che aveva da dire.

Fu il Professore a rompere il silenzio.

– Dotto', il tuo biglietto era preoccupante. Ci vuoi dire cos'è successo, o siamo qui solo per il vino rosso di Alfredo?

Bruno si allentò il colletto della camicia.

– Ieri sono stato chiamato per un omicidio a San Giovanni. Un doppio omicidio, per la verità.

Gaspare si sollevò sulla sedia, attento.

– Io ci lavoro, a San Giovanni. Al cementificio. Che è successo? Dove?

– In un giardino dentro un palazzo, un posto strano, deserto e sconosciuto anche agli abitanti, mi dicevano. Due morti, un uomo e una donna. Dobbiamo fare l'esame, ma stavano facendo l'amore. O li hanno sistemati cosí, per farlo credere.

Gli uomini si guardarono perplessi. Poi Franco sussurrò:

– E questo, scusa, che c'entra co… con noi? È un fatto brutto, d'accordo, ma…

Bruno disse d'un fiato:

– L'uomo è Parodi. *Era* Parodi, voglio dire.

Aveva appena mormorato, ma sembrò che avesse urlato. Sobbalzarono. Gaspare si mise una mano in faccia. Riccardo disse, stridulo:

– Parodi? Parodi, il marinaio? Quello che porta i messaggi da Ventotene?

Gaspare, che gli stava a fianco, lo spintonò brusco.

– Stai zitto, *guaglio'*. Non sai quello che dici, maledizione.

Il Professore si rivolse a Bruno, sommesso.

– Primo: sei sicuro, sí? Non uno che gli somiglia, o un altro marinaio…

– Professo', se vi dico questa cosa, se vi ho fatto venire fino a qua vuol dire che sono sicuro.

Franco chiese:

– Ma come… Voglio dire, morto ammazzato come? Chi lo ha…

Il dottore scattò a denti serrati, gli occhi arrossati dalla stanchezza.

– Maledizione, non lo sai chi l'ha ammazzato? Te lo devo dire io? L'hanno colpito alla testa con una mazza, esattamente come quelle che usano loro. E hanno sgozzato la ragazza, chissà chi era.

Gaspare si manteneva dubbioso.

– Non lo puoi dire con certezza, dottore. Magari è una rapina, magari un delitto passionale, se ne sentono tante. Non puoi esserne certo.

Bruno si aggrappò al tavolo. Le nocche sbiancarono per la stretta.

– Se volete essere cosí folli e ciechi da non vedere, da non capire quello che sta succedendo, io non voglio esserlo. L'uomo che fa da collegamento con gli amici prigionieri, che porta alle famiglie le lettere di quei disgraziati, viene ucciso nella maniera che usano quei dannati fascisti. Lo capite cosa significa?

Lo studente deglutí.

– Ha rapporti solo con noi, Parodi. *Aveva*. Aveva rapporti solo con noi. Se hanno preso lui…

Modo finí, impietoso.

– Se hanno preso lui, sanno di noi. Sanno chi siamo.

Un gabbiano gridò verso il mare.

E a tutti sembrò un cattivo presagio.

XIII.

C'era un momento in cui la famiglia Maione dava il meglio di sé quanto a produzione di caos, ed era la colazione.

Dacché i figli erano cresciuti e gli impegni di tutti si erano differenziati in termini di orario di inizio, il grande tavolo della cucina era diventato teatro di una complessa coreografia che ospitava ragazzi frettolosi e signorine compassate che allungavano mani e muovevano tazze e piatti con un certo fragore. Poiché Lucia, che imperava su ogni attività domestica, non intendeva abdicare all'esercizio della disciplina, e siccome regole e principî mal si adattavano alla contemporaneità degli appetiti di otto persone, l'evento si estrinsecava in un'imitazione della guerra di trincea.

Raffaele, che con l'età aveva cristallizzato il proprio sovrappeso rinunciando a combatterlo, pativa un risveglio complesso. Era portato a tacere per almeno un'ora; e durante quel difficile tempo, era solito rivalutare le figure dei grandi eremiti, che avevano nel silenzio e nella meditazione la propria dimensione ideale. Quel frastuono, quel perenne litigare e ridere e sfottersi e protestare e raccontare e programmare a voce altissima a prima mattina, lo costringeva a vedere con altri occhi gli sterminatori di famiglie che in carriera gli era toccato affrontare.

Quel giorno in particolare aveva un cerchio alla testa, derivante dal fatto di aver cenato molto tardi per le necessarie verbalizzazioni del duplice delitto di San Giovanni. E nemmeno sarebbe stata una giornata facile, con il probabile viaggio all'ospedale per il riconoscimento del giovane da parte del comandante della nave genovese.

Il pensiero dell'esame necroscopico gli riportò alla mente la strana reazione del dottor Modo davanti al viso del ragazzo. Non si fosse trattato del medico che conosceva tanto bene, e non fosse stato certo che il morto era il marinaio scomparso durante un occasionale transito in città, avrebbe detto che il dottore aveva riconosciuto il giovane. Ma non era possibile, quindi doveva esserci dell'altro. Forse, rifletté di sfuggita cercando di diradare il mal di testa premendosi le tempie con il palmo delle mani, la fissazione che il povero dottor Severi fosse una spia dei fascisti stava giocando a Modo un brutto scherzo.

I maschi minori, Antonio e Michele, che avevano raggiunto la veneranda età di quattordici e undici anni, stavano per venire alle mani. L'oggetto del belluino contendere era, come ogni santa mattina, il *cozzetto*.

La liturgia prevedeva che Giovanni, se non di turno (e in quel caso era sostituito dalla quindicenne Maria), andasse alle sette al panificio per prendere il *palatone*, la pagnotta di due chili che sarebbe stata spazzolata a metà in quel primo pasto, riservando il resto al pranzo. Il *palatone* era tagliato a fette chirurgicamente uguali da Lucia. Andava da sé che la parte finale aveva una caratura maggiore, comprendendo la buonissima crosta dura e cuneiforme al termine della forma.

Quel pezzo era dunque non solo migliore, ma anche quantitativamente piú rilevante. Ciò rendeva il *cozzetto* un'opportunità imperdibile; e i due giovani lupi, che secondo i calcoli di Maione incidevano da soli sul bilancio alimentare per circa il quaranta per cento, sembravano disposti al fratricidio per aggiudicarselo.

Il mal di testa del brigadiere non era compatibile con quel litigio, per cui muggí disperato aumentando i decibel generali in maniera consistente. Benedetta, che vegliava in silenzio sull'umore di Raffaele, per il quale nutriva una vera adorazione, rimproverò i fratelli e prese il *cozzetto* per tentare la difficile operazione della dissezione longitudinale, al fine di accontentarli entrambi.

Benedetta era l'inaspettata gioia della famiglia Maione, una specie di premio alla bontà.

Non era figlia naturale di Lucia e Raffaele, nonostante lo fosse diventata a pieno titolo. Era l'orfana di un efferato delitto di cui ancora si parlava, l'omicidio di un funzionario della milizia fascista e della moglie avvenuto nel dicembre di diversi anni prima. La bambina era rimasta sola, senza parenti e senza nessuno che se ne prendesse cura. Una piccola silenziosa e gentile che avrebbe dovuto affrontare la solitudine di un istituto. I Maione l'avevano ospitata per le feste di Natale; e giacché gli altri bambini e soprattutto la coetanea Maria avevano stretto con lei un rapporto profondo e immediato, era rimasta fino a Pasqua. E dopo ancora per l'estate. Poi, semplicemente, Benedetta era diventata piú Maione che Garofalo, legandosi a Lucia come a una madre e a Raffaele come a un padre. E aveva preso un posto mai secondario a quella tavola e in quei cuori, fino a essere la dolcissima adolescente bionda e gentile che integrava una famiglia già sovrabbondante.

Non era stato facile, prendere in casa un'altra figlia. L'unico reddito era quello di Raffaele; e man mano che i ragazzi crescevano aumentavano anche le loro esigenze, malgrado i vestiti transitassero da un figlio all'altro dopo essere passati per le abili mani restauratrici di Lucia. Ma dove si mangia in sette si mangia pure in otto, diceva la mamma; e al netto dei litigi di Antonio e Michele per il *cozzetto*, cosí era stato per tutti quegli anni. E Benedetta si teneva stretta la famiglia che la sorte le aveva riservato in extremis, cosí come i Maione si tenevano stretti quell'inatteso risarcimento del destino per la prematura morte di Luca.

Risolto il problema alimentare, i due maschi presero a discutere sull'ormai prossimo evento importante che li avrebbe visti coinvolti: la leva fascista.

Nel mese di maggio, in occasione dell'anniversario dell'entrata in guerra, Antonio sarebbe passato da balilla ad avanguardista. Un'importante progressione di carriera, in base alla quale il ragazzo avrebbe iniziato un vero e proprio addestramento militare che non era, come per i piú piccoli, una specie di imitazione, ma un percorso di esercitazioni e disciplina.

Michele, che avrebbe invece dovuto aspettare ancora tre anni, non sopportava questa differenza; anche perché il fratello gliela faceva pesare moltissimo, continuando a magnificare quello che di lí a poco avrebbe potuto fare. Millantava addirittura che sarebbe partito per il fronte, in Africa o in Albania, per portare l'Italia alla grandezza che le competeva; mentre a Michele sarebbe toccato andare a prendere il latte, agli ordini della mamma invece che di un colonnello.

Maione, suo malgrado, ascoltava quel dialogo. E ricordava il conflitto al quale aveva partecipato da sottufficiale, ritenendo che far credere ai ragazzi che si trattasse di un gioco finalizzato a un inevitabile trionfo significava mentire sapendo di mentire.

Avrebbe voluto intervenire, anche per gli sguardi che Lucia gli lanciava; ma si domandava se fosse un bene per Antonio disilluderlo e generare il pericolo che il figlio, che dava un peso enorme alle parole del padre, riferisse ai propri addestratori quelle idee. Erano tempi assurdi; aveva assistito agli esiti di pestaggi sui quali gli era stato intimato di non indagare, alla fine di antiche amicizie, alla chiusura di floride attività dalla sera alla mattina, all'istituzione nelle scuole di classi speciali per bambini che fino a poco prima giocavano e ridevano insieme ai coetanei, senza differenze.

Il brigadiere a volte si sentiva un vigliacco, ed era una sensazione orribile. Forse avrebbe dovuto alzare la voce, mettersi di traverso davanti a certi ordini incomprensibili. Un pestaggio era un pestaggio: non poteva essere il colore di una camicia a renderlo una giusta punizione, se non lo era. E il forte che se la prendeva col debole soltanto perché era forte e l'altro debole era un'ingiustizia da combattere per chi, come lui, aveva scelto di fare quel mestiere.

Ma aveva i figli, la moglie. Pensava a quelli – ed erano sempre di piú – che di colpo sparivano dalla circolazione, e nessuno ne parlava, nessuno si chiedeva che fine avessero fatto. E non si avevano piú loro notizie, e le famiglie dovevano vivere di carità. Non poteva nemmeno immaginare ai suoi, senza di lui. Voltarsi dall'altra parte, obbedire agli ordini anche se ingiusti non era una scelta di comodo o un atto di codardia: era una necessità.

La mano di Benedetta, ancora grassottella come quella di una bambina, si posò sulla sua. Quasi la ragazza avesse intuito i suoi pensieri.

Lucia annuí. Lui allungò uno scapaccione ad Antonio, indirizzandogli un'occhiataccia per farlo smettere di prendere in giro il fratellino.

Il mal di testa non diminuí, ma una soddisfazione se l'era presa.

XIV.

C'erano dei luoghi in cui il Grande Cambiamento, cosí evidente e frenetico in tante parti della vita sociale, non aveva fatto ingresso; posti in cui le attività continuavano secondo i pochi, saldi principî che le avevano animate in precedenza, dove emozioni e sentimenti erano cosí netti e definiti da non essere passibili di rivoluzioni.

Ricciardi pensava a questo mentre entrava nell'ospedale dei Pellegrini, dove avrebbe avuto luogo il riconoscimento di almeno una delle salme rinvenute nel boschetto di San Giovanni.

Negli ultimi cinque anni, il lavoro lo aveva portato decine di volte a varcare quella soglia. Non c'era piú andato, come faceva in passato, soltanto per incontrare Bruno; senza dichiarare il motivo, ma venendo compreso dall'amico, i loro appuntamenti si erano spostati in locali differenti, trattorie, caffè; a volte era stato lo stesso medico a recarsi in questura, luogo che gli aveva sempre provocato disagio, e Ricciardi l'aveva apprezzato.

I primi tempi e fino a un mese dopo la morte di Enrica, Ricciardi era entrato piú volte al giorno nella stanza dove tutto era finito. Bruno, Maione, Bianca osservavano queste visite solitarie con la pena di chi condivide una sofferenza, e crede di capire le motivazioni che spingono a certi atti in apparenza privi di senso. In realtà Ricciardi non voleva perdersi nemmeno un attimo dell'eredità che il suo strano senso gli lasciava dell'amore della sua vita, anche se l'orrida visione continuava a gettare sangue dalla ferita al ventre. Quelle parole gli arrivavano sempre piú flebili ma intatte, e non riusciva a farne a meno.

Poi aveva limitato al massimo le sue visite all'ospedale. Il dolore era rimasto nudo e affilato, e non perdeva il vigore con cui lo accoltellava alla schiena. Fino a divenire una sorda sensazione di malessere che lo accompagnava sempre, emergendo dalla coscienza quando il ricordo lo schiaffeggiava con maggiore evidenza.

L'ospedale trasudava dolore. Era nella sua natura. E miseria, degrado, e tutte le sofferenze che diventavano malattie e ferite. Ricciardi si domandava come fosse possibile per medici, infermiere, suore mantenere un umore accettabile e persino allegro in quelle grandi stanze bianche e insanguinate.

Con un Maione insolitamente taciturno, il commissario si addentrò nei corridoi fino all'obitorio, dove i due erano attesi da Bruno e da Severi in camice da lavoro. Modo aveva l'aria tirata e un brutto colorito grigiastro; ma li accolse con gioia imprevista.

– Per prima cosa devo scusarmi per ieri. È un periodo di attività intensa, come il collega sa bene, e qualche volta la tensione fa brutti scherzi. Non mi sentivo un granché, un po' di vertigini, qualche allergia, tutte quelle piante. Sono abituato al fumo e al vino, io, non ai luoghi salutari. Per farmi perdonare ho anticipato l'esame dei due poveri estinti, chiunque essi siano. E il giovane collega può informarvi.

Ricciardi non poté fare a meno di scambiare un fugace sguardo col brigadiere. Non si è amici per tanto tempo senza saper riconoscere un tono sopra le righe, che copre altri sentimenti. Bastava quell'ombra negli occhi cerchiati di stanchezza per dichiarare una notte insonne e le preoccupazioni che tormentavano il dottore.

Ma la stessa amicizia imponeva di attendere quelle rivelazioni secondo le modalità che il dottore avrebbe ritenuto opportune. Ragion per cui il commissario assentí.

– Magari tra qualche minuto, Bruno. Dovrebbe essere in arrivo il comandante della *Rosanna*, la nave mercantile che ha denunciato la scomparsa di un ufficiale. Abbiamo ragione di credere che il nostro morto di sesso maschile possa essere lui. Procediamo magari al riconoscimento, poi il dottor Severi ci dirà.

Maione disse, sommesso:

– Commissa', credo sia quel giovane là.

Indicò un uomo all'esterno dell'obitorio, l'aria impacciata e il berretto in mano. Era troppo giovane per essere un comandante, ma aveva una divisa simile a quella che indossava il cadavere ritrovato nel giardino.

Il brigadiere andò a chiamarlo. Quando arrivò davanti agli altri batté i tacchi e disse, con accento ligure:

– Luisi Giacomo, secondo ufficiale del piroscafo *Rosanna*, della compagnia di navigazione Laggio di Genova. Il comandante Canepa porge i suoi ossequi, ma sta sovrintendendo alle operazioni di scarico e carico e non ha potuto allontanarsi. Sono qui in sua vece.

Ricciardi ascoltò il discorsetto mandato a memoria.

– Capisco. È evidente che la possibilità che qui ci sia il corpo del suo primo ufficiale ha minore importanza delle merci. Ognuno ha le sue priorità. Voi siete in grado, signore, di riconoscere il vostro collega?

Il marinaio arrossí, colpito come da uno schiaffo dalle parole del commissario.

Severi fece strada nel locale interno, dove le due salme giacevano affiancate e coperte da un lenzuolo. Il tessuto era insanguinato, per via dell'esame autoptico appena concluso; nel vassoio in metallo anche i ferri utilizzati portavano le tracce dell'operazione. Luisi sbiancò, ma serrò le labbra e non vacillò. Il giovane medico lanciò uno sguardo a quello anziano, che annuí.

Severi scoprí il viso del maschio.

Il marinaio fece per sostenersi a qualcosa, ma la mano si fermò prima di toccare il tavolo di marmo sul quale era adagiato il cadavere. Maione gli prese il braccio, e Luisi restò in piedi.

Severi fissò il giovane con aria interrogativa, e l'altro fece cenno di sí. Il medico allora ricoprí il volto del morto.

Luisi disse, con voce malferma:

– Sí. Sí, è Parodi. Purtroppo, proprio lui. Ma chi... come è successo? Perché... Dio santo, che cosa terribile.

Ricciardi domandò:

– Scusatemi se ve lo chiedo, ma abbiamo bisogno di una dichiarazione inequivocabile. Riconoscete il cadavere? Sapete a chi appartiene?

– Sí, certo, signore. Si tratta del primo ufficiale della *Rosanna*, Parodi Paolo, di anni ventisette. Lo conosco bene, perché in qualità di secondo ufficiale dello stesso piroscafo lavoro... lavoravo alle sue dirette dipendenze.

– Devo pregarvi, e me ne dispiaccio molto, di osservare anche il secondo cadavere per sapere se siete in grado di riconoscerlo. Ve la sentite? O volete aspettare un attimo, magari uscire...

– No, grazie. Preferisco farlo subito.

Ricciardi fece segno a Severi, che si spostò per sollevare il secondo lenzuolo. Il commissario e Maione non distolsero gli occhi da Luisi, consapevoli che, al di là delle dichiarazioni, per loro contava di piú la prima espressione colta.

La mano del medico scoprí ora la testa della ragazza. Sembrava addormentata, i lineamenti erano bellissimi nonostante il pallore della morte. Il lenzuolo calò fino a mostrare il profondo e ampio squarcio sul collo. Luisi trasalí per l'orrore, ma nulla nei suoi occhi forní un segnale di riconoscimento.

– No, commissario. Non conosco questa donna, non l'ho mai vista.

– Accomodiamoci fuori, cosí parliamo un attimo.

Appena furono all'esterno, Luisi chiese:

– Posso fumare, signore?

Ricciardi acconsentí, e l'uomo provò ad accendersi una sigaretta. La mano però gli tremava troppo, e Modo gli offrí la fiamma.

Dopo un paio di lunghe boccate, domandò:

– Era con lui, con Parodi? Li avete trovati insieme? Dove, se posso saperlo?

– Non sono informazioni che possiamo condividere, per ora. Ma abbiamo delle questioni da porre, anche al vostro comandante. Quando possiamo venire alla nave?

– Sí, il comandante immaginava questo, se… se il morto fosse stato Parodi. Quando volete, commissario.

– Va bene, allora ci vedremo tra poco, voi andate pure. Noi ci tratteniamo ancora un po' qui in ospedale.

XV.

Il giovane Severi confermò ai poliziotti, sotto lo sguardo da sfinge di Modo, quello che per le vie brevi aveva detto sul campo il pomeriggio precedente. Mentre snocciolava le scarne informazioni, Maione pensò di nuovo che l'atteggiamento critico del dottore piú anziano era dettato dai pregiudizi, perché a lui il romagnolo appariva professionale e preparato.

Per quanto riguardava la donna dall'identità ignota, era una ventenne in ottimo stato di salute, forse una contadina, perché aveva le mani callose e avvezze a lavori pesanti, e una muscolatura compatta ed elastica. I denti erano forti e sani, lo stomaco conteneva i resti di un pasto recente a base di verdure e cereali. La morte, com'era apparso chiaro al primo esame superficiale, era dovuta a dissanguamento per la recisione di entrambe le carotidi causata da un'arma affilatissima, un rasoio o un coltello appena acquistato. Nessun segno di colluttazione, la giovane non sembrava essersi difesa.

L'uomo, la cui età apparente era compatibile con i ventisette anni attribuiti da Luisi, era meno avvezzo a lavori manuali. Le dita recavano piccole macchie di inchiostro, piú o meno fresche, a testimonianza dell'abitudine alla scrittura. Gli abiti erano in buone condizioni, come le scarpe. Anche lui, come la donna, era stato colto di sorpresa e il cadavere non recava segni di scontro. La morte dipendeva da numerose fratture del cranio, derivanti da percosse con uno o piú corpi contundenti; il medico propendeva per l'ipotesi multipla, perché la forza dei colpi sembrava diversa. Ciò non poteva però escludere che a infierire fosse stato un unico soggetto, con crescente o decrescente aggressività; era certo che la percossa iniziale sarebbe stata già sufficiente. La determinazione era stata a uccidere, fin dal principio.

Il tono del medico era preciso ma accorato, tutt'altro che freddo; Modo però fissava il collega attraverso il fumo della sigaretta, come a studiarne la sincerità.

I due erano intenti a un rapporto sessuale completo. Non il primo per la donna, che non risultava vergine; e non era giunto a compimento, perché non c'erano tracce di liquido seminale. Non avevano fatto in tempo. E non si trattava di una messa in scena, la coppia stava davvero facendo l'amore.

L'ora dell'omicidio, come dimostrato dalla formazione delle larve e dalle macchie ipostatiche in rapporto al clima del giardino, poteva risalire al pomeriggio precedente il ritrovamento, e quindi alla domenica di Pasqua. Non c'era altro.

Ricciardi e Maione chiesero a Modo se avesse qualche altra idea o impressione: numerose volte era stato lui, con il rilevamento di particolari che andavano oltre lo stretto esame professionale, a dare indicazioni che si sarebbero rivelate fondamentali per la soluzione delle indagini. Il medico però fece spallucce.

– Se mi verrà in mente qualcosa, vi verrò a cercare.

I poliziotti se ne andarono, portandosi dietro la sgradevole sensazione che l'amico nascondesse qualcosa. Ma non ne parlarono, condividendo il rispetto per la volontà di Bruno e la preoccupazione per l'evidente stato di paura che percepivano in lui.

Si recarono al porto. Il piroscafo *Rosanna*, al quale giunsero su indicazione di un miliziano della capitaneria, era ormeggiato al centro del molo. Dalla scala che accedeva alle stive salivano manovali con pesanti casse e scendevano a mani vuote. La nave stava caricando.

Si annunciarono chiedendo del comandante a un marinaio, un colosso dalla pelle scurissima e la mascella squadrata che fece segno di aspettare lí. Si arrampicò sui gradini con sorprendente velocità e dopo qualche minuto tornò conducendo l'ufficiale.

L'uomo li fissò interrogativo. I due si presentarono, chiarendo che avevano ricevuto Luisi il quale aveva asserito di essere venuto in sua rappresentanza. Il comandante annuí, come ricordandosi del fatto.

Era sulla cinquantina, volto rugoso dal naso adunco, riccioli bianchi che spuntavano dal cappello, due grandi occhi azzurri e diffidenti.

– Sí, Luisi ha fatto rapporto. Io sono Olindo Canepa, comandante della *Rosanna*. Mi scuserete, non ho molto tempo, come vedete sto caricando. Mi dispiace, ma posso dedicarvi proprio...

Ricciardi conosceva la tipologia e sapeva come gestirla.

– Non c'è nessun problema. Entro mezz'ora la questura farà arrivare alla capitaneria di porto la notifica dell'indagine in corso, e la nave verrà bloccata qui senza che nessuno possa salire o scendere. Cosí potremo parlare in tranquillità di ogni argomento che ci verrà in mente. Vieni, Maione, andiamocene. Buona giornata a voi.

Il mutamento dell'uomo fu spettacolare. Sussultò piegandosi lievemente, come colpito da un pugno sotto il plesso solare. Gridò stridulo:

– Ma no, non potete! Io ho delle scadenze da rispettare! Se non terminiamo il carico e ripartiamo entro ventiquattr'ore, non mi lasceranno scaricare a Odessa. Devo ancora fermarmi a Bari, e...

Ricciardi lo osservò freddo, le mani in tasca.

– Ognuno ha le sue esigenze, comandante. Pensavo che le mie e le vostre fossero in sintonia, giacché non sono io ad avere perso il primo ufficiale per un brutale omicidio.

Ancora una volta il comandante sembrò ripiegarsi. Era abituato a non essere messo in discussione, e quello strano commissario dagli occhi verdi non gli riconosceva evidentemente alcuna autorità.

– Io... Non potete permettervi, signore, di dubitare del mio attaccamento verso l'equipaggio, tantomeno verso il primo ufficiale! Parodi era come un figlio: ma ho anche la responsabilità del resto degli uomini, e dal rispetto delle scadenze dipende la gran parte delle nostre famiglie, ve ne rendete conto? Perdipiú non capisco proprio come possa aiutarvi, non essendoci mossi dalla nave fin dallo scorso sabato, quando abbiamo attraccato.

Maione si guardò attorno, come a fiutare l'aria dolce di aprile.

– Scusate, comanda', ma dobbiamo parlare qua in piedi sul molo? Non è meglio che ci fate salire a bordo, cosí possiamo discutere con un poco di calma?

La domanda accrebbe il disagio dell'uomo.

– Durante il carico non consentiamo a nessuno di salire, brigadiere. Le merci in entrata vengono registrate per singolo collo, dal momento in cui varcano l'ingresso il loro stato è di nostra esclusiva responsabilità. Capirete che...

Maione pareva divertirsi un mondo.

– Capisco bene, comanda', scusatemi. E allora, commissario, sarebbe bene farlo sospendere subito il carico, no? Cosí leviamo il comandante dall'imbarazzo e possiamo parlare con calma. Che faccio, vado in questura per fare preparare il fonogramma o vado direttamente in capitaneria, cosí guadagniamo tempo e il comandante è piú contento?

Canepa boccheggiò. Ricciardi ebbe un moto di pietà.

– Ascoltate, comandante, possiamo risolverla davvero in pochi minuti. Noi abbiamo bisogno di qualche informazione per le indagini, poche domande alle quali troverete agevole rispondere. In ogni caso, e finché non ci saremo fatti un'idea di quello che è successo a Parodi, non potremo consentirvi di lasciare la città: è la prassi.

Canepa era sul punto di scoppiare.

– Commissario, vi prego, davvero è impossibile che non rispettiamo le scadenze...

– Se mi costringete a far emanare un provvedimento, sarà poi molto complicato farlo revocare. Meglio risolverla per le vie brevi: le prometto che faremo di tutto per lasciarvi partire al piú presto.

Canepa esitò.

– Va bene, commissario. Accomodatevi in coperta, sono a vostra disposizione.

XVI.

Marta aveva terminato presto la paginetta di A maiuscole e minuscole che la signora Stromillo aveva assegnato a lei e a Federico. Nonostante l'uso della mano sinistra, e la conseguente tentazione di cominciare dalla parte opposta del foglio, era molto veloce.

Federico la guardò un po' astioso, costretto com'era a stare ancora allo scrittoio mentre l'amica poteva già giocare con la bambola e il minuscolo servizio da tè in porcellana che la zia Bianca le aveva regalato.

– Ma perché ti lasciano scrivere con la mano sbagliata? Non ti dovrebbero correggere? Una volta ho sentito una signora dire a mia madre che il figlio scriveva con la mano del diavolo, e che quindi le suore dove andava a scuola gliela legavano dietro la schiena.

Marta fermò a metà il gesto di offrire tazza e piattino alla principessa Elvira, sistemata su una sedia di fronte.

– Davvero? E come faceva a scrivere, con le mani legate dietro la schiena?

Federico rise. Era contento di aver catturato l'attenzione della bambina.

– Mica tutte e due, gliele legavano! Solo quella sbagliata, cosí non poteva usarla.

Marta posò la tazzina, riflettendo.

– E che gli successe, dopo? Piangeva?

Federico mordicchiava la matita.

– Penso proprio di sí. Però, siccome le suore lo picchiavano con la bacchetta, si mise a imparare. E alla fine scriveva con la mano giusta, quella di Gesú.

Marta si guardò la sinistra, poi la destra.

– Scusa, ma perché una è di Gesú e l'altra del diavolo? A me sembrano uguali.

Federico si strinse nelle spalle.

– Non lo so, nemmeno io lo capisco. E comunque, se mia mamma e la contessa non ti rimproverano e ti fanno usare quella, secondo me non è vero. Altrimenti ti correggerebbero, ti pare?

Marta ne fu sollevata.

– Il mio papà, quando gli ho chiesto perché usavo questa mano e non l'altra come te, mi ha detto che io sono come la mia mamma. Che anche lei usava la mano mancina per tutto, per scrivere, per ricamare. E che quindi lui era contento, perché se l'ho presa da lei, vuol dire che è una cosa bella. Cosí dice, il mio papà.

Federico rifletteva. Quando un ragionamento lo prendeva aggrottava la fronte, e se non poteva mordicchiare la matita come in quel momento, si mangiava le unghie: e ciò faceva arrabbiare la madre.

– È proprio il contrario di quello che succede a me. Appena mia mamma vede qualcosa che secondo lei mi fa assomigliare a mio papà, si arrabbia e cerca di non farmelo fare. Per esempio, masticare con la bocca aperta.

Marta rise.

– Ma che c'entra? Quello non si fa perché non è beneducato!

Il bambino appoggiò la matita sul foglio e si stiracchiò.

– Lo so. Ma lei non mi dice di non farlo per l'educazione, mi dice di non farlo perché assomiglio a mio padre. È diverso.

Marta afferrò la tazzina, girò il cucchiaino nel tè immaginario e lo porse alla principessa Elvira. La bambola non reagí, restando a fissarla con i grandi occhi in vetro.

– Ma figuratevi, signora principessa, è un vero piacere servirvi il tè. Vi piace? Posso offrirvi anche due biscotti?

Federico guardò sconsolato la pagina da completare.

– Beata te, che sei cosí veloce a fare i compiti. Io vorrei giocare col trenino, fare merenda, dormire un po'. E invece ho ancora mezza pagina da scrivere.

– Ma io sto qui con te, vedi? È come se tu avessi da lavorare mentre io ricevo un'amica. E il bello è che possiamo parlare senza darti fastidio.

– È vero, non mi date fastidio. Ma che ti dice, la principessa Elvira?

– Mi racconta tante cose. Quello che ha fatto quando non c'ero, che succede qui la sera. Adesso mi stava raccontando che qualche volta la zia Bianca ascolta la musica, con i dischi. Che beve un liquore, oppure sospira e piange.

– Davvero? E perché piange?

Marta lo chiese alla bambola e attese la risposta. Poi disse:

– Perché si sente sola. Soffre molto, per questo.

Il bambino, che nutriva per la contessa una sincera devozione, fece una faccia triste che risultava quasi comica.

– Ma se è ricca! Potrebbe comprarsi tutto quello che vuole, andare a teatro, al cinematografo! Mica si piange, quando si possono fare queste cose!

Marta prese in braccio la bambola.

– Forse sí. Certe volte il mio papà crede che io stia dormendo e viene vicino al letto e mi guarda. Credo che se non ci fossi io sarebbe tanto triste. Ma per fortuna io ci sono.

Federico era ancora concentrato sul fenomeno dell'interpretazione dei pensieri della bambola Elvira. Quando lui giocava col trenino, quello non gli parlava mai.

– Ma queste cose che ti dice la principessa, tu le senti? Cioè, con le parole?

– Certo. Proprio come sento quelle che dici tu.

– E che voce ha?

– Una bellissima voce. E anche tu ce l'hai. Adesso finisci i compiti, se no tua mamma si arrabbia. E se la piglia con me perché ti distraggo.

Federico prese la matita e si rimise a scrivere.

XVII.

Era una nave molto grande. In un porto quanto mai trafficato, brulicante di marinai e operai intenti a salire e a scendere dalle imbarcazioni ormeggiate in un frastuono costante di voci, la *Rosanna* si collocava tra quelle di maggiori dimensioni.

Eppure, una volta all'interno, Ricciardi e Maione furono impressionati dalla sequenza di locali angusti, maleodoranti di carbone e detersivi scadenti, poco illuminati, con tubazioni a vista lungo pavimenti e pareti. Nel percorrere i corridoi, incrociarono marinai che li lasciavano passare addossandosi alle pareti in metallo e abbassando gli occhi. Ricciardi si fece l'idea che l'autorità di Canepa fosse una rigida regola condivisa.

Giunsero sul ponte di comando. La luce del giorno che entrava dai finestroni resi opachi da sporcizia e salsedine fu un sollievo per i poliziotti. Maione accusava una certa nausea, derivante dai cattivi odori persistenti e – piú che dal lieve rollio, appena percettibile – dalla consapevolezza di non trovarsi sulla terraferma.

Ricciardi si rivolse a Canepa.

– Quante persone ci sono, a bordo?

– Trentaquattro. Sedici elementi di coperta, compreso il sottoscritto, e diciotto di macchine. A questi si aggiungono gli operai che adesso stanno caricando, credo una mezza dozzina.

Maione si reggeva con le mani al bordo di un tavolo in metallo ingombro di carte, fissato al pavimento con dei bulloni. Chiese:

– Comanda', che fa un primo ufficiale? Qual è la sua funzione?

Canepa lo scrutò con un lieve ghigno. Riconosceva subito chi soffriva il mare, e il comportamento del brigadiere gli confermò l'impressione.

– Il primo ufficiale è alle dirette dipendenze del comandante. Coordina le attività operative di ufficiali e sottufficiali, traccia le rotte, programma col nostromo i lavori da svolgere. Ha un ruolo importantissimo, e Parodi lo eseguiva alla perfezione. L'ho pure fatto presente alla compagnia.

– Comandante, ufficiali, sottufficiali... Sembrate militari. Non è una compagnia di navigazione privata, la vostra?

Canepa manifestò insofferenza alla domanda del brigadiere. Tra lui e Maione correva un'evidente, istintiva antipatia.

– Sono solo indicazioni di ruolo, brigadiere. Certo che siamo privati. Ognuno ha un contratto, ognuno ha la sua funzione. Ma avevo capito che vi servivano informazioni su Parodi, non che vi dovessi fare una lezione sulle regole della navigazione.

Ricciardi ritenne di intervenire. Un clima non collaborativo non giovava a nessuno, anche perché sapeva quanto sarebbe stato complicato ottenere un fermo per la nave, a fronte di un delitto avvenuto altrove.

– Sono domande che ci servono per capire, comandante. Da quanto tempo Parodi era con voi?

Canepa non mutò l'espressione di fastidio, ma rispose con tono piú sereno.

– Ho il comando di questa nave da otto anni, Parodi era il mio primo ufficiale da quattro.

– Al di là della soddisfazione per il suo impegno, com'era il rapporto tra voi?

– In linea di massima non mi piacciono quelli che si diplomano e salgono a bordo direttamente da ufficiali. Appartengo alla vecchia scuola, quella secondo la quale certe funzioni si assumono con l'esperienza a bordo. Io mi sono imbarcato che non avevo quattordici anni e ho solcato tutti i mari del mondo. Ma tra i soggetti che chiamo «da allevamento», devo dire che Parodi era il migliore.

Maione si faceva sempre piú pallido.

– Cosa intendete? Il migliore in che?

– Non so se avete anche voi uomini sotto il vostro comando, brigadiere. Se ne avete, capite quello che intendo. Veloce, intelligente, lavoratore. Uno che non guarda agli orari, che non si distrae. Il resto a me non interessa.

Ricciardi intuí l'importanza della sottolineatura e drizzò le antenne.

– In che senso, non vi interessa il resto? C'è qualcos'altro?

L'uomo tacque un istante.

– Non sono uno che entra in confidenza con l'equipaggio, commissario. Ho imparato che è controproducente ai fini della gestione di una nave come questa. A me interessa il lavoro. Poi ognuno ha la sua vita.

Maione non mollava.

– Ma questo non è un ufficio e neppure una fabbrica, comanda'. Qua non è che finito il turno la gente se ne può andare per i fatti suoi. Voi campate insieme per tre, quattro mesi, mi sbaglio? Come fate a non sapere le cose degli altri?

– Basta non chiedere, brigadiere. E scoraggiare eventuali confidenze. Sono genovese, forse dipende da questo.

Ricciardi intervenne di nuovo.

– Allora mettiamola in un altro modo. Vi risulta che Parodi avesse qualche problema? Che so, debiti, un litigio, qualsiasi cosa abbia potuto causare l'ostilità di qualcuno nei suoi confronti? Vi aveva parlato di qualche preoccupazione, di situazioni che lo angustiavano?

Canepa rifletté. Era una domanda diretta che non poteva eludere.

– L'unica cosa di cui posso dirvi non era certo un'angustia o una preoccupazione. Perlomeno, non lo era ancora. Proprio una settimana fa, durante il viaggio per venire qui dalla Spagna, Parodi mi aveva riferito la sua decisione di sposarsi. Intendeva chiedere alla compagnia un periodo di permesso.

Ricciardi si fece attento.

– Sposarsi… E vi ha comunicato quando avrebbe avuto intenzione di farlo, dove?

– No. Come vi ho detto, non incoraggio questo tipo di confidenze. Ho immaginato fosse a Genova, dove abitava, ma non so niente di piú. A lui ho risposto che avrei riportato la questione all'armatore, ma che per me non c'era nessun problema.

Ormai terreo, le mani strette al bordo del tavolo, Maione si mostrò diffidente.

– E non ha detto altro. Cosí: comandante, mi vorrei sposare. E voi: va bene. Senza neppure domandare con chi.

– Brigadiere, io non dubito che voi conosciate tutto dei familiari, delle amanti e delle mogli di ogni singolo poliziotto della questura. So come siete fatti, da queste parti. Noi invece lasciamo la gente libera di confidarsi. Semplice.

Maione stava per ribattere in maniera poco conciliante. Ricciardi tagliò il dialogo.

– Un'ultima richiesta, comandante: vorremmo vedere l'alloggio di Parodi. E, se possibile, incontrare il suo amico piú stretto, o il collaboratore piú vicino. Capirete la nostra necessità di sapere se, e in che misura, aveva fatto confidenze a qualcuno.

– Certo, commissario. Avete già incontrato la persona di cui chiedete. Faccio venire Luisi, il secondo ufficiale. Lui e Parodi passavano molto tempo insieme, soprattutto per lavoro. Vi accompagnerà lui. Ora mi scuserete, ma devo occuparmi del carico. Buona giornata.

XVIII.

Nel suo contesto, il secondo ufficiale Giacomo Luisi era assai meno impacciato di come si era presentato all'obitorio; e d'altra parte era comprensibile, per un ragazzo cosí giovane che di certo aveva avuto a che fare in poche occasioni con la morte, specie con la morte violenta di un amico. Il trauma doveva essere stato forte, perché quando era entrato sul ponte di comando, convocato da Canepa, e aveva visto Ricciardi e Maione, aveva sussultato, e gli occhi avevano ripreso tutta la dolorosa tristezza mostrata in ospedale.

Mentre ripercorrevano i corridoi stretti per arrivare agli alloggi, Ricciardi chiese:

– Qual è il ruolo di un secondo ufficiale, Luisi? Di che cosa vi occupate, con precisione?

– Oh, in pratica le stesse mansioni del primo ufficiale, ma in turni diversi. Di norma io sono sul ponte da mezzanotte alle quattro e da mezzogiorno alle sedici, mentre Paolo… cioè, il primo ufficiale subentra alle quattro e alle sedici. Poi, durante la giornata, svolgiamo tutto quello che ci viene comandato: prepariamo la rotta, pianifichiamo le soste, sovrintendiamo al telegrafista, teniamo i contatti con la sala macchine.

Giunsero davanti a una porta, e Luisi si fermò incerto. I poliziotti attesero, ma il ragazzo aveva una chiara ritrosia ad accedere.

– In una nave cosí grande gli ufficiali dispongono di una cabina, in quelle piú piccole stanno in dormitorio col resto dell'equipaggio. La *Rosanna* è un piroscafo abbastanza nuovo, concepito in maniera moderna. Comandante, primo e secondo ufficiale stanno quindi ognuno per conto proprio, i sottufficiali in tre, la bassa forza in quelli che chiamiamo stanzoni. Questa è la cabina di Parodi.

Ricciardi e Maione si domandarono il perché dell'esitazione del giovane. Alla fine Luisi aprí, e si ritrovarono in un ambiente di circa dieci metri quadri. Da un lato c'era una cuccetta con due materassi, due guanciali e una coperta piegata con cura. Dall'altro, una mensola attaccata alla parete e una sedia in legno. Di fianco, un armadietto: all'interno, appese a una gruccia, due camicie e una giacca. Sul fondo, una valigia con dentro biancheria, documenti e la fotografia di un'elegante coppia di mezza età.

– Sono i genitori. Il padre è un funzionario della compagnia, morto un anno prima dell'assunzione di Parodi. Bisognerà dirlo alla madre, adesso. Chissà chi lo farà –. Poi, come se a Luisi fosse venuto in mente proprio vedendo la fotografia: – Scusatemi, io non ho chiesto... Ma le sue cose? I documenti, i soldi, l'anello... Le avete voi?

Maione negò, triste.

– Non aveva niente addosso, non abbiamo trovato nulla, purtroppo.

– Ah. Capisco.

Luisi aveva gli occhi colmi di lacrime, e un muscolo gli guizzava sulla guancia velata da una rada peluria. Maione ebbe pena del ragazzo, in tutta evidenza affezionato a un amico col quale magari fino a due giorni prima aveva scherzato, o giocato col mazzo di carte bisunte poggiato sulla mensola, e che quella mattina era stato costretto a riconosciutoscerlo sul tavolo in marmo di un ospedale, in una città che non era la sua. Barbaramente ucciso.

Ricciardi doveva aver formulato lo stesso pensiero.

– Il comandante ci ha detto che voi eravate la persona in rapporti piú stretti con Parodi. È vero?

Il giovane si guardò la punta delle scarpe.

– Sí, in effetti ritengo di sí, commissario. Sapete, su una nave come questa... in tanti mesi di navigazione, uno alla fine sta con chi gli è piú simile. Abbiamo... avevamo pochi anni di differenza, venivamo dalla stessa terra. E poi c'è la questione del lavoro.

Maione chiese:

– In che senso, la questione del lavoro?

– Noi abbiamo studiato e ci siamo diplomati, siamo quelli che il comandante chiama animali di allevamento. Dobbiamo sempre vedercela coi pregiudizi degli anziani che hanno fatto carriera a bordo delle navi, che hanno fatto la gavetta, come dicono. La compagnia ha puntato su di noi, e non tutti ne sono contenti. Ecco.

– Era di questo che parlavate? Alla vostra età, cosí pieni di vita... di sicuro parlavate anche di altro, no?

Il giovane arrossí. Ricciardi intervenne.

– Luisi, avete visto come l'hanno ridotto, il vostro amico. Sono convinto che vi ha confidato qualcosa, se non a voi a chi? Come dice il brigadiere, alla vostra età si parla, specie delle cose belle. Dal comandante abbiamo saputo che Parodi gli aveva comunicato l'intenzione di sposarsi: io non ci credo che con voi non ne aveva fatto cenno.

Luisi tacque per qualche istante. Poi chiuse piano la porta della cabina. I tre uomini rimasero in silenzio, in piedi, a pochi centimetri l'uno dall'altro.

Il secondo ufficiale trovò la forza di aprirsi.

– Passavamo insieme i turni di notte, che erano consecutivi. Quello di noi che aveva finito, e avrebbe potuto andare a dormire, faceva invece compagnia all'altro. Il mare, sapete… la notte ha come una magia. Si sente, quasi respirasse. E poi ci sono le stelle, la luna… Insomma, si parla. Si beve caffè, si fuma, si gioca a carte. Ma soprattutto si parla. E Paolo e io parlavamo, avete ragione, due giovani, stessa città, pochi anni di differenza, tanto in comune.

Ricciardi lo prese per il braccio e lo allontanò dalla porta. Non gli era sfuggito che aveva abbassato la voce, forse per timore che qualcuno lo ascoltasse.

– Continuate.

– Noi carichiamo carbone che arriva dal Nordeuropa. Man mano che lo trasbordiamo nelle diverse tappe, lo sostituiamo con merci varie che scarichiamo a Odessa, nel mar Nero. Non tutti i porti sono ampi abbastanza da consentire l'attracco, quindi a volte rimaniamo in rada e trasferiamo le merci con le scialuppe o con qualche imbarcazione locale. Questo servizio lo facciamo… lo facevamo Paolo e io con un paio di marinai. Capitava che ci fermassimo a dormire sul posto, in genere nelle isole. E ci concedevamo un po' di baldoria, senza fare niente di male, intendiamoci. Due settimane fa, alle Pontine, anziché andare nel solito ristorante dove ci attendevano delle… alcune amiche, Paolo disse che restava a bordo. Io rimasi male, aspettavo quella tappa da molto. È stato allora che mi disse che si era fidanzato, che voleva sposarsi e aveva promesso di non… di non divertirsi piú come prima, ecco. Capite quello che voglio dire, sí?

Maione volle toglierlo dall'imbarazzo.

– E come no, capiamo benissimo. E voi gli avete chiesto quando aveva conosciuto questa ragazza, e di dov'era?

– Certo, brigadiere. E lui mi raccontò di una giovane che aveva incontrato per caso, mentre andava a recapitare una cosa. Mi disse che se ti imbatti nella persona con cui vuoi passare la vita lo capisci subito, e anche se poi ci sono donne bellissime che si avvicinano a te, tu sei talmente concentrato su quella che le altre non le vedi nemmeno.

Ricciardi pensò a sé stesso e a Enrica. A una finestra con una ragazza che ricamava con la mano sinistra, e all'immediata presa di coscienza che o lei o nessun'altra, mai piú. Domandò, piano:

– E vi disse di dov'era, questa ragazza?

Luisi si passò una mano sulla faccia.

– Sí, commissario. Era di qua, di questa città. E me la descrisse talmente bene che mi convinsi che l'avrei riconosciuta. Voi mi avete chiesto se l'avessi mai vista, questa povera giovane che era con lui, sul tavolo in marmo dell'ospedale. Vi ho detto di no, e non mentivo. Ma era di sicuro lei, la fidanzata di Paolo. La donna che avrebbe dovuto sposare.

XIX.

Il tragitto dal porto alla questura era piuttosto breve, ma Ricciardi e Maione sentivano l'esigenza di confrontarsi subito sull'esito della visita alla *Rosanna*; per cui si fermarono in un localino a ridosso della via Marina, in uno dei vicoli dai quali si arrivava al mare.

Sedettero a un tavolo all'aperto. Nonostante il chiasso dell'incessante passaggio di pedoni, carri e automobili, il caffè e le due paste erano pur sempre qualcosa di meglio rispetto all'ufficio.

Senza smettere di masticare, Maione disse:

– Che disagio su quella nave, commissa'. Tra la puzza di carbone, il pavimento che mi ballava sotto ai piedi e quell'odioso comandante genovese, mi stava venendo il vomito.

– A giudicare da come stai divorando quello *sciú* alla crema, la nausea non ti ha tolto l'appetito.

– Che c'entra, commissa', sto mangiando controvoglia proprio per sistemare lo stomaco. Piuttosto, che ve ne è parso? L'ambiente mi è sembrato tranquillo. Certo, a fare questa schifezza potrebbe sempre essere stato uno della ciurma: gelosia di lavoro, relazioni particolari. Forse dovremmo convocare l'equipaggio per un interrogatorio.

Ricciardi bevve un sorso di caffè.

– No, io non credo che sia stato qualcuno di loro. Il fatto sarebbe avvenuto durante la navigazione. È facile simulare un incidente, una caduta fuori bordo, ne succedono cosí tanti; e il comandante, per non correre il rischio di dover fermare il viaggio, avrebbe di sicuro avallato la versione. Perché invece andare a cercare i due ragazzi, o almeno l'ufficiale, in un posto talmente difficile da raggiungere? Troppo complicato.

– Giusto, commissa'... Quello che mi dà fastidio è non sapere chi è la ragazza. Parodi non ne ha fatto il nome neanche a Luisi. E non aveva documenti addosso.

– È questa la cosa strana. Non avere con sé documenti, una borsetta, una giacca, niente. Fa pensare che fosse del posto, che si fosse allontanata poco da casa. E invece la guardia Esposito e il maestro Caputo, che sono di San Giovanni e hanno detto che lí si conoscono tutti, non l'hanno identificata. E non sono stati in grado nemmeno di darci un'idea di chi fosse.

– Ho controllato ieri sera: non ci sono denunce di persone scomparse che corrispondano alla descrizione della ragazza, da quelle parti. Poi, commissa', ci sta sempre l'ipotesi della rapina. Un paio di malintenzionati vedono due che si appartano, li seguono, aspettano, li fanno fuori e si pigliano quello che c'è di valore. In fondo non abbiamo trovato neppure i documenti di Parodi, no? Né un portafoglio, né qualche soldo.

Il commissario scosse il capo. *Perdonami*, aveva detto l'immagine della ragazza morta. E Ricciardi non aveva ravvisato terrore o sorpresa nell'emozione dell'uomo. Si era abituato a non farsi influenzare dal Fatto, la propria folle percezione del dolore che non aveva mai rivelato a nessuno se non a Enrica e solo dopo un lungo travaglio: ma era inevitabile per lui tener presente la sfumatura del sentimento che aveva riconosciuto.

– Non credo. Parodi aveva al polso un orologio di un certo pregio, perché non prendere anche quello? E poi, perché aspettare che arrivassero a quel momento di intimità? Non ha senso. E non abbiamo trovato nessun segno di reazione, per quale motivo i rapinatori avrebbero dovuto ammazzarli in quel modo? No. Mi è sembrato un agguato, invece. Qualcosa di preparato, da qualcuno che sapeva dove sarebbero andati a fare l'amore.

Il brigadiere si alzò, pulendosi la bocca sporca di crema con un tovagliolo.

– Insomma, commissa', dobbiamo identificare la ragazza prima possibile se vogliamo capire chi poteva avere ragioni di odio tanto forti.

Tornato in questura, Maione trovò ad attenderlo un agitato Antonelli.

– Brigadie', scusatemi, io nemmeno mi sarei permesso di farlo entrare, ma mi pare una persona di riguardo, cosí elegante, con la macchina con lo *chaffeur*, quello è sceso e gli ha aperto lo sportello e ha detto prego, cavaliere, accomodatevi, mo' io che ne posso sapere chi è e da dove viene? E io l'ho fatto passare, ma non è che gli ho detto che poteva entrare, invece sta nell'ufficio vostro e...

– Antone', ma ti sei per caso mangiato le puntine del grammofono? No, perché mi pare che stai piú sconclusionato del solito, e in grazia di Dio tu nel campionato degli sconclusionati hai sempre vinto senza sforzo. Di chi stai parlando, abbi pazienza?

– Avete ragione, brigadie'. Allora: mezz'ora fa è venuto a cercarvi un signore. Io ho detto che eravate fuori per lavoro, che non si sapeva quando rientravate, e che quindi poteva parlare col brigadiere Cozzolino lí presente. Lui però ha detto che no, che era una cosa privata e che doveva parlare proprio con voi in persona, da persona a persona, cioè. E io lo so che dovevo dire di ripassare, ma siccome mi pareva un signore signore, cioè uno importante, gli ho detto qual era il vostro ufficio e lui c'è andato e si è seduto.

Maione fissava Antonelli, duro.

– E tu? L'hai tenuto d'occhio?

L'altro strusciò una scarpa sul pavimento, imbarazzato.

– Io gli ho fatto il caffè, brigadie'.

Maione lo agguantò per il bavero e lo sollevò dal suolo. Il poliziotto riuscí a restare sull'attenti anche coi piedi che non toccavano terra, con un piccolo miracolo muscolare.

– Maledizione, e che siamo diventati, un bar? Un luogo di ritrovo? Diamo feste, facciamo ricevimenti? Io prima ti ammazzo e dopo ti faccio rapporto, Antone'!

L'altro balbettò.

– Signorsí, brigadie', a vostra disposizione.

Maione lo lasciò andare, ripulendosi le mani sui pantaloni. Disgustato, marciò verso l'ufficio, dove sedeva il misterioso visitatore che tanto aveva impressionato Antonelli.

L'uomo era davvero elegante: abito scuro, cravatta in tinta, fermacravatte e catena dell'orologio d'oro come la montatura degli occhiali. Poteva avere una cinquantina d'anni, dichiarati dai radi capelli acconciati in un accurato riporto. Portava baffi sottili troppo neri per essere naturali, e nere erano le sopracciglia. Sul piano della scrivania, che Maione teneva in perfetto ordine, era poggiato un cappello di fattura pregevole, per deporre il quale era stato spostato un fascicolo di documenti improvvidamente finito sopra i verbali da compilare.

Il brigadiere era un uomo organizzato al limite della pignoleria, e non consentiva a nessuno l'accesso alla propria stanza in sua assenza. Il sacrilego Antonelli aveva permesso l'irruzione che aveva dato luogo, grazie al cappello, a un piccolo terremoto di documenti. L'effetto sull'umore di Maione e sulla sua inclinazione all'accoglienza benevola fu negativo.

– Buongiorno, sono il brigadiere Maione. Con chi ho il piacere di…

L'uomo si girò verso di lui, sollevando una mano per tacitarlo. Maione fu colto di sorpresa e restò zitto mentre l'uomo sorbiva l'ultimo sorso di caffè, con un rivoltante risucchio e il mignolo dall'unghia lunga alzato.

Il consumatore di caffè emise un *ah* di soddisfazione e ripose la tazza sul piattino.

– *Ante omnia* mi devo complimentare per il caffè che offrite in questura, brigadiere. Uno non si aspetterebbe mai una simile qualità, qui.

Maione annotò mentalmente giorno e ora dell'esecuzione pubblica della guardia scelta Antonelli, valutando se optare per il cortile della stessa questura o per la piú tradizionale piazza Mercato come luogo della decapitazione.

– Dicevo: io sono il brigadiere Raffaele Maione, per servirvi. E voi?

L'uomo emise una risatina che sembrò una forchetta su una lavagna.

– Oh, *bien sur*, che sciocco, ho dimenticato di presentarmi. Sono il cavalier Rodolfo Maria Garofalo. Scusatemi, vi prego.

Maione corrugò la fronte. Garofalo. Non conosceva nessuno che si chiamasse cosí. A parte…

– Sí, caro brigadiere. Sono lo zio di Benedetta, la figlia del mio povero fratello Emanuele, appena rientrato dagli Stati Uniti d'America per rispondere al duce che richiama le forze migliori nel paese. E per prima cosa sono venuto da voi, perché ho avvertito l'obbligo morale di ricostruire la mia famiglia.

Maione si sentí come ubriaco. Ripensò alla mano di Benedetta sulla propria, quella mattina, durante la turbolenta colazione della famiglia. Ripensò alle feste di Natale, a quelle di Pasqua, e a come la presenza della bambina ormai ragazza gli avesse addolcito la vita.

Strinse gli occhi fissandoli sul volto di Garofalo, che esibí un largo sorriso.

E rifletté che quello era il giorno delle antipatie istintive.

– Cavalie', quel cappello è vostro? Se per cortesia lo potete tenere voi, ché qua sulla scrivania dà un poco di ingombro. E ora ditemi con precisione perché siete qui.

XX.

La ragazza stava seduta sotto l'albero, al limite dell'orto. Una posizione strategica: consentiva di controllare chi giungeva e chi se ne andava, senza essere visti. I rami erano fitti, le foglie larghe, e l'ombra che generavano era cosí intensa da far sembrare che fosse notte anche in pieno giorno; peraltro quel punto del Granatello si sollevava in una collinetta, per cui se ci si sdraiava nell'erba si diventava invisibili.

Doveva essere accaduto qualcosa di terribile. La ragazza aveva colto sguardi e mezze parole. I genitori erano stati attenti a non far trapelare niente; ma vivere tutto il giorno e tutti i giorni nello stesso posto con le stesse persone fa sviluppare una sensibilità speciale. E una persona particolarmente intelligente, come la ragazza, coglieva ogni segnale, anche i piú difficili da notare. I dettagli.

L'assenza di Teresa, quella non era un dettaglio. Era una cosa grossa.

Erano trascorsi due giorni, ormai. Era uscita cosí, senza niente, quasi dovesse andare a raccogliere del prezzemolo per cucinare, o a salutare un'amica, o a mettere i piedi nell'acqua di mare in una tanto bella giornata di aprile. Ma non era tornata.

Il sorriso, quello era un dettaglio. Poteva passare inosservato a chi non era abituato a osservare. I genitori, per esempio, che lavoravano e si occupavano di troppe cose, le bestie, le piante, il commercio di uova e di galline, e non vedevano certo i sorrisi. Nemmeno lo sapevano, che cos'era un sorriso.

E non lo sapevano i fratelli, che entravano e uscivano di casa parlottando, in affari con le barche che arrivavano di notte sulla spiaggetta e scaricavano casse piene di chissà che, e loro portavano le casse chissà dove, e poi rientravano all'alba e si buttavano sui letti e dormivano per mezza giornata.

La ragazza invece il sorriso di Teresa l'aveva visto bene. Era luminoso, come il sole.

Le voleva molto bene, piú che al resto del mondo. Teresa aveva cinque anni piú di lei, e anche se era sua sorella era stata come una madre, perché quella vera si curava della ragazza solo per tirarle i capelli accusandola di aver combinato qualcosa di brutto, o per darle ordini sui lavori da fare, i peggiori, perché era la piú piccola. Teresa era diversa: l'accarezzava, la pettinava e la vestiva come una bambola viva.

E le raccontava delle belle storie, oppure gliele leggeva da un libro che teneva nascosto nella stalla delle vacche, sotto un'asse di legno schiodata, e aveva imparato a leggere da sola, Teresa, ché se se ne accorgeva il padre erano dolori, perché le ragazze dovevano faticare e figliare e non essere istruite, se no dove si sarebbero messe in testa di arrivare? Mica potevano essere migliori del padre o dei fratelli.

Era il loro segreto. Teresa le aveva fatto giurare di non dirlo a nessuno, ma era inutile: lei non l'avrebbe tradita mai. Era un raggio di sole, Teresa.

Per questo si era accorta del sorriso. Lo aveva da tre mesi, da quando una volta era tornata con quella faccia strana. E poi, ogni due settimane, per un giorno aveva di nuovo quell'espressione, come fosse stata benedetta, come fosse primavera prima ancora che il vento cambiasse e l'aria diventasse buona, piena di profumo e di vita. La ragazza se n'era accorta subito e gliel'aveva chiesto, a Teresa, nella stalla delle vacche, ma lei non diceva nulla e sorrideva, e le storie che le raccontava erano ancora piú dolci.

La ragazza aveva pensato a quando era stato che l'aveva vista tornare con quella faccia, e si era ricordata della mattina in cui Teresa era in visita da Concetta, la mamma di Rosario, quello che i fratelli sfottevano perché era *femminiello* e se l'erano portato via chissà dove, poveretto; Concetta era rimasta sola ed era vecchia e storta, e non poteva faticare, e Teresa, che era buona, le portava ogni tanto qualcosa di nascosto, un uovo, un pezzo di pane. E la ragazza gliel'aveva chiesto, a Teresa: ma che ti ha dato Concetta che sei cosí contenta? E lei si era messa il dito sulla bocca, statti zitta, statti zitta, non dire niente.

Da allora era successo il fatto delle due settimane, che Teresa contava i giorni sul calendario e poi si assentava, diceva che andava da Concetta e nessuno si interessava, ma lei vedeva che Teresa ci metteva sempre piú tempo. Siccome però era contenta, ci pensava lei a fare le faccende di Teresa, cosí la madre non se ne accorgeva.

Due settimane prima era successo il fatto di Carlo.

Carlo era il figlio del commerciante di ciliegie, il proprietario del terreno che cominciava sopra quello della famiglia della ragazza e finiva quasi al paese. Era ricco, era potente. E Carlo conosceva Teresa dacché erano bambini, e siccome Teresa era la piú bella di tutto il Granatello e i fratelli e il padre facevano affari col padre di Carlo e anche con Carlo, e i terreni erano vicini e potevano diventare un solo terreno, la ragazza aveva sempre sentito dire che Carlo e Teresa si sposavano, e appena lo sentiva si metteva a piangere e a strillare perché non voleva che Teresa la lasciava, e anche se la madre la prendeva a schiaffi non la smetteva, finché Teresa la prendeva in braccio e le diceva che se si sposava con Carlo restava a vivere là accanto perché il terreno della famiglia di lui era attaccato al loro, e se la portava con sé, perché le sorelle devono sempre stare insieme, non lo sapeva?

Ogni tanto Carlo veniva a trovare Teresa. La ragazza vedeva che la madre correva a mettersi il fazzoletto in testa, il padre sistemava il cortile e i fratelli si alzavano di corsa dai letti per non farsi scoprire addormentati, anche se Carlo arrivava di mattina e loro si erano coricati da poco perché erano stati in spiaggia a prendere le casse. Teresa le sembrava contenta, ma non aveva mai visto per Carlo il sorriso che la sorella teneva in faccia nei giorni che andava a visitare Concetta. Una volta uno dei compagni di Carlo, che era sempre accompagnato da quattro o cinque di loro, aveva detto: ma guarda come si sta facendo grande la creatura, e le aveva messo una mano in faccia. Lei gliel'aveva morsa a sangue, e tutti l'avevano sfottuto, e lui l'aveva guardata male e l'aveva minacciata.

Due settimane prima, Carlo era arrivato proprio quando Teresa era andata in visita da Concetta. Il padre era diventato bianco, e la madre aveva chiamato la ragazza e le aveva detto di andare subito a cercare la sorella. La ragazza aveva corso fino a casa di Concetta, ma Teresa non c'era. La vecchia non voleva parlare, poi, quando seppe dalla ragazza perché cercava la sorella, le disse di andare a vedere a San Giovanni; ma non riuscí a trovarla nemmeno là.

Quando tornò, Carlo se n'era andato. Aveva detto che non poteva aspettare. I genitori sembravano morti, stavano seduti e guardavano a terra.

Teresa rientrò dopo un paio d'ore, e successe il finimondo. La ragazza era rimasta fuori perché la madre aveva chiuso la porta, ma sentiva urlare. Teresa era uscita piangendo, e non l'aveva vista per un giorno intero.

Le due settimane da allora erano state diverse. Tirava una brutta aria, e Carlo non era tornato. Il padre e i fratelli un giorno andarono a casa sua, ma non li accolsero. Dissero che stavano al mercato, che non c'era nessuno; ma uno dei fratelli aveva visto il carro coi cavalli, quindi non ci credettero.

Teresa invece era sempre la stessa. Anzi, sorrideva pure di piú, sembrava piú felice, piú libera. I genitori e i fratelli non la guardavano nemmeno, ma lei pensava al calendario e sorrideva.

Fino a due giorni prima, quando era uscita e non era piú tornata.

La ragazza non capiva come fosse possibile che nessuno dicesse niente su questo fatto. Passava quasi tutto il tempo sotto l'albero, sulla collinetta, a scrutare la strada che portava al cancello e poi al paese, ma nulla. Una volta chiese di Teresa alla madre, ma quella continuò a impastare il pane, muta, e quando, credendo che non l'avesse sentita, la ragazza ripeté la domanda, le diede un urlaccio e la mandò a dar da mangiare alle galline.

E adesso stava proprio là, e vide giungere qualcuno. Le saltò il cuore in petto, poi si accorse che non era Teresa, ma il fratello piú grande.

Strano, a quell'ora doveva essere al lavoro al cantiere, dove faceva il manovale. Invece era lí, e camminava piano ed era curvo, come fosse malato, come stesse male. Lo vide arrivare alla casa, dire qualcosa al padre che gli mise una mano sul braccio. Poi tutti e due entrarono e si chiusero la porta alle spalle.

Allora la ragazza andò di corsa sul retro, dove c'era la parete sconnessa dalla quale riusciva a scappare se era chiusa in punizione. Adesso era grande e non ci passava piú, ma si poteva affacciare e vedere e sentire quello che succedeva in cucina, senza essere vista.

Il fratello stava parlando ai genitori. Era di spalle, e gesticolava. La ragazza udí il nome della sorella, due volte.

Il padre guardava a terra, e non diceva niente. A un certo punto la madre emise un suono. Alla ragazza parve il verso di un animale, una specie di singhiozzo prolungato che niente aveva di umano. Per qualche motivo le si fermò il cuore. Cercò di vedere meglio, e le sembrò che la donna fosse diventata vecchia all'improvviso.

Il fratello disse, alzando la voce: non si deve dire niente. A nessuno. Non sappiamo dove sta, non sappiamo dov'è andata. Non sappiamo niente. Avete capito, mammà? È chiaro?

Parlava con la madre, ma la donna non ascoltava. Stava con gli occhi spalancati e la mano sulla bocca, e taceva. Il padre alzò la testa e fece cenno di sí. Non sappiamo niente, ripeté.

Il fratello disse allora la frase che affondò nell'anima della ragazza e separò per sempre la vita felice da quella infelice. E che separò lei dal resto della famiglia, costringendola a fare quello che fece.

Il fratello disse: se no, facciamo tutti la stessa fine.

Ma la ragazza pensò che di nascosto Teresa aveva imparato a leggere. E che le aveva promesso di portarla con sé, quando se ne sarebbe andata.

Per cui si voltò e scappò.

Di corsa.

XXI.

Bianca Borgati di Zisa, contessa Palmieri di Roccaspina, aprí piano la porta e sbirciò dallo spiraglio.

Solo Edna, l'istitutrice, si accorse dell'occhio seminascosto che osservava e gli indirizzò un lieve cenno del capo. La contessa decise di non entrare, per non distrarre i bambini.

Il maschietto, Federico, completava con fatica il suo compito sul quaderno. La punta della lingua sporgeva dalle labbra e la concentrazione era assoluta, anche se la matita si muoveva incerta. Marta, invece, serviva il tè alla bambola, sussurrandole parole di convenienza.

Bianca cercò di dominare l'ondata di amore puro e si sforzò di guardare postura e gesti della sua protetta con spirito critico. Niente da dire: era perfetta. Marta univa alla naturale eleganza e al portamento eretto il germe di una femminilità decisa; e recepiva con immediatezza gli insegnamenti che le venivano impartiti.

Richiuse la porta con attenzione e andò nel salotto azzurro.

La grande casa sul mare rispecchiava il carattere di Carlo Maria Fossati Berti, duca di Marangolo, vecchio e caro amico defunto che aveva lasciato a Bianca la propria fortuna. Il misantropo aveva preferito un palazzo fuori della zona in cui la miope ed esangue aristocrazia aveva scelto di acquartierarsi; in compenso godeva di una vista che toglieva il fiato, con la distesa azzurra luccicante sotto il cielo, la montagna che non sembrava minacciosa col suo filo perenne di fumo, e il profilo dell'isola che ricordava il viso di una donna addormentata, dalla lunga chioma adagiata sull'acqua.

Il ricordo di Marangolo le risvegliò quel misto di tenerezza e rimpianto al quale non si era ancora abituata. Un uomo gentile, protettivo, che l'aveva amata da lontano senza dirglielo se non in punto di morte. Né per lei era stato altro che un confidente, una presenza costante della quale non aveva mai approfittato.

Il cuore, pensò Bianca accostandosi alla poltrona in raso posta davanti al panorama azzurro del pomeriggio. Che traditore, che nemico dolcissimo è il cuore. Ti prende in giro, ti strazia, poi va in letargo e ti manca come l'aria. Maledetto, meraviglioso cuore.

Achille, il cameriere, si manifestò silenzioso e discreto all'estremo del campo visivo. Era stato il maggiordomo del duca, e l'unica volta che Bianca aveva visto balenargli in viso un barlume di emozione era stata per la preoccupazione di aver perso, con la vita di Marangolo, il lavoro. Ma lei l'aveva assunto e non se ne era pentita. Fece un segno impercettibile con la mano, e Achille si dileguò verso la preparazione del caffè: un'usanza irrinunciabile un'ora dopo la fine del pranzo.

Bianca non era un'eremita come lo era stato il duca, che non frequentava la società nemmeno nelle occasioni in cui il suo rango ne prescriveva la presenza; tuttavia, aveva perso interesse per quel mondo fatto di pettegolezzi e relazioni torbide, del quale aveva patito la distanza quando era in rovina e dal quale era stata idolatrata una volta divenuta ricchissima.

La fortuna del duca era immensa. Appezzamenti di terreno, fabbriche, opifici, palazzi, perfino due navi da crociera. E cavalli da corsa, automobili, aziende agricole. Neanche lei sapeva ciò che possedeva, anche perché era tutt'altro che avida e parlare di denaro l'annoiava; e aveva dato in beneficenza anonima gran parte dell'eccessiva produzione di utili.

Nel mese di maggio, di lí a trenta giorni, sarebbero stati sei anni dalla morte del duca. Bianca ricordò con dolcezza gli attimi dell'ultimo respiro dell'uomo, la stretta lieve della sua mano, il senso di inadeguatezza e di angoscia provato quella notte. Non aveva badato alla fortuna che aveva ereditato, ma si era disperata per la mancanza dell'amico. Carlo era stato fondamentale nel superamento del dolore e della vergogna che Romualdo, il marito, aveva gettato sul suo nome, prima col gioco, il fantasma che l'aveva posseduto e condotto alla rovina, poi con l'omicidio di un usuraio che l'aveva portato alla galera. Marangolo era addirittura riuscito a farla ridere di quel mondo fatto di nuovi ricchi e piccoli gerarchi, pronti a voltare gabbana per convenienza.

Achille si materializzò al suo fianco con un vassoio, recando il caffè e qualche biscotto. Lei sorrise in segno di ringraziamento, e con la mente andò a Ricciardi.

Bianca aveva conosciuto il commissario prima dell'indagine che riguardava il marito, in occasione dell'omicidio di un *assistito*, un cieco che si approfittava dell'ingenuità di chi, come Romualdo, era schiavo del gioco del lotto. L'aveva colpita, con quegli strani occhi verdi e la vibrazione di sofferenza che percepiva al di là delle parole; era stato naturale cercarlo quando aveva sentito il dovere di tentare di salvare il marito dalla piú infamante delle accuse.

Achille, interpretando alla perfezione l'umore della padrona, fece suonare un disco. Dalla tromba del grammofono l'orchestra irradiò *Stardust*, una melodia malinconica e struggente. La polvere di stelle cominciò a cadere lenta sull'animo di lei.

Non poteva negare di aver pensato a Ricciardi come una donna pensa a un uomo. Quegli occhi, quelle mani sottili e nervose, quella voce quasi sussurrata avevano popolato molte delle sue notti solitarie. E il periodo in cui – per scagionarlo dalle accuse di omosessualità che qualcuno all'interno dei servizi segreti aveva avuto interesse a gettargli addosso – avevano dovuto fingere di essere amanti, era stato divertente e intrigante allo stesso tempo.

Ma il barone di Malomonte aveva il cuore impegnato. Non lo aveva mai nascosto, e il loro rapporto si era evoluto in una profonda amicizia. Quando lui aveva sposato Enrica, Bianca ne era diventata la migliore amica. Sotto l'apparenza ordinaria di maestrina della borghesia commerciale, aveva riconosciuto le meraviglie di un carattere forte e ostinato, di una eccezionale curiosità, di una decisa attitudine a imparare, di una assoluta assenza di pregiudizi. La contessa aveva presto capito che l'amore di Ricciardi per quella ragazza non solo aveva senso, ma testimoniava la capacità di lui di saper guardare ben oltre ciò che la superficie mostrava.

Era dunque per lei, ancor piú che per Ricciardi, che il giorno della tragica morte della donna aveva deciso di farsi carico dell'educazione di Marta. E c'era voluto assai poco per farlo evolvere da impegno a gioia, da compito a piacere.

Non era per il fatto che fosse una bambina senza la mamma, e lei una donna senza figli; e non era per l'affetto profondo che la contessa provava per il padre, né per la memoria della madre e della loro breve ma intensa amicizia. Non era per riempire il vuoto di una vita senza un reale scopo, né per il divertimento di avere in casa speranza e gioventú in un mondo che correva verso una lunga notte di tempesta.

Era Marta che era speciale.

Non una bambina di quasi cinque anni, ma una piccola, meravigliosa vecchietta che affiancava alla capacità di emozionarsi tipica dell'età una sensibilità particolare. Capiva subito se darle un delicato bacio sulla guancia, oppure se lasciarla sola con i suoi pensieri.

Si preoccupava per il papà, e ne parlava con lei come fosse adulta; e con lei commentava le stranezze dell'eccentrica Nelide, sollecita e devota ma rigidamente legata alle proprie incomprensibili tradizioni.

Marta era adesso una figlia e un'amica. Avrebbe fatto di lei una nobile, giovane donna del suo tempo, ma ne avrebbe pure coltivato lo spirito speciale.

La polvere di stelle smise di cadere dal grammofono. Come ogni pomeriggio, Bianca ringraziò la vita per aver compensato la sua solitudine regalandole quella bambina.

E come ogni pomeriggio, sentí dentro l'eco stonata di un rimpianto.

XXII.

– Luci', scendiamo. Andiamoci a fare una passeggiata.

E il cuore le si era fermato, portando il passato avanti di undici anni e invadendo il presente con l'inchiostro nero del dolore. *Andiamoci a fare una passeggiata*, e il viso buono e allegro di Raffaele pieno di ombre e di paure. *Andiamoci a fare una passeggiata*, e la consapevolezza che ciò che aveva da dirle era cosí brutto da poter contaminare le mura domestiche, da essere irricevibile per le orecchie dei figli.

Andiamoci a fare una passeggiata.

Come un automa, Lucia Maione – gli occhi inquieti fissi in quelli di lui colmi di qualcosa di brutto, forse malinconia, forse dolore, di certo una cattiva notizia – prese il soprabito che non serviva nell'aria dolce di aprile, ma che era la memoria dell'inverno e quindi poteva in qualche modo ripararle l'anima, prese anche la borsetta e uscí senza nemmeno raccomandare niente alle figlie, pentole sul fuoco e patate da pelare retrocesse a dettagli trascurabili.

Camminarono in silenzio, cenni formali di saluto alle conoscenze, lei sottobraccio a lui, una coppia nota e stimata, i signori Maione che andavano a passeggio. Lucia aspettava il momento pesando con cura la stranezza di quell'invito in mezzo a una giornata qualsiasi, anticipando di almeno due ore il ritorno a casa dal lavoro, buonasera, è tornato papà, venite a darmi un bacio, che si mangia? E invece eccoli lí. *Andiamoci a fare una passeggiata.*

Arrivarono a via Toledo, un caffè, un tavolino all'interno per non dover salutare gente al passaggio. Un caffè? Ma quale caffè, il caffè è per chi sa cosa deve dire, per chi ha già digerito le brutte notizie, non per chi è appesa a un filo, non per chi ha il cuore al posto dello stomaco e lo stomaco al posto del fegato e il fegato chissà dove.

Lucia disse, in un soffio:

– Giovanni? Che è successo a Giovanni?

Raffaele la fissò interrogativo; poi si rese conto di quello che doveva essere balenato nella testa della moglie, di quello che il suo invito aveva evocato.

– No, no, che vai a pensare? Giovanni sta benissimo. E ti pare che se ci stava qualcosa ti portavo al bar?

Lucia, pallidissima, respirò a fondo. Sentí montare la rabbia.

– E tu vieni da me, una mamma che ha passato quello che ho passato io, e mi dici: Luci', andiamoci a fare una passeggiata? Con quella faccia? Io mo' dovrei prendere il caffè bollente e buttartelo addosso, lo capisci?

Maione sospirò.

– Scusami, Luci'. Non ho riflettuto sulla paura che ti facevo mettere. Ma che abbiamo un problema è vero, purtroppo. Un problema bello grosso.

Lucia aveva le fiamme negli occhi azzurri.

– Raffae', te lo dico chiaro: se tu e i ragazzi state bene in salute, qualsiasi problema si risolve. Qualsiasi. Basta che stiamo insieme. Chi ha vissuto quello che abbiamo vissuto noi e ne è uscito vivo, poi non si abbatte piú.

– Stammi prima a sentire, Luci'. Ascoltami.

E raccontò dell'uomo che aveva trovato in ufficio, al ritorno dal porto. Non nascose l'antipatia che aveva subito provato per lui, ampiamente confermata da quello che si erano detti.

– È un uomo ricco e importante che ha fatto fortuna in America. La notizia della morte del fratello e della cognata lo ha raggiunto in ritardo, non si scrivevano spesso. Non mi ha spiegato che fa di mestiere, ma pare che campa di rendita, gli arrivano i soldi proprio dall'America.

A Lucia il cuore era balzato di nuovo in gola.

– E se stava cosí bene in America, perché è tornato?

– Eh, la stessa domanda che gli ho fatto io. Pare sia fascista, o meglio, gli piace il fascismo. Ha detto che vuole essere parte di questo paese, che lui è italiano e adesso che l'Italia è una potenza mondiale e c'è l'impero ci vuole essere pure lui per dare il contributo suo. Mi ha fatto capire di avere amicizie importanti nel partito, anche per la memoria del fratello che stava nella milizia, e vuole riprendere tutti i contatti. E qui viene la storia della famiglia.

– Quale storia della famiglia?

Maione si agitò sulla sedia a disagio.

– È sposato, ma non ha figli. Dice che Dio non glieli ha mandati, che è l'unica ombra sulla felicità sua e della moglie. Ma ora che è tornato, sente il dovere di riannodare le fila di ciò che il povero fratello ha dovuto interrompere a causa di quella che lui chiama «la disgrazia». Ha detto che lo sapeva che la famiglia della cognata aveva una vena di follia; aveva scongiurato il fratello di non sposarsi con la madre di Benedetta, perché sarebbe andata a finire male. E quando gli è arrivata la notizia è stato addolorato, ma non sorpreso.

L'espressione di Lucia si faceva sempre piú dura.

– E che vuol dire, riannodare le fila? Che sono, 'ste fila?

Suo malgrado, Maione emise un risolino. Lucia sapeva stemperare come pochi i momenti penosi.

– Vuole Benedetta, Luci'. Ci ringrazia per quello che abbiamo fatto per lei dopo la disgrazia, ma dice che la ragazza una famiglia ce l'ha. Che Benedetta è sangue suo, hanno lo stesso cognome, e perciò crede sia giusto e opportuno che vada a vivere con loro. Nella casa dov'è nata e dove è cresciuta, prima della disgrazia. Cosí dice.

Lucia ebbe un mancamento. Allungò una mano, prese il bicchiere d'acqua che il cameriere aveva portato a corredo del caffè di Raffaele e lo bevve tutto d'un sorso.

– Cioè, fammi capire. Una famiglia raccoglie una bambina sola e abbandonata, che se non ce la pigliavamo noi andava a finire in un istituto. Questa famiglia la cresce come una figlia, meglio di una figlia. E lei diventa una ragazzina felice e serena. Te lo ricordi che balbettava, quando è arrivata da noi? E adesso ride sempre, sta coi fratelli, tutti le vogliono bene. Chi sono questi? Che vogliono?

– Luci', le so bene queste cose. E gliele ho pure dette, credimi. Ma...

Lei si piegò in avanti, aggressiva.

– «Ma» che? Non ci sta nessun ma. Benedetta è figlia a me e a te. Non ci sta differenza con Maria, con Giovanni e con nessuno degli altri. Io non lo perdo un altro figlio, hai capito? Toglitelo dalla testa.

Raffaele sapeva che sarebbe stato difficile, sapeva che la conversazione avrebbe preso quella piega e che, a farla nella cucina di casa, i ragazzi avrebbero ascoltato. Per quello aveva invitato la moglie a uscire.

– Lucia, Benedetta è la luce degli occhi miei. Io sono stato quello che l'ha portata a casa, io sono stato quello che è andato a parlare con la maestra della scuola nuova, io sono quello che le porta i libri che vuole leggere. Il problema è un altro.

Lucia non sembrava disposta a discutere.

– Non ci sta nessun problema, Raffae'. Ci sta una famiglia da difendere, che è la mia. E sulla mia famiglia le mani non ce le mette nessuno, né uno che si presenta dalla sera alla mattina dall'America e vuole una figlia bella e fatta, né tu, né il Padreterno.

– Ah, sí? E tu vorresti togliere a Benedetta un futuro di agio e di benessere per tenerla in una famiglia che a stento riesce a farla mangiare, coi vestiti aggiustati da te che alla sorella non vanno piú? Mentre potrebbe diventare una regina, con possedimenti in America, e frequentare le migliori scuole? Tu non hai visto com'era questo individuo: pareva il re, quel fesso di Antonelli era cosí impressionato che gli ha fatto pure il caffè, pensa un po'. È questo che vuoi per Benedetta? Levarle la ricchezza alla quale ha diritto e condannarla a essere povera?

Lucia si alzò di scatto.

– Voglio andare a casa, dai miei figli. Mi manca l'aria, qua dentro.

E corse fuori, senza aspettare Raffaele che pagava il conto.

XXIII.

Nelide Vaglio, governante di Ricciardi, correva per strada e chiacchierava con la zia.

Nessuna delle due cose era di per sé rilevante. Lo diventava però nella fattispecie, perché Nelide era Nelide e tutto di lei era caratteristico; e perché sua zia, Rosa, era morta da oltre sei anni.

In molti si giravano a guardarla, dandosi di gomito nel commentarne l'incedere. Un atteggiamento uguale a quello che avrebbero avuto se fosse passata una giovane di incomparabile bellezza: ma il caso di Nelide era diametralmente opposto.

Gli anni di abbandono della faticosa campagna cilentana e di permanenza in città avevano mutato di poco l'aspetto della ragazza, ma comunque in peggio. Il corpo tozzo si era allargato ancor di piú, tendendo a una pinguedine aggrappatasi a una muscolatura massiccia; la bassa statura era stata accentuata da un'andatura curva e decisa, incline alle spallate se c'era da aprirsi un varco nella folla; la testa, sporta in avanti sul collo taurino, era dotata di un viso coperto da una fitta peluria scura. A condire il tutto, occhi diffidenti, mascella squadrata e labbra imbronciate sempre pronte a sputare sentenze, proverbi incomprensibili e giudizi negativi sul mondo.

Eppure, dietro questa orribile apparenza si celavano un'efficienza assoluta e una dedizione totale al servizio.

Nelide era la governante perfetta: nulla era lasciato al caso, nulla poteva sfuggirle. Per non dire della cura riservata alla piccola Marta, che la donna sentiva come una missione religiosa.

Il tempo trascorso con Enrica era stato per Nelide un passaggio. Arrivata in casa Ricciardi a seguito della malattia della zia Rosa, l'anziana tata del commissario che l'aveva designata erede nelle mansioni domestiche, ci aveva messo un po' a orientarsi in un mondo tanto diverso da quello rurale in cui era nata e vissuta; l'aveva aiutata la totale assenza di fantasia, unita alla concretezza contadina che la portava ad accettare con semplicità il contesto, senza porsi il problema di cambiarlo.

Enrica l'aveva compresa subito e ne aveva fatto la propria anima pratica. S'intendevano con uno sguardo, non avevano bisogno di parlarsi, e quando lo facevano scoprivano di essersi già capite in precedenza. La morte della sua baronessa era stata per Nelide un fulmineo, lancinante dolore: ma un istante dopo era pronta a farsi carico di ogni esigenza di Marta, appena nata e già sotto la sua esclusiva giurisdizione. E a Marta si dedicava ventiquattr'ore al giorno, secondo un'investitura che Enrica le aveva fatto con un'occhiata, morendo, e che lei aveva recepito alla perfezione.

Poi c'era il capitolo della zia Rosa.

Nelide la vedeva e ci dialogava.

Se interpellato in proposito, un medico avrebbe diagnosticato uno stato allucinatorio e le avrebbe somministrato dei farmaci; ma alla giovane andava benissimo che la zia continuasse a darle indicazioni. Non che avesse incertezze, sapeva distinguere ciò che era giusto da ciò che era sbagliato: ma una voce in piú era sempre meglio. Del resto, la zia Rosa era tutt'altro che una presenza confortante o compiacente. Anzi, la maggior parte delle cose che diceva a Nelide, camminandole invisibile accanto o comparendole in cucina oppure in bagno, consisteva in una serie di critiche e di indicazioni comportamentali che richiamavano la ragazza al rispetto rigoroso degli impegni, tesi al miglior interesse della famiglia Ricciardi di Malomonte. Anche al di là di quanto il barone e la piccola baronessa pensassero, essendo uno per natura e l'altra per età poco in grado di badare a sé stessi.

Rosa, in forma di immagine a uso esclusivo di Nelide, eccepiva su ogni cosa. Dalla misura degli ingredienti della *cianfotta* ai tempi e ai modi, sempre troppo condiscendenti, con cui la nipote seguiva i pagamenti dei mezzadri cilentani, i cui redditi venivano peraltro accantonati e dei quali Ricciardi non aveva che una vaga cognizione. Tutto era in capo all'operatività di Nelide e tutto era oggetto di una vaga riprovazione di Rosa.

Adesso, per esempio, mentre la giovane attraversava a passo di marcia il quartiere, la zia le sussurrava acida:

– Ma c'era proprio bisogno di andare a prendere queste ciliegie, oggi? Ci stanno ancora le mele e le pere, mi pare che la frutta non serve, o no?

Nelide avrebbe preferito fosse ancora viva, se non altro perché alla zia facevano male le gambe e non avrebbe potuto starle dietro a quella velocità. Da morta invece l'affiancava senza sforzo, e poteva pure parlare mentre correva senza che insorgesse l'affanno.

– Zi' Ro', lo sapete che alla signorina baronessa a farla mangiare ci vuole la mano di Dio, se non le dò qualcosa che le piace alla fine della cena non ci arriva. E di ciliegie è ghiotta assai, quindi…

Il fantasma di Rosa fece un'espressione furba, passando attraverso un lampione contro il quale Nelide per poco non andava a sbattere.

– Sí, eh? Mo' la colpa è di quella povera bambina che è golosa. Come se non lo sapessi perché vuoi comprare le ciliegie, oggi. Dimmi, piuttosto: le hai stirate le camicie del signore mio? Ci hai messo la lavanda, sí?

– E come no, zi' Ro', certo che ci ho messo la lavanda. E ho pure dato una bella pulita a pettini e spazzole.

Rosa serrò le labbra, inquisitrice.

– Ah, sí? E come le hai pulite, le spazzole?

Nelide sospirò. Sempre la stessa storia...

– Ho sciolto i cristalli di soda e il sapone raschiato. Lo so che lo potevo fare pure con l'ammoniaca, ma il pettine nuovo del barone è di celluloide e si squaglia. Invece il rasoio, che tiene il manico d'avorio, l'ho lasciato nella trementina per ventiquattr'ore e poi l'ho fatto asciugare al sole. È uscito che abbaglia.

– Va bene. Domani devi fare le maniglie, li tieni gli ingredienti per la pasta?

Nelide recitò a memoria.

– Centocinquanta grammi di gesso in polvere, li tengo; settantacinque grammi di alcol, li tengo; ventitre grammi di ammoniaca, li tengo. Prima sullo straccio...

Rosa concluse, soddisfatta:

– E poi con la lana. Per il rame invece...

– La farina di granturco con limone e aceto. L'anno scorso per poco la baronessina non se la mangiò, si credeva che era un contorno!

– Mamma mia, è un miracolo se cresce bene, quella bambina. Meglio che vado a vedere che sta facendo adesso a casa della contessa, cosí controllo se ha fatto merenda. Ci vediamo dopo.

Nelide fu sollevata dal non averla piú addosso. Era giunta al mercato, e si aggirò tra le bancarelle. Attorno a una di esse c'era il solito gruppo di donne in estatica ammirazione del venditore, un giovane splendido dalla pelle bruna e i riccioli e i baffi neri. Stava cantando senza accompagnamento musicale una canzone umoristica lasciva e piena di doppi sensi, e le donne ridevano.

Nelide passò dietro il gruppo adorante, rallentando e senza guardare in direzione dell'uomo; che però si interruppe e, dato incarico a un garzone di continuare le vendite, con un balzo sbarrò la strada alla ragazza.

– Oh, soave signorina, che fate, non vi fermate alla piú bella vendita di frutta e verdura di tutta la città?

– *Acqua annanze e fuoche appresse, nun te vutasse ra nisciunnu viersu.* Vado di fretta, tengo da fare.

Tanino, detto *'o Sarracino*, si fece dolente.

– E tu tieni sempre da fare, Nelide. Sono sei anni che mi fai *spantecare*, è mai possibile che non hai nessuna pietà di me?

La ragazza lo fissò torva. Il corteggiamento del *Sarracino* andava avanti da tanto, e si faceva sempre piú insistente nonostante la ragazza non offrisse alcun appiglio. Le donne del quartiere, che se n'erano accorte da un pezzo, non si spiegavano come quel ragazzo, cosí magnifico da costituire un sogno proibito anche per le dame dell'alta società, fosse folle al punto di innamorarsi di uno scorfano inguardabile; e si erano convinte che in realtà avesse messo in atto un feroce scherzo alle spalle di quella donna orribile, che non sortiva però l'effetto ridicolo desiderato perché Nelide non mostrava alcun interesse nei suoi riguardi.

Dopo averlo guardato per un po' pendere dalle sue labbra, la governante disse:

– Le ciliegie le tieni?

Il giovane allargò le braccia.

– E no! Io ti aspetto da due giorni e tu che mi chiedi? Le ciliegie! E quel disgraziato del fornitore mio proprio oggi non si è presentato. Però tengo delle nespole bellissime, e le primizie di albicocche che sono uno zucchero, e...

Nelide lo valutò disgustata, poi disse, enigmatica:

– *Nu tuzzone non caccia vampa.*

Il significato della frase sarebbe risultato ben chiaro a un anziano cilentano, ma questo fatto del legno carbonizzato che non produce fiamma restò oscuro al povero Tanino, il quale poté solo intuire che si trattava di qualcosa di umiliante.

La ragazza si voltò senza salutare e prese la strada verso un'altra bancarella. *'O Sarracino* tornò mesto alla postazione, mormorando tra sé:

– Mamma mia, che femmina che sei.

Dimostrando che, ciliegie o no, l'amore è effettivamente cieco.

XXIV.

Maione prese servizio nel nuovo turno – corrispondente, secondo il volere di Lucia, a quello del figlio – con una tempesta nel cuore.

Una volta a casa, la moglie si era chiusa in camera dando un urlaccio ai figli piú piccoli, *Non fate rumore ché ho mal di testa*. Il brigadiere aveva retto gli sguardi interrogativi mettendosi un dito sulle labbra, rassegnandosi a subire quell'atteggiamento che peraltro rientrava nelle previsioni.

Per fortuna Benedetta era con Maria all'addestramento delle giovani italiane: dubitava che avrebbe retto al solito abbraccio che la ragazza gli riservava a ogni rientro. Era perciò uscito in tutta fretta, imboccando una strada verso la questura che lo avrebbe messo al sicuro dall'incontrare le figlie di ritorno dalla piazza.

Le figlie, aveva pensato. Certo: le figlie. Cosa credeva Lucia, che non si sentisse genitore di Benedetta? Che non l'amasse come amava gli altri, come aveva amato Luca? Un padre ama in maniera differente da una madre. Un padre bada al benessere, all'equilibrio economico, alla ricchezza dei figli. Chi era lui per decidere di sottrarre, per suo egoismo, quelle risorse alla ragazza? Perché avrebbe dovuto lottare per il male di Benedetta? Peraltro, e non ne aveva ancora parlato con Lucia, era convinto che Garofalo avesse pieno diritto di chiedere la tutela della nipote; per cui forse non c'era nemmeno da avere dubbi sull'evoluzione della vicenda.

Ad accoglierlo trovò di nuovo Antonelli, rosso in viso e in evidente imbarazzo: uno spiacevole déja-vu che Maione sintetizzò in un basso ringhio da leone.

– Antone', io ormai ho deciso di ucciderti, per cui non puoi peggiorare la situazione. Dimmi che non hai fatto entrare nessuno nell'ufficio mio, altrimenti abbrevi di molto i tempi della tua sopravvivenza.

La guardia scelta non dubitava che Maione stesse dicendo la verità, e andò incontro al proprio destino con lo stoicismo dei martiri.

– Purtroppo sí, brigadie'. E lo sapevo già, che sarei morto. Ma non potevo evitare.

In dubbio fra estrarre la pistola e procedere a mani nude, Maione risolse con un'occhiata incendiaria e, voltate le spalle al sottoposto, andò nella sua stanza. Dove non trovò un visitatore, ma due.

Uno era Esposito, la guardia di San Giovanni che due giorni prima li aveva introdotti alla scena del delitto. L'altro era un maresciallo dei carabinieri che non conosceva.

Meno di cinque minuti dopo erano tutti e tre nell'ufficio di Ricciardi, al piano superiore.

– Espo', dici al commissario quello che hai detto a me. E presenta il maresciallo.

La guardia pareva molto piú in imbarazzo che nel giardino del palazzo diroccato, davanti ai due cadaveri.

– Sí, commissario, scusatemi l'intrusione, forse avrei dovuto chiamare prima, ma mi sembrava meglio accompagnare qua il maresciallo Scognamiglio, che è venuto da noi stamattina. Io non mi potevo prendere la responsabilità di...

Il maresciallo interruppe la guardia, esasperato dalla difficoltà che manifestava.

– Scognamiglio Eduardo, in servizio al comando di Portici. Piacere di conoscervi, commissario. Ho già salutato il brigadiere. Si tratta di una questione particolare un poco difficile da spiegare; diciamo che non sono venuto in veste ufficiale, ecco.

Era un cinquantenne dalle lunghe basette grigie, spalle larghe e giacca tesa sul ventre. La voce profonda e calma ispirò a Ricciardi un'immediata fiducia.

– Prego, maresciallo. Accomodatevi. E ditemi in che cosa vi possiamo aiutare.

L'inevitabile sovrapposizione delle funzioni e l'organizzazione militare dell'Arma non facilitava i rapporti con la polizia, era una questione ben nota; gli uomini erano però un'altra cosa, e non c'era bisogno di non essere cordiali.

Scognamiglio sedette e tolse il cappello, che tenne sulle ginocchia. Maione apprezzò che non l'avesse collocato sul piano della scrivania, come altri di sua conoscenza.

– Commissario, mi ritenevo fortunato di essere in forze al comando di Portici, nella mia città. Sapete quanto sia complicato per noi restare in servizio dove si è nati e cresciuti. Purtroppo ho scoperto che non sempre è una cosa buona, e questo è appunto il caso.

– Vi assicuro che, nei limiti della mia funzione, farò di tutto per venirvi incontro, maresciallo. Quale che sia il motivo che vi imbarazza. Dite pure.

– Non avevo saputo del brutto delitto di San Giovanni, anche se è stato compiuto in una zona confinante con la nostra. Stiamo seguendo una situazione relativa al contrabbando, che oggi, come ben sapete, è reato gravissimo perché contravviene alle politiche nazionali. E scusatemi, non devo certo dirlo a voi, immagino sarete sommersi come noi di nuove direttive. Ma sono venuto a conoscenza della vicenda in una maniera, diciamo cosí, irrituale. Sono stato chiamato da una persona che conosco da molti anni, e mi dovete perdonare se non posso rivelarvi chi è. Ebbene, questa persona sostiene di conoscere l'identità della donna uccisa nel giardino del palazzo.

La rivelazione cadde nel silenzio. A romperlo fu Esposito, la guardia di San Giovanni.

– Il maresciallo mi ha chiesto se potevate ricevere un'informazione confidenziale; altrimenti non avrebbe potuto dire niente, e me ne ha spiegato il motivo. Io mi sono permesso di consigliargli di venire con me. Vi ho visti parlare col dottore Modo, e ho anche sentito raccontare di voi da qualche collega, e… Insomma, ho pensato che il maresciallo potesse dirvi questa cosa.

Ricciardi doveva andare a fondo.

– Posso chiedervi, maresciallo, per quale ragione una cosa cosí importante come il riconoscimento di una vittima di omicidio deve restare nell'anonimato? Comprenderete che non ci è facile tenere riservata la notizia.

Scognamiglio reggeva lo sguardo di Ricciardi. Rispose senza esitazione.

– La persona che è venuta a dirmelo è una donna anziana. È stata duramente colpita, di recente. Il figlio è stato mandato al confino, poiché… per questioni sessuali. È vedova, sola e in miseria. La ragazza era tra i pochi che l'aiutavano. Non è in condizioni, dato quello che le è successo, di esporsi riconoscendo il cadavere e spiegando come mai le è venuto in mente che potesse essere lei.

Maione non seguiva.

– E perché le è venuto in mente che potesse essere lei? Non ha una famiglia, questa povera ragazza? Nessuno ne ha denunciato la scomparsa, o ha chiesto in giro dove fosse?

– La sorella piú piccola, poco piú di una bambina, è andata da lei a raccontarle che la famiglia aveva saputo la notizia. E che aveva deciso di mantenere il silenzio.

Ricciardi ne fu sorpreso.

– Davvero? Non capisco: sanno che la figlia è stata uccisa in quel modo e...

– Che vi posso dire, commissario? Certe volte dalle parti nostre è complicato. Forse si vergognano delle condizioni in cui è stata ritrovata la ragazza; forse non sapevano di questa relazione; forse pensano che di questi tempi sia meglio far credere che una figlia sia scappata via, anziché uccisa mentre... Non ve lo so dire. Io ho solo ricevuto la notizia, sta a voi verificare.

Ricciardi si alzò.

– Facciamo cosí, maresciallo: io accolgo la segnalazione in forma anonima, come l'avete accolta voi. Diciamo che abbiamo ricevuto una lettera con scritto: «Il nome della ragazza trovata morta è». E che noi, di conseguenza, andiamo a fare visita alla famiglia per verifica. Non posso garantirvi che non mi servirà sentire la donna, ma vi prometto che il contatto avverrà in assoluta riservatezza e senza ulteriori coinvolgimenti. La signora, e vi dò la mia parola d'onore, non avrà nulla da temere.

– Proprio le parole che speravo di raccogliere venendo qui, commissario. La guardia Esposito aveva ragione a rassicurarmi su di voi e sul brigadiere. Ve l'ho detto, sono tempi difficili: e mantenere l'ordine è molto meno semplice di quanto vogliano farci immaginare.

Tirò fuori dalla tasca un foglietto, che porse a Maione.

– Mi sono permesso di portare un biglietto con quell'informazione. L'ho scritto io, ma facciamo finta che mi sia arrivato al comando. Il nome della ragazza è Imperato. Imperato Teresa.

XXV.

Doveva essere il giorno dei biglietti, perché Ricciardi aveva appena concordato con Maione quello che avrebbero fatto l'indomani per agganciare la famiglia della ragazza uccisa, quando si vide consegnare da una guardia di servizio all'ingresso un foglio di carta ripiegato piú volte.

Chiese chi lo avesse portato.

– Un ragazzino, commissa'. Me l'ha messo in mano, ha detto il nome vostro ed è sparito.

Ricciardi corrugò la fronte. Le modalità gli dicevano qualcosa, e questo qualcosa non gli piaceva.

Sul biglietto c'era scritto: «Uccello».

Quella singola parola poteva avere un solo significato. E la grafia, che conosceva fin troppo bene, era piú di una firma.

Prese il soprabito e uscí nella sera di aprile.

L'aria frizzante aveva tirato fuori di casa un mare di gente, che affollava la via centrale consumando la vasta offerta alimentare delle decine di ambulanti, oltre che delle pasticcerie aperte fino a tardi. Le coppie si incrociavano, i signori si toccavano il cappello, le signore inchinavano lievemente la testa. I bambini affondavano le facce nello zucchero filato, tenuti per mano dalle madri. A poca distanza, il dedalo di vicoli a monte della via brulicava di un'altra vita, fatta di pentoloni fumanti e di vecchie su malferme sedie in paglia, di scugnizzi laceri che correvano liberi sgambettando gli uomini e schiaffeggiando le gambe delle donne, scansando le bastonate che chiunque cercava di assestargli.

Ricciardi attraversava quell'universo variegato, soltanto per i suoi occhi integrato da qualche defunto. Suicidi, vittime di incidenti o di pestaggi, gente che aveva resistito a rapine. Il popolo dei morti in mezzo a quello dei vivi: gli uni indifferenti agli altri, e lui, unico cittadino del mondo di mezzo, testimone di tutti.

Camminando a testa bassa e con le mani nelle tasche, il solo senza cappello, si chiedeva come sarebbe andata la prova alla quale avrebbe presto sottoposto la sua bambina. Doveva scegliere qualcosa di non particolarmente orrendo per la sua prima volta, nell'eventualità avesse avuto la disgrazia di ereditare quel buio talento. Non voleva che andasse com'era andata per lui, quando la madre l'aveva condotto in una masseria dove i briganti avevano sterminato una famiglia.

Percorse via Toledo e si addentrò in una traversa; attraversò una piazza e altre due strade, fino a giungere in via Duomo. La folla non si era diradata piú di tanto, a parte un vicolo buio e uno slargo ingombro di rifiuti ma vuoto di persone.

Uccello era il nome di un caffè con due sale, una delle quali riservata. Si trovava all'angolo fra la via grande e una stradina che portava alle chiese di Donnaregina, quella vecchia e quella nuova, da pochi anni separate dopo essere state impropriamente unite. Il posto era suggestivo, realizzato per intero in legno. Ricciardi sapeva dove andare, perché la persona che doveva incontrare era un cliente fisso ed era stato lí con lui piú volte. La sala era la seconda, la meno vicina all'ingresso, nella quale bisognava andare per scelta. Il tavolo quello in fondo, meno in vista.

Il dottor Modo aveva davanti una bottiglia di vino rosso e un piattino con una sfogliatella intatta. Ricciardi sedette.

– La cosa dev'essere grave, se nemmeno mangi la sfogliatella.

Il medico fece una smorfia.

– Pare brutto chiedere soltanto il vino. Sembra che uno sia venuto qui per ubriacarsi, il che è anche vero, ma meglio non dichiararlo. Ti faccio portare un bicchiere.

– Per carità, ci manca solo che arrivo a casa ubriaco. Marta mi esamina anche con il naso, è peggio di una moglie. Prenderò un caffè e mangerò un poco della tua sfogliatella.

– Bah, non te la consiglio. Tra le colpe peggiori di cui si è macchiato il vostro regime, la chiusura del *Gambrinus* con la scusa del troppo rumore per l'emicrania della moglie del prefetto è tra le piú gravi. Gliela taglierei, quella testa.

– Ecco che viene a galla il rivoluzionario. Sprovvisto di Maria Antonietta, ti rifai sulla povera moglie di sua eccellenza. Sei ridotto maluccio.

Modo rifletté sulla cosa, quasi non fosse stata una battuta.

– Sai, Ricciardi, certe volte quello che sembra un omicidio volgare in realtà è ben altro. Tagliare la testa a un tiranno potrebbe sembrare una maniera di sfamare la belva senza cervello che è il popolo; e invece magari è una purga, un liberarsi dal male. Chi lo può dire?

Il commissario sorbí il suo caffè.

– Esatto, Bruno: chi lo può dire? È proprio questo il punto. Lo dice la storia, certo; e nel breve termine lo dicono i giudici. Bisogna lasciar fare a loro, alla storia e ai giudici. Non ti pare?

Il dottore si sporse in avanti. Aveva gli occhi rossi di sangue, colmi di stanchezza, di paura, di rabbia.

– No, Ricciardi. Mi pare invece che qui stiamo andando a rotta di collo verso un baratro. Mi pare che gente perbene deve nascondersi o addirittura scappare perché ha un certo cognome. Mi pare che vicini di casa, che fino a ieri si aiutavano a sopravvivere, adesso scrivono lettere di delazione l'uno contro l'altro. Questo, mi pare.

– Credi che questo non disgusti anche me? Lo sai che il padre di Enrica, mio suocero, che è ateo e liberale, ha dovuto cedere l'attività al marito dell'altra figlia perché ha i genitori ebrei, e adesso fa il commesso nel suo stesso negozio? Tra questa cosa e la morte di mia moglie, se lo vedi, sembra un vecchio di cent'anni quando ne ha sessantacinque. Potrebbe starsene a casa, e mia suocera lo dice ogni giorno, ma morirebbe. E chi dobbiamo ringraziare, per questo? Pensi che non lo sappia?

– Bravo. Lo sai, te ne rendi conto, ma non fai niente. Te ne stai lí, nel tuo ufficetto in questura, aspettando che ti portino nel nuovo, magnifico edificio uguale al Palazzo delle poste, alla Casa del mutilato, alla Previdenza sociale, all'Intendenza di finanza e a tutti gli altri obbrobri con cui stanno deturpando questa città nel patetico tentativo di renderla simile alla loro Roma. Tu non fai niente per impedire che il mondo vada a rotoli.

Ricciardi sapeva che quella tirata poteva andare avanti per l'intera notte, e decise di non offrire sponda all'amico.

– Va bene, Bruno. Hai ragione, siamo tutti dei vigliacchi. E per favore, cerca di continuare a esserlo anche tu, perché non c'è piú Livia per tirarti fuori dai guai. D'accordo?

Modo svuotò il bicchiere.

– Povera vedova Vezzi. Chissà dov'è andata a finire. Era nelle cose che, a forza di avere a che fare con quella gente, si sarebbe bruciata. Ma non è di lei che ti voglio parlare.

– E di cosa mi vuoi parlare, invece?

Modo lanciò uno sguardo circospetto attorno. Non c'era nessuno.

– Oggi voglio offrirti una soluzione al caso su cui stai indagando.

Ricciardi si fece subito attento.

– Hai particolari in piú? Avete riscontrato altro, negli esami successivi?

– No, no. Lo spione fascista ti ha detto tutto ciò che abbiamo trovato. Malgrado ciò, sono in grado di dirti chi ha ammazzato sia lui sia lei, senza pietà.

– Non capisco che…

– Sono stati i fascisti. Una squadra di quattro, perlomeno.

– Ascolta, Bruno, su queste cose non ammetto scherzi. E se non stai scherzando, che si facciano illazioni campate in aria è anche peggio.

– No, Ricciardi, ascolta tu. Nessuno piú di me ha rispetto per i morti. Ti sei accorto che l'altro pomeriggio non sono riuscito a nascondere una reazione. Mi conosci troppo bene, sai che non ho mai avuto un comportamento cosí. Posso chiederti che spiegazione ti sei dato?

– Ho pensato che avessi riconosciuto il ragazzo, quando l'hai guardato in faccia; ma è assurdo, perché era imbarcato su una nave che…

– La *Rosanna*, che fa rotta da Genova, dove carica carbone, fino a Odessa, sul mar Nero. Il ragazzo si chiamava Paolo Parodi, ed era il primo ufficiale.

Il commissario fissò l'amico. Non sapeva che pensare.

Bruno continuò.

– Era un gran bravo ragazzo. Pieno di speranze, di programmi. Ci avevo parlato poche volte, ma mi era piaciuto subito. Ed era un eroe. Non uno che si tirava da parte restando a guardare. Voleva un mondo migliore di questo.

Ricciardi provò disagio.

– Bruno, ti prego: se stai per dirmi qualcosa che poi dovrà…

– Farmi arrestare, dici? Mandarmi al confino, stavolta per rimanerci? O peggio, essere giustiziato o ammazzato di botte ed essere abbandonato in un giardino? Magari non mi peserebbe piú di tanto, Ricciardi. Io sono vecchio. Quel ragazzo no, non lo era.

– Allora dimmi quello che devi dirmi, Bruno. Non perdiamo altro tempo. Dimmi quello che mi serve sapere.

– Paolo Parodi era un antifascista. Raccoglieva i messaggi dei confinati quando la sua nave faceva scalo alle Pontine, e li recapitava alle famiglie. Qui, e nelle altre tappe del viaggio. Lasciava le lettere a qualcuno delle organizzazioni delle città dove si fermava, e alcune le recapitava di persona.

– Puoi provarle, queste affermazioni?

Il viso di Bruno si fece dolce. E per un attimo Ricciardi rivide l'amico di sempre, l'uomo col quale da anni condivideva ogni singola gioia e ogni dolore.

– Posso, amico mio. Perché chi prendeva i messaggi, qui, ero io.

XXVI.

Ricciardi era rimasto a bocca aperta.

Si riscosse, si alzò di scatto. Gettò una manciata di banconote sul tavolo; poi prese Bruno per il gomito e lo trascinò fuori quasi di peso. Il dottore barcollava, un po' per la sorpresa e molto per il vino.

Camminarono per un tratto, immersi nella folla, finché Ricciardi non svoltò in un vicolo deserto e si fermò.

– Dunque, fammi capire se mi è chiara la situazione. Tu, dopo quello che ti è successo e nella piena consapevolezza di essere osservato a vista da... da quella gente, tanto da metterti secondo te perfino una spia addosso sul lavoro, non solo hai continuato nella tua attività antifascista, ma ti sei messo addirittura in contatto con organizzazioni che favoriscono la corrispondenza coi confinati? Dimmi che mi sbaglio, per favore.

– Senti, Ricciardi, avrai capito che prendo ogni cautela, tanto è vero che non mi è successo niente in due o tre anni che va avanti questa storia. Quella gente, e lo sai anche tu, è innocente. Sono uomini come te e me, che senza un perché si sono ritrovati su un'isola strappati da famiglie e affetti. Non si tratta di corrispondenza militare, non è un tradimento contro nessuno: sono lettere per rimanere in contatto con le persone che amano.

Ricciardi avvicinò il viso a pochi centimetri da quello di Modo, continuando a stringerlo per il braccio.

– Ah, sí? E tu come lo sai? Apri le lettere? Applichi una censura? Se c'è scritto qualcosa di sovversivo le strappi e le butti via? Ma ti rendi conto di cosa ti succederà, nel momento in cui ti scopriranno? Pensi che ti manderanno in vacanza coi tuoi amici sull'isoletta? No! Questi ti fanno la pelle, dannazione! E stavolta nessuno ti potrà tirare fuori dai guai!

Il dottore si fece rosso di rabbia.

– Tu. Tu, proprio tu mi vieni a dire questo! Sei tu che hai una figlia, non io!

Ricciardi fu colto di sorpresa.

– Io... Ma che c'entra Marta, adesso?

– C'entra eccome. È il suo mondo, quello che si sta preparando ora. Il suo futuro, il posto in cui dovrà vivere. Sei tu quello che dovrebbe aprire gli occhi. Io di figli non ne ho, potrei fottermene e vivere tranquillo gli anni che mi restano, standomene a guardare quello che succede e facendomi due risate alle spalle di questi buffoni. Ma stanno accadendo cose brutte, e solo un cieco o un fesso può non accorgersene.

– Mi stai dando del fesso, Bruno?

– No, no. Tu non sei né cieco né fesso. Tu sei peggio. Sono quelli come te che si porteranno addosso la colpa di tutto, perché se n'erano accorti e si sono voltati dall'altra parte senza fare niente.

Ricciardi spinse via il gomito del dottore, quasi con disgusto.

– Questo è il ringraziamento. Per essere stato sottoposto a indagine solo perché sono amico tuo. Per essere stato accusato di omosessualità, per averti protetto, per essermi servito di un'amica, illudendola di un affetto che non provavo, pur di liberarti. Se fossi uno che si volta dall'altra parte, tu probabilmente saresti già morto.

Negli occhi iniettati di sangue del dottore comparve un barlume di triste tenerezza.

– È facile cosí, Ricciardi. È facile se si tratta di qualcuno che conosci, al quale vuoi bene, Se vedi coi tuoi occhi, se tocchi con mano il dolore. Pensi che facendo il mestiere che faccio da piú di quarant'anni, io non lo abbia compreso bene?

– Non so che vuoi dire, e il mio mestiere non è certo piú facile del tuo quanto a contatto con il dolore. Non ricominciare con la solita tiritera, non sei il depositario della verità.

– Per fare quello che faccio io come lo faccio io, ti devi porre il problema dell'umanità. Quasi ti alzassi in volo e pian piano ti allontanassi dalla camerata, dall'ospedale, dalla città e da questo paese disgraziato. E li vedessi da lontano, presi dalle loro piccole faccende, dalla lotta per mangiare e per mantenere i figli, per portare avanti le loro vite anguste. E tu, solo tu da là sopra vedi dove stanno andando davvero.

– Ah, sí? Tu solo vedi dove stiamo andando? E quindi senza problemi ti fai impallinare, nel tuo volo d'uccello sull'umanità. Ignorando quello che potresti invece fare per gli altri, che…

Modo lo afferrò per un braccio.

– Non capisci! Noi, io e quelli con cui sono in contatto, vediamo quello che sta succedendo. Le cose non stanno piú come quando è morta la povera Enrica, e tu invece sei rimasto fermo lí a contemplare il tuo dolore. Da allora la belva italiana e il suo compare tedesco hanno cominciato la gara a chi fa peggio, e tu non te ne sei accorto. Sulla fame della gente, sulle malattie e sullo sporco pensa di costruire il suo folle impero. Prima l'Africa, poi l'Albania; vuole fare una guerra contro il mondo, senza capire che non ha la forza nemmeno di restare com'è. Moriranno in tanti, in tantissimi: e tu e quelli come te vi alzate la mattina e continuate a fare il vostro piccolo lavoro, gli occhi a terra, senza capire che siamo già da tempo oltre il punto di non ritorno. Stai tranquillo, Ricciardi; non avere scrupoli. Non puoi fare piú niente, ormai.

– E se invece non avessi mai potuto fare niente? Se le cose non fossero mai state nelle nostre mani? Tu, con il tuo tramare nell'ombra, con la tua rete di contatti, e nemmeno voglio sapere chi sono, che hai fatto? Che hai concluso? Hai rallentato di un secondo il processo di cui vai parlando, hai risolto niente, hai salvato o salverai una sola vita? No, te lo dico io. Anzi, priverai decine di poveri malati della tua mano, del tuo aiuto. Io faccio il mestiere mio secondo coscienza, e posso dire di non aver mai fatto altro che provare a mettere riparo, a dare giustizia. E cosí farò, per sempre.

Modo fece per parlare, ma tacque perché una coppia transitò nel vicolo. Una signora al braccio del marito li guardò con sospetto, due uomini soli nell'ombra. Strinse gli occhi e diede di gomito al consorte, che si voltò dall'altra parte accelerando il passo.

Modo scosse il capo.

– Ecco, vedi? Se quella megera conoscesse i nostri nomi, magari adesso correrebbe a casa a scrivere una bella lettera anonima di denuncia, due maledetti invertiti che si baciano in un vicolo della città perfetta. Siamo questi, ormai. Alla ricerca di ebrei, di dissidenti, di pederasti. Per farci belli, per acquisire credito. Dio mio, che schifo... Hai detto che fai il tuo mestiere secondo coscienza, Ricciardi. Hai detto che segui soltanto il principio della giustizia. Lo confermi?

– Certo, che lo confermo. E non consento né a te né a nessuno di dubitarne.

– Io ho fatto una cosa che non avrei dovuto fare mai, che ho giurato di non fare e invece stasera, mancando al giuramento, ho fatto: parlare con una persona che non è parte di... dell'organizzazione, svelando ciò che facciamo e che è l'unico conforto per molte persone. L'ho fatto perché parlavo a un amico, a un uomo di cui credo di conoscere principî e valori. Ti è chiaro, questo?

Ricciardi annuí.

Il dottore continuò.

– L'ho fatto consapevolmente, perché sono convinto di doverlo a quel povero ragazzo che aveva davanti a sé un'intera vita, che cercava, lui sí, di cambiare questo mondo per poterci stare bene. Che agiva in memoria di un padre che per le proprie idee era stato cacciato dal lavoro e poi picchiato, fino a morire dopo un mese di agonia.

– Non sapevo che il padre…

– Sí, ha avuto questa sorte. Perciò Parodi ha cominciato a seguirne la strada e a fare il postino del dolore, come diceva lui stesso. Era un bravo ragazzo, Ricciardi. E non si meritava questa fine.

– E che vuoi da me, Bruno? Che posso fare io?

– Hai detto riparo. Hai detto giustizia. Sono stati loro, Ricciardi. Sono stati i fascisti. Tu devi trovare gli esecutori materiali di questo crimine e devi fronteggiare le difese sporche che metteranno in piedi per scagionarli. Devi mandarli in galera. Vedrai che se non potranno manomettere le prove, li molleranno al loro destino. Sono vigliacchi.

Davanti alla mente di Ricciardi passarono le immagini del ragazzo che diceva del matrimonio, del comandante che lo sapeva. E della ragazza, che parlava di aprile, di ciliegie e chiedeva perdono all'uomo che amava.

– Ese non fossero stati i fascisti? Se si fosse trattato di altro, di una rapina finita male o…

– Sono stati loro, Ricciardi. Non c'era niente da rubare, erano due ragazzi che si erano appartati, lo sai anche tu. E sai che nell'eventualità avremmo trovato segni di lotta, si sarebbero difesi, e invece non c'era niente. Sono andati per ammazzarli, ed era una squadra di persone. È il loro modo, quello che fanno. Il ragazzo portava i messaggi, chissà cosa pensavano sapesse. Tu li devi mandare in galera. Tu devi riuscirci. Promettimi che lo farai.

– Ti prometto che farò giustizia, Bruno. Come ho sempre provato a fare.

XXVII.

Non erano gli anni di conoscenza, ma gli anni di amore. Raffaele Maione ne era convinto: puoi trascorrere un intero secolo vicino a qualcuno, ma se non hai l'abitudine a cogliere ogni piccola variazione delle espressioni, i movimenti delle mani, le labbra, il modo di toccarsi i capelli, allora non saprai mai quello che passa per la testa di tua moglie.

Se invece – e Maione si vantava fosse il suo caso – da piú di quarant'anni quei segnali sono lo spartito sul quale canti la canzone a due voci della vita, allora puoi stare tranquillo. Non ci saranno segreti, e soprattutto non ci saranno mai silenzi. Nel bene e nel male.

Da quando avevano parlato di Garofalo e di Benedetta, Lucia non gli aveva piú rivolto la parola; e questo era preventivato. Il brigadiere conosceva il modo che aveva la moglie di crearsi, di fronte a un evento grave, qualcuno o qualcosa con cui prendersela. Aveva bisogno di nemici, di avversari fisici. Lui le aveva detto quella cosa, e lui ne era colpevole. Perciò, nel tragitto di ritorno dal caffè nemmeno gli aveva dato il braccio, camminando un passo davanti a lui.

Ma era una fase, questione di un paio d'ore. Alla quale sarebbe seguita una lunga introspezione, la ricerca disperata di una soluzione percorribile.

Era il momento in cui Raffaele provava per Lucia maggiore tenerezza. Avrebbe voluto confortarla, sostenerla; ma non poteva, perché la moglie si era chiusa dentro e non avrebbe mai accettato di aprire la porta. Doveva uscirne da sola.

La fase dei mesi successivi alla morte di Luca era stata per i Maione il momento piú difficile. Lucia non poteva venirne a capo e Raffaele la guardava di nascosto, gli occhi azzurri perduti nel vuoto alla ricerca di un filo che la facesse emergere da quel pozzo nero di sofferenza. Aveva provato a parlarle, a scuoterla, ma lei non era in quel mondo. Stava da un'altra parte, assai distante da lí. E non era raggiungibile.

Poi, d'un tratto, com'era partita era ritornata. Era primavera, proprio come in quel bellissimo e disperato aprile. Maione ricordava quei giorni in cui lui stesso aveva pensato di perdere la via di casa, di cercare una fonte di calore lontana da quel gelo che gli intirizziva il cuore. Non aveva dimenticato lo smarrimento dei figli, lo spettro di una solitudine che li stritolava tutti.

E non aveva dimenticato quello che gli era parso un miracolo: il sorriso di Lucia, il raggio di sole nei capelli d'oro, un vestito a fiori. Era lei. Ferita, mutilata, e anche lui lo era e lo sarebbe rimasto per sempre. Ma lei, sua moglie, era riemersa dal pozzo.

Ora, durante la cena, ne osservò i gesti. A nessuno, nemmeno ai figli, sarebbe sembrata diversa da com'era di solito; non era mai stata ciarliera, non raccontava storie né trascinava in altri universi: quello era compito di Raffaele. Al limite sosteneva i discorsi interminabili del marito con commenti consapevoli, per instradare i fatti verso le giuste conclusioni; quindi nulla di strano che fosse taciturna. Ma dai mille segnali del volto, delle mani, perfino delle spalle, Maione intuiva il combattimento che stava avvenendo in quel cuore.

Perché pure a Lucia era chiaro, e Raffaele lo sapeva, che avrebbero dovuto fare un passo indietro. Perché era giusto, perché era quello il bene della ragazza, la sua fortuna.

Non voleva dire che sarebbe stato facile, e che Lucia avrebbe accettato con rassegnazione di vedere di nuovo un posto vuoto a tavola. Benedetta era importante per tutti loro, ma per lei lo era di piú; una ragazza di quell'età cerca la madre, e una madre lacerata può ricostruire la pelle dell'anima solo con un figlio.

Maione manteneva l'abitudine di quando i ragazzi erano piccoli, che consisteva in un passaggio nelle tre stanze in cui dormivano per assicurarsi che tutto fosse a posto. Qualche volta c'erano battaglie di cuscini da sedare, singhiozzi da recente rimprovero da lenire e luci da spegnere. E qualche volta c'erano belli addormentati su un libro da mettere a letto, coperte da rimboccare e finestre da serrare.

Benedetta e Maria, in quanto maggiori tra le ragazze, avevano conquistato il diritto a una stanza tutta per loro. Era stata di Luca, e a Maione faceva calore al cuore sapere che quell'ambiente, che era diventato un triste sacrario, avesse ritrovato tanta vita. Siccome a Lucia non piacevano le porte chiuse fitte, passando silenzioso davanti alla camera delle figlie Maione percepí un mormorio attraverso lo spiraglio. Non aveva l'abitudine di origliare, ma il pensiero che presto avrebbe perduto Benedetta gli procurò una fitta lancinante al petto e si fermò, per sentirne la voce.

Stava parlando Maria, che era espansiva e sentimentale, sempre pronta a esprimere entusiasmo fino alle stelle e disperazione assoluta. Benedetta era il suo contrappeso, equilibrata e dolce. Le due bambine si erano subito scelte, sorelle per sempre, e insieme avevano percorso tutte le tappe fino a quella dorata adolescenza. Quasi otto anni, pensò Maione. Un soffio, nella vita di un adulto; un'intera esistenza per due ragazze di quell'età.

Ascoltò la figlia.

– Insomma, quella Carlotta si muove come una patata, proprio non ho capito perché l'istruttrice la mette in prima fila. Ci farà fare una brutta figura, è cosí chiaro che è scadente!

Benedetta provò a placarla.

– No, ma come sei cattiva con quella poveretta. Ti ricordi che quando è arrivata a stento parlava? Poi, a forza di esercitarsi, è diventata come le altre. Secondo me la signorina ha fatto bene a darle soddisfazione.

Maione udí Maria ridacchiare.

– Invece io penso che sia una privilegiata, è la nipote di uno del partito, lo sanno tutti. E la signorina la mette in prima fila per fare contento lui, poi se sbaglia e fa ridere la gente, be', non è colpa sua. Ci saranno un sacco di persone, sai? Costruiscono una tribuna in piazza, e noi faremo l'esercitazione con la musica. Secondo me viene proprio l'orchestra!

– No, non credo. Ho visto gli altoparlanti sopra i pali, secondo me useranno un disco. Ma è bello lo stesso, no? E poi a me basta che ci siano mamma e papà, degli altri non mi importa.

Maione trattenne un sospiro. Maria invece sbuffò.

– Va bene, certo che ci saranno, pure i fratelli se è per questo. Ma tu non sei contenta che ci vedranno tutti? Secondo me viene pure Fabrizio, il figlio di Pasqualina. Lo sai che a sedici anni è il piú bravo degli avanguardisti? Mamma mia, quanto mi piace!

Benedetta emise un risolini.

– Smettila, noi siamo piccole! Mica ci dobbiamo già pensare, ai ragazzi! Ci vuole tempo, ancora. Per adesso dobbiamo occuparci di tutte le cose nostre.

– E quali sarebbero 'ste cose nostre? La scuola, le esercitazioni, la famiglia... che noia! Io invece voglio diventare grande presto, cosí posso viaggiare, sentire la musica, andare a teatro... Anzi, sai una cosa? Voglio fare l'artista del cinematografo. Cosí quando cammino per strada con la macchina scoperta tutti dicono: guarda, quella è Marie, Marie Mercy, la famosa attrice. E mi fanno firmare gli autografi, e mi buttano le rose. Questo voglio.

– Ma guarda che desideri hai! E saresti una bellissima attrice, lo so. Speriamo che ci riesci!

Maria chiese, e la voce parve a Maione già piena di sonno:

– E tu? Tu che vuoi fare, da grande?

– Io? Non lo so, forse la maestra. E voglio stare con mamma e papà, se andiamo via tutti chi rimarrà con loro? Lo sai, a papà viene la tristezza se non gli diamo un bacio, la sera, quando torna a casa; e mamma ha mal di schiena, non può fare tutto lei. Ci penso io, a loro. Cosí Giovanni può fare il poliziotto, tu l'attrice e gli altri quello che vogliono; e non vi dovrete preoccupare, perché mamma e papà non resteranno da soli. Mai.

Maione andò a letto con il cuore spezzato. E Lucia stava voltata verso la parete, il che costituiva una comunicazione ufficiale: non voleva essere disturbata.

Sarebbe stata una lunga notte.

Desde que se fue
triste vivo yo
Caminito, amigo
yo también me voy.

Desde que se fue
nunca más volvió
seguiré sus pasos
Caminito, adiós.

[Da quando se n'è andata
io vivo nella tristezza
amica stradina
anch'io me ne vado.

Da quando se n'è andata
non è piú ritornata
seguirò i suoi passi
stradina, addio].

GABINO CORIA PEÑALOZA, *Caminito*, 1926.

XXVIII.

L'uomo al pianoforte scosse il testone. Poi allungò la mano verso la bottiglia nuova che una solerte cameriera silenziosa aveva portato per rimpiazzare quella ormai vuota che ne aveva già rimpiazzato un'altra, e si versò l'ennesimo bicchiere.

La donna chiamata Laura si domandò quanto potesse ancora bere senza dare segnali di squilibrio, senza parlare in modo sconnesso, senza crollare addormentato sulla tastiera con un accordo stonato e definitivo.

Diego sembrava tracannare acqua di fonte, invece del liquido ambrato di cui un solo sorso la faceva tossire fino a strabuzzare gli occhi; e non era certo una che cedeva di rado al piacere dell'alcol.

Diego non doveva sforzarsi di manifestare le emozioni. In qualche modo esse tracimavano dal suo corpo quasi fossero liquide, e al contatto con l'aria evaporavano mischiandosi all'atmosfera. Forse stava in questo il talento raffinato di quel musicista, un talento che gli consentiva, antiestetico com'era, di diventare sin dalla prima nota insostituibile e indimenticabile.

Adesso era insoddisfatto. Eppure le pareva di aver cantato bene.

– Dimmi che cosa non va, Diego. Sii duro, altrimenti non ci arriverò mai. E io voglio cantarla stasera, questa canzone.

Il musicista bevve un lungo sorso. Le bretelle si allargarono, tese com'erano sull'ampio torace che formava un tutt'uno col ventre sporgente. Gli occhi affondati nelle guance sprizzavano malinconia.

– Perché non è facile, *señora*. È un discorso complicato, quello che dovrei farti. E non so se è il caso.

Tutto si poteva dire di Laura, o di chiunque fosse stata nell'altra vita di là dall'oceano, tranne che non puntasse alla perfezione. Non intendeva fermarsi a un'accettabile mediocrità. Saltò su, aggressiva.

– Che vuoi dire? Pensi forse che non sia in grado di fare meglio? Pensi non sappia che una donna, per cantare le vostre canzoni, debba essere brava il doppio rispetto a un maschio? Sputa il rospo, e dimmi subito cosa non ti va bene di come canto questo dannato tango.

L'uomo ridacchiò, come se invece di un'invettiva avesse appena udito una sequela di complimenti.

– No, no, *señora*, hai cantato benissimo. Non c'era una nota fuori posto, non hai sbagliato un'entrata. Intonazione e tempo perfetti. Quanto alla voce, sei brava da morire. Nulla da dire, su questo.

– E allora si può sapere su cosa sei dubbioso se dirmi o no?

L'uomo si alzò a fatica e si sgranchí. Quando suonava il pianoforte, ma soprattutto il *bandoneón*, pareva un gigante. In realtà era piú largo che alto, e se si allontanava dallo strumento la cruda realtà diventava evidente.

– È che forse hanno ragione. Forse questa canzone può cantarla soltanto un uomo.

Laura rise, dopo un istante di incredulo sbigottimento.

– Bello, ti rivelo una verità: non c'è nulla al mondo, e sottolineo nulla, che una donna non possa fare meglio di un uomo. E mi sorprende che uno come te non se ne renda conto.

– Perché non ascolti quello che dico, *señora*? Io non ho detto che un uomo canta meglio di una donna, né lo direi mai. Ho suonato con troppi cantanti e troppe cantanti, per non sapere che quello che dici è vero. Il problema è il sentimento.

– Il sentimento? Ma io ce lo metto, il sentimento, ce lo metto sempre! Credi sia sufficiente conoscere la tecnica, per cantare come canto io? Se vuoi ti accenno *La fanciulla del West*, o *Tosca*, o una qualsiasi canzone napoletana a cappella, e ti faccio piangere tutte le lacrime che hai!

L'uomo tornò un po' rigido fino al piano e si risedette pesantemente.

– Non è questione di quantità. È il tipo di sentimento. Vedi, l'amore è diverso da persona a persona, ma è diverso anche da uomo a donna. Molto diverso.

Con il solo intento di ferirlo, Laura esplose.

– Ah, sí? E che ne sa uno come te, del sentimento dell'uomo e di quello della donna?

Prima ancora di finire la frase, realizzò la bassezza di ciò che aveva appena detto. E quanto fosse frutto di un malessere che la perseguitava e forse non l'avrebbe mai abbandonata.

Diego abbassò lo sguardo e arpeggiò sui tasti una versione dolorosa e malinconica della canzone che stavano continuando a provare.

Laura disse, contrita:

– Perdonami. Io non volevo… È che ci tengo molto, moltissimo che ti piaccia come canto *Caminito*. So quello che significa per te, e so anche quanto sia amata questa canzone dal pubblico. Ci tengo cosí tanto a farla bene che…

Diego la interruppe, senza sollevare gli occhi dalla tastiera.

– Io amo come un uomo. La mia natura è quella, *señora*, e capisco che appaia incomprensibile. Ma il nostro amore è quello degli uomini, anche se verso altri uomini; cosí che è da donna amare anche un'altra donna. Non c'entra niente la persona che ami: conta chi sei tu.

– Puoi per favore spiegarmi, allora? Magari se me lo dici bene ci riesco.

L'uomo seguitava a suonare.

– Anzitutto devi sapere, *señora*, che le stradine, i *caminitos*, sono due. Una ha ispirato la musica, nel 1923, una le parole, nel 1926. È chiaro?

– E io quale dovrei cantare? Perché a me sembrano la stessa cosa.

– Ma sono la stessa cosa, infatti. È questa la magia, la corrispondenza perfetta dei due sentimenti, quello del musicista e quello del poeta. A distanza di tre anni, in due città diverse, due uomini provano cose uguali. Il musicista passava per una stradina della Boca, qui in città. Si chiamava *El puntín*, il piccolo ponte, nella realtà. Ci passava per andare nella fabbrica in cui lavorava, ci pensi? E c'era una donna, forse una puttana, che lo salutava, ciao, bello, gli diceva, e lui ciao, bella. Un tango viene fuori cosí, anche da un ciao.

– Ma non era il tuo amico, vero? Quello era il poeta.

– Sí. Gabino. L'altra stradina, l'altro *caminito*. Ben diverso, ma con lo stesso sentimento. Lui viaggiava e fu fermato da un'alluvione a Olta, nella provincia di La Rioja, per cui andò a stare da alcuni parenti. Fu invitato da una famiglia illustre che possedeva un pianoforte a coda. Per l'epoca e per il luogo era una rarità. Lui, piú per educazione che per vero interesse, chiese alla padrona di casa di suonare qualcosa, ma lei disse di non essere brava quanto la figlia, María, che insegnava musica. E l'andò a chiamare.

Laura pensava a che cosa vigliacca sia l'amore, che ti accoltella alle spalle quando meno te l'aspetti. Diego continuò.

– Ai due bastò guardarsi. Non serví nemmeno che lei suonasse, o che lui le dicesse quello che gli veniva da quel cuore immenso e fertile come un prato. Il loro *caminito* era la stradina dietro casa di María, dove si incontrarono per tutto il tempo che Gabino restò lí, e furono passione e tenerezza, e tenerezza e passione, e parole dolci e melodie intense.

Laura chiuse gli occhi, e vide uno sguardo verde raggiungerla attraverso la notte e la pioggia.

– Che cosa accadde, dopo?

– L'alluvione finí e il fiume rientrò nel suo letto. Gabino dovette ripartire, giurando di tornare. Scrisse a María tutti i giorni, era pieno di storie e di pensieri, sai, *señora*. Pieno. E lei rispondeva, perché lo amava davvero. Ma la sua famiglia era contraria alla relazione, figuriamoci, un poeta della capitale, quanto di peggio. E non facevano partire le lettere della ragazza.

– E che fece allora Gabino?

– Tornò a Olta, un anno dopo, e andò a cercare la sua María. Non aveva smesso un solo attimo di amarla, *señora*. Però non la trovò, perché era stata data in sposa a un soldato. Quando mi raccontò la storia, Gabino piangeva; mi disse che, non sapendo chi fosse, una bottegaia del posto gli riferí che il soldato l'aveva sposata nonostante fosse incinta. E nessuno, proprio nessuno seppe dirgli dove il marito l'avesse condotta. Questo è un paese grande.

Laura si passò una mano tremante sulla faccia. E si domandò se un oceano fosse sufficiente, a scappare da un amore.

Diego eseguí a mezza voce il ritornello di *Caminito*. Da quando se n'è andata, cantò, io vivo nella tristezza. Amica stradina, da quando se n'è andata non è tornata mai piú. Anch'io me ne andrò, stradina: seguirò i suoi passi, e ti dico addio.

– Gabino reagí facendo quello che fanno i poeti, *señora*. Cantò il suo dolore. Come i cardellini, che vengono accecati per farli cantare meglio, cantò il suo dolore. Capisci adesso?

XXIX.

A volte succedeva, anche se di rado era programmato da entrambi: ma capitava che Maione e Ricciardi si ritrovassero in questura in un orario in cui non c'era ancora nessuno, se non gli assonnati sopravvissuti del turno di notte, che peraltro mal gradivano l'eccessiva applicazione dei due al lavoro.

L'alba era appena arrivata quando il commissario giunse in ufficio, con buona parte della notte sulle spalle. Il drammatico dialogo che aveva avuto con Bruno gli aveva messo tante preoccupazioni. La prima era per l'amico, il quale si stava di nuovo cacciando in guai seri che stavolta, purtroppo, nessuno avrebbe potuto risolvere.

Ma non era solo questo: l'ipotesi che davvero fosse stata una squadra fascista a uccidere i ragazzi era piú che concreta, doveva ammetterlo al di là di quello che aveva detto al dottore. Il tal caso, sarebbe stato difficile scoprirlo e quasi impossibile mantenere la promessa di punire i colpevoli; aveva visto aumentare in maniera esponenziale i reati, anche di minore entità, insabbiati perché afferenti all'ambiente del partito.

E qui stava l'altra preoccupazione, quella che piú l'aveva tenuto sveglio. Se si fosse reso conto che Bruno aveva ragione, avrebbe dovuto seguire i propri principî di giustizia. E se ciò lo avesse collocato nel mirino della polizia segreta? Se fosse toccato a lui sparire dalla sera alla mattina senza lasciare traccia, come vedeva accadere con inquietante frequenza? Cosa ne sarebbe stato di Marta, la quale aveva già perso la madre? E Ricciardi nemmeno sapeva se la figlia avesse ereditato il Fatto, cioè la sua stessa dannazione.

Quando ancora era buio e si era rassegnato ad alzarsi per recarsi in ufficio, aveva raggiunto la determinazione di parlare con Bianca. Sapeva quanto l'amica fosse affezionata alla bambina, e se c'era qualcuno che nel caso avrebbe potuto occuparsi di sua figlia, quel qualcuno era la contessa di Roccaspina. Sarebbe andato da lei appena possibile. Ora, però, doveva farsi un'idea piú precisa di ciò che era successo.

Non aveva mai concesso alla sua percezione di instradarlo su una via d'indagine, consapevole della fallacia di una frase smozzicata, di un sentimento abbozzato. L'animo umano nel momento estremo si appiglia a dettagli, a frammenti di ricordo, a piccole emozioni. Si poteva sbagliare – e si sbagliava quasi sempre – a farsi un'idea dell'accaduto seguendo il Fatto. Molto piú facile trovare prima la soluzione, e poi spiegarsi quello che il morto continuava a ripetere a uso esclusivo di Ricciardi.

Tuttavia, quella volta le parole e i sentimenti delle due vittime sembravano destinati a loro stesse; nell'atto d'amore che stava compiendo, la coppia pareva rivolta al proprio interno. Ricciardi non riusciva a immaginare come potessero rientrare i fascisti in quel quadro.

Ma aveva promesso a Bruno di accertare la verità. Lo faceva sempre, era la sua missione; e stavolta era anche necessario a rendere Modo tranquillo, per evitare che commettesse qualche sciocchezza letale. Per cui quella stessa mattina si sarebbe occupato della questione, e non poteva che farlo da solo.

Voleva perciò sbrigare il necessario in ufficio per potersi allontanare senza dover dare spiegazioni. E la prima persona dalla quale doveva smarcarsi non era un superiore, bensí

Maione, che non ci avrebbe messo molto a capire dove stava andando e perché; per tenere l'amico fuori dei guai, Ricciardi doveva nascondere al brigadiere la meta di quella mattina.

Fu perciò spiazzato dal ritrovarsi sulla soglia un Maione dagli occhi cerchiati, in mano un vassoietto con due tazzine spaiate colme del famoso caffè di Antonelli.

– Commissa', mi ha detto la guardia alla porta che vi aveva visto entrare e allora vi ho portato il caffè.

Ricciardi, che stava alzandosi per prendere il soprabito e uscire, sbatté le palpebre, sorpreso.

– Raffaele, e tu che ci fai qua cosí presto? Dovevi montare alle otto, sono le sei e mezzo!

Il brigadiere depose il vassoio sulla scrivania e si abbandonò sulla sedia.

– Mah, commissa', che vi devo dire, a volte certi pensieri ti tengono sveglio. Ho una questione familiare di difficile soluzione che... Ma non vi voglio annoiare. Ditemi, come procediamo con la questione dei due ragazzi? Io terrei conto di quello che ci ha detto il maresciallo di Portici, anche perché non abbiamo altro. Ho di nuovo controllato le denunce, e nessuno ha dichiarato la scomparsa di una giovane con quelle caratteristiche. Per cui...

– Sí, procediamo cosí. Anzi, incaricati tu di trovare l'indirizzo di quella famiglia, ci andiamo piú tardi. Io prima mi devo occupare di... di una questione familiare. Hai proprio ragione, certi pensieri non fanno dormire.

Maione si preoccupò.

– Che è successo, commissa'? Posso esservi utile in qualcosa? La bambina sta bene?

– Sí, sí, è per Nelide, non sta molto bene e voglio farle fare dei controlli, sai, è sempre sola con Marta e non vorrei...

– Uh, povera Nelide! Che strano però, è forte come un toro; attraente non è, ma quanto a salute avrei detto che...

Il commissario tagliò corto.

– Sí, certo, è proprio per stare tranquilli, dopo quello che è successo a Rosa e a Enrica meglio essere prudenti, ti pare? Dovresti farli anche tu, dei controlli. E farli fare a Lucia. Vado, ci vediamo dopo, cosí andiamo a Portici a parlare con la famiglia della ragazza.

E uscí, lasciando perplesso Maione, che finí il suo caffè e a seguire bevve quello che Ricciardi aveva ignorato. Non gli dispiaceva avere qualche ora di libertà: il maledetto Garofalo gli aveva fatto recapitare un biglietto col quale lo informava che, se non era di troppo disturbo, sarebbe tornato a trovarlo di prima mattina.

Decise che se avesse di nuovo messo il cappello sulla sua scrivania glielo avrebbe calzato sulla testa con tale forza da farglielo arrivare alla gola.

Il caffè era ormai freddo, e faceva schifo.

Sarebbe stata una mattinata lunga.

XXX.

Non sapeva niente.

E non perché ci fossero segreti, o perché avesse temuto di avere contatti: semplicemente non era un argomento che gli interessava, e anche solo sapere dell'esistenza di quella struttura gli metteva un inspiegabile disagio. In fondo, era un uomo delle istituzioni; e siccome era un'istituzione anche quella, potervi essere in qualche oscura maniera accomunato era tutt'altro che una gioia.

Negli anni ormai trascorsi dalle inquietanti situazioni personali, con l'accusa che gli era stata mossa e l'arresto di Bruno Modo, con l'uccisione di Manfred von Brauchitsch e la partenza di Livia dopo quell'omicidio, i contatti con la polizia politica erano stati rari e formali. La morte violenta di un miliziano, poi rivelatasi la banale conseguenza di un debito di gioco non pagato; il pestaggio di un uomo davanti a moglie e figli, la cui denuncia era stata però ritirata; un furto di materiale militare, con cattura di una banda che operava in provincia; un paio di denunce anonime da verificare. Ogni volta c'era stato uno scambio di verbali e lettere, mai un contatto diretto.

Ragion per cui Ricciardi non sapeva niente: se la sede fosse ancora quella, se a dirigere la struttura fosse tuttora la persona che aveva conosciuto, se continuasse a esserci la disponibilità al dialogo che ricordava. Si fermò davanti al portone anonimo. Nonostante l'ora era già aperto, e al commissario bastò qualche minuto per rendersi conto che la sede che cercava era sempre lí.

Uomini in transito, in borghese e in camicia nera. Da soli o in coppia, anche in tre o in quattro. Ridevano, discutevano, aggrottati o spensierati, curvi sotto il peso di chissà quale preoccupazione, o ribaldi e fieri di sé. Un campionario che diceva molto e non diceva niente. Un po' lo specchio dell'epoca, rifletté Ricciardi.

Ai piedi della rampa di scale che dal cortile portava al primo piano sostavano due giovani in apparente, superficiale conversazione. Il portinaio non alzò lo sguardo e non gli chiese dove stesse andando; i due, invece, lo guardarono interrogativi, muovendosi in modo da impedirgli l'accesso.

– Sono il commissario Ricciardi, per il cavaliere.

Era il momento chiave. L'onorificenza individuava l'uomo che, secondo quanto Ricciardi aveva appreso all'epoca, dirigeva la stazione, come la chiamavano loro. Se nel frattempo fosse caduto in disgrazia o fosse stato promosso e quindi trasferito chissà dove, non lo avrebbero lasciato passare e lui avrebbe dovuto cercare un'altra via di contatto.

Ma il piú anziano dei due annuí, e gli fece cenno di attendere. Il secondo scattò facendo i gradini a due a due. Tornò in meno di tre minuti e lo accompagnò di sopra.

L'attività ferveva. Le stanze erano zeppe di uomini che conversavano e di segretarie che battevano a macchina o rispondevano al telefono. Sembrava, pensò Ricciardi, una grande impresa o un ente previdenziale; invece lí si coordinava una rete di informatori enorme e si svolgeva un'attività basata su delazioni e accuse, e su indagini che avrebbero portato alla chiusura di attività commerciali, a deportazioni, sparizioni, arresti. Il tutto trattato con impostazione e ritmi da produzione industriale. Difficile non dare ragione a Bruno, guardando dall'esterno.

Il giovane che lo accompagnava bussò alla porta che Ricciardi ricordava, lo fece entrare e la richiuse alle sue spalle. Achille Pivani si era alzato dalla scrivania e gli stava andando incontro a braccia aperte.

Era invecchiato. Sempre segaligno, ma con meno capelli e molte piú rughe. Il tempo sembrava aver lasciato in lui segni profondi. Parve sinceramente contento di incontrarlo.

– Commissario Ricciardi, che inaspettato piacere. È tanto che non ci si incontra, vero? Quanto? Piú di cinque anni, certo. Prego, accomodatevi.

Ricciardi ricambiò l'affabilità del saluto. Al di là del fastidio provocato dalla sua funzione, Pivani gli aveva dimostrato di avere valori positivi; lo aveva aiutato, non si era disinteressato della sua sorte, memore della lealtà di Luigi Alfredo nei suoi confronti in merito alla propria relazione con Ettore Musso, che il poliziotto aveva taciuto nel corso di un'indagine.

Avevano insomma condiviso dei segreti che avrebbero potuto nuocere a entrambi. Ricciardi era tornato libero, Pivani aveva potuto mantenere la funzione nella struttura. Le ferite però erano rimaste, ed erano difficili da dimenticare.

– Ho appreso della vostra perdita, commissario. Credetemi se vi dico che ne ho sofferto, e che volentieri sarei venuto a farvi visita per presentarvi le mie condoglianze: ma la mia presenza può causare disagio, e ho preferito evitare.

– Sí, cavaliere, capisco e vi ringrazio. Sapete quanto una perdita sia dolorosa, che gli altri ti confortino o meno. Ho idea che abbiamo la stessa maniera di sopportare la sofferenza.

Un'ombra passò negli occhi azzurri di Pivani. Il riferimento di Ricciardi all'uomo che aveva amato con tutto sé stesso, e che aveva perduto come ultimo sacrificio per non diventare un'arma in mano agli avversari, svelava una ferita mai rimarginata. Provò a dire qualcosa, ma non ci riuscí. Deglutí, poi finalmente disse:

– Scusatemi, commissario. È che... non posso parlarne con nessuno. E ci sono momenti in cui... In cui mi sembra quasi che io abbia solo sognato tutto. Che non ci sia stato quel tempo di giorni folli e felici, vissuti di nascosto dal mondo intero. Capita anche a voi, immagino.

Ricciardi annuí. Poi venne al dunque.

– Cavaliere, sono qui per una questione di lavoro; che tuttavia sembra avere risvolti molto riservati che potrebbero coinvolgere la vostra struttura. Non ho elementi, ve lo dico in premessa, né prove che indichino tale coinvolgimento. Pertanto questo nostro incontro non ha, né può avere, nessuna ufficialità; e se non voleste rispondermi, io non potrò insistere ma dovrò comunque continuare a indagare. È chiaro?

Pivani fece una smorfia. Sedeva dritto, senza toccare con la schiena la spalliera della poltrona, e tamburellava con le dita sul piano della scrivania.

– No, non è chiaro, commissario. Né credo possa esserlo, in questa fase. E d'altra parte sono ben poche le conversazioni che si svolgono in questa stanza che hanno qualche ufficialità, quindi è tutto normale. Ditemi pure.

Ricciardi descrisse l'omicidio dei due ragazzi e le modalità con le quali ne avevano accertato l'identità. Disse della visita alla nave e dell'imminente visita alla famiglia di Portici. Tacque ovviamente del coinvolgimento di Modo, e riferí invece di una personale conclusione sull'attività del ragazzo, congettura stimolata dalla tappa alle isole pontine come da testimonianza del secondo ufficiale; e dalla consapevolezza dell'attività antifascista del defunto padre di lui. Non era molto, lo sapeva. L'indagine aveva piú buchi di un colabrodo; e Ricciardi conosceva l'acume e l'astuzia del suo interlocutore, uno che non si lasciava fregare facilmente. Ma non poteva dire altro senza lasciar pensare al dottore come all'autore di quell'accusa.

Quando Ricciardi ebbe finito la sua illustrazione, Pivani si alzò e si mise a camminare avanti e indietro, le mani intrecciate dietro la schiena, con l'atteggiamento che il commissario ricordava bene. La statura minuta, il naso sottile, la magrezza; e la grazia nei movimenti, la voce bassa e pacata, l'accento settentrionale generavano un'impressione di innocua fragilità che non poteva essere piú sbagliata. Quell'uomo era forse il piú potente della regione, e anche il piú feroce.

– Congetture, dite. Ipotesi. Deduzioni vostre, e con cosí pochi elementi. Complimenti, commissario: siete ancora piú capace di quanto vi accreditassi, ho davvero tanta stima di voi. Ma non pensate che, se venite qui in maniera informale a chiedermi aiuto, dovreste prima di tutto essere sincero a vostra volta? Perché altrimenti il flusso delle informazioni è a senso unico e questo non è giusto, vi pare?

Si era fermato e, mantenendo le mani dietro la schiena, fissava freddo Ricciardi. L'inespressività era tale da far immaginare di avere davanti il volto di un cadavere.

Il commissario resse lo sguardo. Non poteva raccontare come aveva saputo dell'attività segreta dell'ufficiale, né di come gli fosse stata suggerita l'ipotesi dell'aggressione squadrista.

Pivani scoppiò a ridere, una risata piena e sonora che contrastava con il tono della sua voce.

– Scherzo, commissario, come si farebbe con un amico. Se fossimo amici, è naturale. Era solo per farvi capire che sono poche le cose che ci sfuggono, e certi quadri generali non possono prescindere da particolari che conosciamo, tutto qui.

– Allora non vi sfugge, cavaliere, l'importanza di sapere se esiste un vostro coinvolgimento.

– Sí, certo. E posso dirvi con assoluta sincerità che da quest'ufficio non è partita alcuna disposizione che comportasse tale delitto. Che peraltro non appartiene a noi come modalità o come abitudine. Abbiamo tante maniere molto meno… evidenti e volgari di raggiungere i nostri scopi.

Ricciardi non si scompose.

– Ma è anche vero, cavaliere, che abbiamo visto accadere fatti efferati e violenti che rimontavano a divergenze politiche. Certe discussioni, per dir cosí, possono trascendere. Ecco, quello che voglio chiedervi, in grazia del rapporto di confidenza che abbiamo, è se pensate che l'omicidio di questi due ragazzi possa scaturire in qualsiasi forma da… dall'attività parallela che l'ufficiale svolgeva.

Pivani si illuminò. Sembrava un professore che ottiene la risposta giusta da un allievo reticente.

– Ah, ecco, questo è un altro discorso. Di questi tempi, commissario, la voglia di compiacere il regime o di mostrare piena adesione a certi principî può sfuggire di mano a qualcuno. Non immaginate la quantità di lettere e di informative che ci arrivano, a carico di persone ignare accusate di volta in volta di essere spie straniere, giudei, dissidenti. Difficile distinguere l'invenzione dalla realtà, anche se tutto va verificato, è naturale –. Si fece pensoso, poi riprese: – Facciamo cosí. Io chiedo un po' in giro. Voi nel frattempo, se posso permettermi un consiglio, andate avanti nell'indagine; tenendo magari poco conto delle fantasie di chi ci incolpa anche della pioggia, o dell'aria troppo frizzante di questo vostro meraviglioso aprile. Se ho notizie, vi faccio sapere.

Ricciardi si alzò.

– Mi basta questo, cavaliere. So che siete leale. E non consentirete che un innocente sconti la pena per un delitto mai commesso.

Pivani lo guardava dal basso.

– Non mi sentirete certo accusare qualcuno dei miei, Ricciardi. Ma se ci fosse qualcosa, ve lo direi. Parola d'onore. Io non dimentico.

XXXI.

Maione non riuscí a portare a compimento il proposito sul cappello di Garofalo. E non ci riuscí perché stavolta l'uomo restò in rispettosa attesa nel cortile, nei pressi della monumentale berlina nera con autista che lo scarrozzava.

Ad avvisare il brigadiere fu un trafelato Antonelli, timoroso dell'evidente aggressività del superiore e incantato dall'importanza che trasudava da quell'ospite enigmatico. Maione stava ancora elucubrando sullo strano comportamento di Ricciardi di quella mattina: non era da lui distrarsi da un'indagine di tale gravità. Peraltro il brigadiere era stato costretto, data l'assenza del commissario, a ricevere una convocazione del vicequestore Garzo, oggetto della sua somma disistima, che voleva essere aggiornato sulla ricerca del colpevole: nella città perfetta non c'era posto per una duplice uccisione cosí efferata.

Garzo, però, era solo una delle rogne a cui star dietro; c'era ancora da pianificare la visita a Portici, un vero viaggio, per incontrare la famiglia di Imperato Teresa, la probabile seconda vittima; e cercare di capire il motivo per cui non aveva ritenuto di denunciare la scomparsa della ragazza. Infine, nella personale agenda del brigadiere, restava da affrontare lo scomodo incontro con Garofalo.

L'uomo accolse Maione con affettazione ostentata.

– Mi scuserete, brigadiere, ma c'è qui Janet, la mia signora. Deve ripartire a breve per New York, per seguire gli ultimi affari da liquidare, mentre io mi occuperò degli investimenti, abbastanza corposi, che faremo qui in città. Il transatlantico salpa alle prime ore dell'alba, per cui l'unica occasione di vedere la bambina per lei è oggi.

Maione corrugò la fronte. Il modo di parlare di quell'uomo gli suscitava l'irrefrenabile istinto di mettergli le mani al collo.

– Sentite, Garofalo, io con Benedetta non ho ancora parlato. Si tratta di una questione molto delicata, ci vuole...

L'altro lo interruppe, sollecito, sfoderando un sorriso a tutto denti che lo rendeva simile a uno squalo.

– No, ma figuratevi, capisco benissimo, non c'è bisogno di dire niente, carissimo brigadiere. Mi sono informato, la scuola che frequenta la bambina è a brevissima distanza, in piazza Dante: ci arriviamo in un attimo con la macchina, se mi fate l'onore. Diremo una parte della verità, che siamo parenti del povero padre defunto e che vogliamo conoscerla. Fatemi questo piacere. Non vorrete far partire mia moglie senza incontrarla, vero?

Maione avrebbe voluto soltanto cacciare quell'uomo dal cortile della questura e dalla sua esistenza; e avrebbe voluto anche rispondere che il padre di Benedetta era lui, ed era ben vivo. Invece sbuffò e fece un cenno di assenso, accolto da un entusiastico squittio dell'interlocutore. Ordinò ad Antonelli di far sapere a Ricciardi che sarebbe tornato entro un'ora e salí in auto.

Gran parte di uno dei sedili posteriori era occupata da una donna colossale dalla carnagione bianchissima e una cascata di capelli rossi, abbigliata con un pacchiano vestito a fiori e un improbabile cappello giallo. Si produsse pure lei in un sorriso da squalo, che doveva essere il marchio di fabbrica della famiglia, e disse poche parole in inglese il cui significato risultò oscuro per Maione.

Garofalo interpretò.

– Janet dice che è felice di conoscervi, che vi è grata per esservi occupato di nostra nipote.

Maione grugní in risposta, e pensò a quanto avrebbe perso Benedetta nel passare da una mamma come Lucia a quella donna.

Ci volle davvero poco a raggiungere il convitto frequentato da Maria e Benedetta. Attesero nell'androne che un bidello andasse a chiamare la ragazza, impegnata nelle lezioni. La moglie di Garofalo intanto era scesa a fatica dalla vettura, e si era reso necessario l'aiuto sia dell'autista che tirava dall'esterno sia del marito che spingeva dall'interno. Lo spettacolo cromatico fornito dall'americana, che una volta a terra aveva rivelato pure un paio di scarpe marrone e una giacca verde sfuggiti fino ad allora a Maione, era tale da convogliare un gruppo di sghignazzanti scugnizzi contro i quali l'autista ingaggiò una battaglia difensiva.

La ragazza giunse dopo un po', l'aria preoccupata. Era cosí graziosa con la sua gonna blu, la camicia bianca e il nastro immacolato nei capelli.

– Che succede, papà? State bene? E mammà?

Maione le accarezzò la guancia.

– No, tesoro mio, stai tranquilla, è tutto a posto. Sono venuto per una bella cosa. Li vedi, questi signori? Sono i tuoi zii, il fratello di…

Fu interrotto dalla donna, che all'urlo di *Oh, my beautiful darling, honey* e altri inintelligibili biascicamenti, aveva agguantato Benedetta stringendola all'ampio seno. Garofalo nel frattempo era scoppiato in un pianto dirotto, che tentava di soffocare in un enorme fazzoletto estratto dal taschino.

La ragazza cercò di divincolarsi, lanciando occhiate imbarazzate a Maione. Dalla scala che portava alle aule, una fila di giovani di rientro dalla ginnastica si affacciò indiscreta.

Benedetta riuscí a liberarsi, lisciandosi la divisa con fastidio. Garofalo, soffiandosi il naso, disse:

– Ragazza mia, io sono il fratello del tuo compianto padre. Adesso che ti vedo, il richiamo del sangue è ancora piú forte e devo dirti che è nostro desiderio, di tua zia e mio, di…

Maione lo interruppe con veemenza.

– Garofalo, per cortesia: avevamo concordato che certi discorsi per ora a Benedetta non vanno fatti. Vi prego di rispettare gli accordi.

La ragazza era impallidita. Lo sguardo smarrito andava dall'uomo alla donna, a Maione. Dalla fila di giovani si era staccata Maria, che aveva raggiunto il gruppo e tentava di capire cosa stesse accadendo.

Benedetta si rivolse a Raffaele, la voce tremante.

– Che state dicendo, papà? Di che parla, questo signore? Quali accordi avete fatto?

Maria stava guardando a bocca aperta l'immane automobile che stazionava nei pressi del portone, circondata da curiosi. Sulle scale, due insegnanti, un uomo e una donna, strillavano per mantenere l'ordine tra i ragazzi, che continuavano a ridere indicando l'americana assurdamente abbigliata e l'uomo in marsina che piangeva a dirotto. La scena era surreale.

Maione non sapeva che dire. Non era bravo a mentire, specie ai figli; ed era pentito di aver dato il proprio accordo a quell'incontro estemporaneo, che stava prendendo una piega sbagliata.

Purtroppo per lui, l'iniziativa della risposta fu presa da Garofalo.

– Brigadiere, alla voce del sangue non si possono mettere barriere. Vedere questa fanciulla, la sua somiglianza perfetta col mio povero fratello, che Dio l'abbia in gloria, mi ha fatto dimenticare ogni obbligo di discrezione. Ora so ancora di piú quanto sia importante che la famiglia si ricongiunga. Vedere questa donna, che il destino non ha voluto che fosse madre, incontrare quella che sarà sua figlia è stato piú forte di me, di noi.

Maria si girò verso il padre. E Maione seppe in quel momento, con un lungo brivido, quanto la ragazza fosse identica alla madre quanto a ferocia e determinazione.

– Papà, ci spiegate che cosa dice questo… questo signore? E che vuole da mia sorella?

Benedetta teneva le labbra serrate. Dai suoi occhi bellissimi – per inciso, a quanto Maione ricordava, per nulla somiglianti a quelli del padre – scendevano lacrime a rigare le guance. Aveva capito. Ma non voleva assolutamente capire.

Il brigadiere sciolse il groppo che aveva in gola.

– I signori Garofalo sono gli zii di Benedetta. Sono appena arrivati dagli Stati Uniti, non hanno figli e sono molto… Stanno bene, insomma. Volevano incontrare Benedetta, che è l'unica nipote che hanno. Per sapere se… Cioè, loro vorrebbero che…

Garofalo intervenne tra i singhiozzi.

– Vedi quella macchina lí fuori, tesoro? Sarà tua, come i nostri averi. E andremo a vivere nella bella casa davanti al mare dove sei nata e cresciuta, e avrai tutto quello che ti serve. Sarai ricca, lascerai questa scuola e frequenterai un collegio dove imparerai a essere la gran signora che ti compete essere. Noi, finalmente, ti daremo una famiglia.

Prima che Benedetta potesse rispondere, Maria si avvicinò all'uomo e sibilò:

– Senti, pinguino: mia sorella una famiglia ce l'ha già. E non le serve niente.

E mollò un calcio di punta nello stinco di Garofalo, che cominciò a saltellare dal dolore nel giubilo dei ragazzi sulle scale, poi prese la sorella per il braccio e corse via verso le aule.

Maione non era mai stato cosí fiero di un figlio. Nemmeno quando Luca e poi Giovanni erano entrati in polizia.

XXXII.

Dacché Marta era entrata nella sua vita, sconvolgendola, Ricciardi aveva cambiato qualche dettaglio della cognizione di sé stesso.

Conservava sempre il pudore e la riservatezza dei sentimenti, e la natura schiva era rimasta intatta. Pur cedendo alla tenerezza nei confronti della figlia, era uno di quei padri che preferivano osservare a distanza, anche per non polarizzare l'interesse della bambina piú di quanto la situazione imponesse.

Quello che era mutato era l'istinto di conservazione.

Prima, e anche quando il rapporto con Enrica era diventato ufficiale col fidanzamento, non aveva mai avuto eccessiva cura della propria salute e della sicurezza. Andava incontro ai pericoli che il lavoro gli riservava senza particolari difese. Ma ora che c'era la bambina, ora che lui era l'unico responsabile del futuro della piccola, stava molto piú attento a non correre rischi.

Fu perciò con molte titubanze che salí a bordo della Balilla 508 a tre marce, recente dotazione della questura, per recarsi a Portici a interrogare la famiglia Imperato. Avrebbe di gran lunga preferito il tram, nonostante il lungo tratto da fare a piedi; e in eventuale assenza del tram, avrebbe scelto di andare sulle proprie gambe. O addirittura in ginocchio, come i pellegrini che qualche volta si vedevano in prossimità degli eremi.

Le perplessità, come sempre, derivavano dal fatto che Maione – già al posto di guida con un'espressione torva che non ammetteva repliche – era un conducente pessimo assurdamente convinto di essere invece bravissimo, dunque di tanto in tanto accelerava in maniera scomposta col concreto rischio di rendersi responsabile di una strage, dato l'affollamento delle strade in quell'aprile meraviglioso.

A ciò si aggiungeva l'umore che definire negativo era eufemistico. Ricciardi temeva di distrarlo dall'attività alla quale era già poco incline; quindi, aggrappato alla maniglia dello sportello, non gli chiese cosa accidenti fosse accaduto. Ma doveva trattarsi di una questione grave, perché il viso solare del suo brigadiere era divenuto una maschera rabbiosa.

Il freno fu usato tre volte in una quindicina di chilometri, il commissario tenne il conto. Al contrario, l'acceleratore non fu mai mollato e la rauca tromba suonò almeno quaranta volte. I pedoni saltavano e si scansavano di corsa per mettersi in salvo, e in cambio ricevevano imprecazioni e insulti a mezza bocca, colpevoli com'erano di essere usciti proprio quel giorno: furono almeno due i carretti rovesciati nei tentativi di salvataggio.

Quando finalmente giunsero all'indirizzo segnato sul biglietto dal maresciallo Scognamiglio, Ricciardi dovette resistere alla tentazione di chinarsi a baciare il suolo come Cristoforo Colombo all'arrivo nelle supposte Indie. Era salvo, e Marta aveva ancora un papà.

Il posto era abbastanza desolato, uno spartiacque tra due fondi di cui uno digradante verso il mare a poca distanza. C'era silenzio, se non per qualche uccello. Da lontano, grazie al vento che soffiava dalla parte giusta, veniva una melodia irriconoscibile cantata da una voce di donna.

Maione aveva individuato un'apertura in una specie di steccato, con un cancello arrugginito. Scambiò un cenno d'intesa con Ricciardi e si avviò, facendo strada al commissario.

In prossimità del casale in fondo a una breve discesa, si resero conto che il loro arrivo non era una sorpresa. Quattro uomini, tre giovani e uno piú anziano, li attendevano in piedi nella corte, chi appoggiato al muro, chi a una zappa, chi seduto su un carro. L'anziano chiese cosa cercassero.

Maione non si fece certo intimidire.

– Cerchiamo chi abita qua. E non penso che abbiamo bisogno di dirvi chi siamo, e forse neppure perché siamo venuti.

Uno dei giovani si avvicinò.

– Signo', qua trovate solo gente onesta.

– E quindi troviamo persone che non hanno niente da temere, no? Ci fate entrare, cosí parliamo tranquilli?

Ricciardi intravide un movimento sulla sinistra e scorse una ragazzina rifugiarsi nel retro del casale. Registrò l'informazione e seguí Maione e i quattro all'interno, dove una donna rimestava in una pentola da cui non sollevò nemmeno gli occhi.

– Sono il brigadiere Maione, della regia questura di Napoli. Accompagno il commissario Ricciardi. Voi siete i signori Imperato?

Rispose il giovane che aveva proclamato l'onestà familiare, in tutta evidenza portavoce del gruppo.

– Sí, brigadie'. Mio padre Vincenzo, mia madre Annamaria... Io mi chiamo Costantino e questi sono i miei fratelli. Domenico, Ferdinando e Giuseppe. Che possiamo fare per voi?

Ricciardi, che era rimasto nei pressi della porta con le mani nelle tasche del soprabito, disse:

– E avete una sorella, Teresa, giusto?

I giovani si guardarono. Il padre continuò a fissare il suolo, la madre a rimestare nella pentola.

– Sí, commissa', abbiamo questa sorella, Teresa. Ma è da un poco che non la vediamo.

Maione chiese:

– Non abita qui, con voi?

Costantino annuí, vago.

– Sí, sí, dorme qua. Ma ogni tanto… ogni tanto si allontana e non si fa vedere per un po'. È una strana, mia sorella.

Ricciardi volle approfondire.

– Strana? Che volete dire, Imperato? Che significa strana?

A rispondere, con una risatina nervosa, fu il fratello indicato come Domenico.

– E che vogliamo dire, commissa'? Quella, Teresa, tiene tanti grilli per la testa: è, come si dice… romantica, ecco. Le piacciono le canzoni, la musica. Si sarà messa a seguire la banda che è venuta per Pasqua e avrà perso la strada. Qualche giorno, e la vedete tornare.

Maione sembrava sempre piú irritato. Si rivolse all'anziano.

– E quanti anni tiene vostra figlia, Impera'? Questa appassionata di musica?

Rispose Costantino.

– Ne tiene diciassette, brigadie'. Però sembra piú grande.

Maione lo fulminò con lo sguardo.

– Non mi pare di averlo chiesto a te, *guaglio'*. Tuo padre parla, sí? O è muto?

Giunse la voce profonda del vecchio.

– I figli sono figli se sono rispettosi, brigadie'. Teresa fa di testa sua, io nemmeno ci parlo piú. Non lo so, dove sta. E nemmeno mi interessa.

– Ah, ho capito. Un uomo che dice di essere onesto, o perlomeno lo dice di lui il figlio maggiore, tiene una figlia di diciassette anni in giro per il mondo e non si preoccupa se le è successo qualcosa. Complimenti.

Il giovane Giuseppe, che non aveva proferito verbo, era un ragazzo nerboruto dall'aria aggressiva. Si avvicinò minaccioso a Maione.

– Non parlate cosí a mio padre, portategli rispetto.

Maione gli diede una manata in petto che lo rimise a sedere, tossendo.

– I bambini non intervengono quando parlano i grandi, nessuno te l'ha insegnato, *guaglio'*? Fai parlare a tuo padre.

I fratelli si mossero a disagio. A Ricciardi non sfuggí che due di loro avevano appoggiato le mani sulla tasca dei pantaloni. Ritenne di intervenire, prima che la situazione degenerasse.

– Siamo qui perché il corpo di una giovane donna è stato ritrovato a San Giovanni, in un giardino a pochi chilometri da voi. Era insieme a quello di un giovane, che è risultato essere un marinaio genovese di nome Parodi Paolo.

L'informazione cadde nel silenzio. La mano della donna, intenta a rimestare la pentola fumante, si fermò; ma lei non si girò. Ricciardi allora proseguí, rivolto al vecchio.

– Abbiamo ragione di ritenere che si tratti di vostra figlia Teresa. Che ne dite, Imperato?

– Una figlia sta a casa e fa quello che le dice la madre. Teresa, invece, ha fatto sempre e soltanto quello che le passava per la testa. Se il corpo è il suo, se l'è voluto lei.

Maione era impallidito. Ricciardi disse:

– Abbiamo bisogno di un riconoscimento. E di tutte le informazioni che ci potete dare. La reticenza è un reato, se non rispondete verrete accusati di favoreggiamento per aver posto ostacoli a un'indagine. Qualcuno di voi ci dovrà accompagnare subito in ospedale per vedere se il cadavere è di Teresa o no.

Costantino avanzò di un passo.

– Io, commissa'. Vengo io. Mio padre è anziano, lo vedete. Preferisco venire io, con mio fratello Domenico.

Ricciardi assentí, rigido.

– La famiglia è tutta qui, oltre a Teresa? Non ci sono altri componenti?

Domenico spiegò:

– Ci sta Nunziatina, la sorella piú piccola. Ma non lo so dove sta, adesso.

Ricciardi si avviò, e Maione disse al vecchio Imperato:

– I figli sono figli sempre, Impera', se uno se li è cresciuti. Non serve farli, se dopo li si butta via. È un'*infamità*. Se poi li si lascia al destino loro per vigliaccheria, è ancora peggio –. Si diresse verso la porta, ma si fermò e disse senza voltarsi: – Ci rivediamo. Potete stare tranquilli che ci rivediamo.

E uscí, seguendo Ricciardi e i due ragazzi.

Dietro di loro, la donna continuava a rimestare la pentola.

Nessuno, tranne la ragazza che sbirciava dallo spiraglio nella parete, poteva vedere la sua faccia.

XXXIII.

Contemplando il panorama al tramonto e sorseggiando da una tazzina, Achille Pivani si sentiva grato verso la sorte; nel contempo, cullava la dolce sofferenza che gli straziava il cuore a ogni pulsazione.

La gratitudine derivava dall'essere stato destinato a un luogo di cosí incomparabile bellezza. Dall'essere in grado di apprezzarla, lui che veniva da pianure umide immerse nella nebbia, attorniato da persone che parlavano come se ogni singolo sostantivo dovesse essere asportato con le tenaglie. Lí, invece, era sempre sole e mare e musica; e anche quando scorreva il sangue, sembrava che fosse solo perché ce n'era troppo, dentro e fuori dei corpi.

Ed era grato per aver incontrato Ettore, il suo intelligente, tenero e tormentato Ettore, l'amore della sua vita.

La sofferenza derivava dall'averlo perduto.

Il caffè era a metà della strada che saliva sulla collina, e i tre tavolini all'esterno servivano per far godere a pochi clienti la vista mozzafiato alla quale i nativi – per Pivani in maniera sorprendente – non facevano caso. Gli pareva incredibile che non ci fosse una perenne folla a bocca aperta, ad ammirare lo spettacolo messo in scena dalla natura: la montagna col filo di fumo, la città ai suoi piedi, il mare, la penisola e poi l'isola. Il tutto arrossato dal tramonto, e reso luccicante da quell'aprile che esibiva promesse di tale bellezza da sembrare minacce.

Giunse un uomo grassoccio e trafelato che si lasciò cadere su una sedia allo stesso tavolino, senza salutare. Pivani sussurrò:

– Alla buon'ora, Roberto. Sono al secondo caffè. Per quanto sia meravigliosamente gustoso, temo possa farmi male allo stomaco.

L'uomo fece un cenno al cameriere, indicando la tazzina di Pivani e poi sé stesso.

– Scusatemi, signore. Però quest'abitudine di farmi venire fin qui... C'è la salita, e il tram passa cosí di rado che devo sempre arrivare a piedi. E fa già caldo, non trovate?

– Fa caldo se si è in ritardo, amico mio. Io ci arrivo fresco come una rosa, godendomi la passeggiata.

Roberto fece una smorfia. Il doppio mento sovrastava un colletto in celluloide piuttosto stretto, e il colorito era di un rosso malsano. Non doveva avere piú di quarant'anni, ma pareva piú anziano. Rivolse uno sguardo invidioso alla corporatura esile di Pivani, ma non disse niente su questo.

– Resta il fatto, signore, che non capisco la necessità di vederci qui. Non potevate convocarmi nel vostro ufficio? Passiamo tutta la giornata nello stesso posto, e...

Pivani sbuffò. Non si era mai girato dalla parte dell'uomo, sempre fisso sul panorama. Le gambe distese, la tazzina fra le mani. I pochi capelli smossi dal vento, il cappello sul tavolino.

– Non mi fate ricredere sulla vostra intelligenza, Roberto. Io non faccio niente a caso, dovreste averlo imparato in questi, quanti? Tre anni, che siete con noi?

– Cinque, signore. Cinque a giugno.

– Giugno. Tra due mesi. È ancora lontano, giugno.

L'uomo fu scosso da un brivido. Non sapeva se c'era una minaccia, in fondo a quella frase; ma lui l'aveva sentita.

Decise di andare al punto.

– Certo, signore. Ho fatto quelle verifiche e sono a vostra disposizione.

– Siete stato abbastanza prudente, Roberto? Ricorderete che vi avevo raccomandato la massima discrezione. Si tratta di una questione molto delicata.

I piccoli occhi affondati nel grasso dell'interlocutore brillavano di curiosità, ma l'altro resistette al desiderio di chiedere lumi.

– Sí, signore. Capisco. Dunque, sapete che non esistono ordini in merito, nel senso che non c'è stata nessuna disposizione operativa dalla nostra struttura.

– Cosa che sarebbe passata dalla mia scrivania, Roberto. Vi ripeto, non mi fate ricredere sulla vostra intelligenza. Ditemi un fatto che non so.

Il cameriere arrivò col caffè, che mise sul tavolino restando in attesa di una mancia. Roberto lo freddò con uno sguardo, e quello si dileguò.

– Lo dicevo come premessa, signore. Per dirvi che mi sono mosso da lí, prendendo contatto con le altre organizzazioni che operano in autonomia sul territorio. Compresa quella centrale. Da Roma nessun ordine. Niente.

Pivani sapeva che a volte venivano scavalcati, in caso di complesse vicende seguite direttamente dal ministero; e ci si dimenticava di avvertirli, o si riteneva piú prudente che loro non sapessero. In fondo non c'era un iter burocratico definito, né poteva esserci. L'assenza di interventi da parte di altre strutture era già una notizia.

Roberto continuò.

– E d'altra parte la cosa è successa, giusto? Certo, questa è una città che determinati pericoli li riserva, signore. Non è detto che non si tratti di comune delinquenza, di una rapina, o di una lite.

Pivani si strinse nelle spalle. L'altro si era aspettato un atteggiamento del genere.

– Sí, esatto: noi non crediamo alle coincidenze. Tantomeno se a farsi fracassare la testa è stato uno come quello, che seguivamo da mesi con la massima attenzione.

– Qualcosa che non so, Roberto. Per favore.

L'altro tossí e si asciugò le labbra con una salvietta.

– Certo, signore. Mi sono concentrato sui ragazzi. Prima sui nostri, poi su quelli che ci gravitano attorno. Ho cercato di capire se qualcuno si era mosso per conto proprio, a volte si prendono iniziative personali, magari le cose sfuggono di mano e...

– Lo so come funziona. E?

– Niente, signore. Non è emerso niente. Si muoveva liberamente. Anzi, devo dirvi che era addirittura sfuggita la frequentazione con la ragazza, forse era recente o c'era qualche motivo per cui si nascondevano.

Pivani si irrigidí, e si girò a guardare l'interlocutore.

– Cioè? Fatemi capire: un soggetto sottoposto a sorveglianza vedeva una donna stabilmente, e noi non ne sapevamo nulla?

Roberto sbiancò.

– Io devo... vi faccio presente che la sorveglianza di quest'uomo... questo lavoro, insomma, non competeva al mio ufficio. E lo sapete... le segnalazioni che arrivano sono centinaia, signore... soprattutto per quanto concerne la difesa della razza. I giudei qui non sono cosí facili da individuare, non c'è un ghetto, in sinagoga vanno in pochi.

– Che c'entrano adesso i giudei?

– Voglio solo dire che siamo impegnati giorno e notte sulla verifica delle denunce, signore, le risorse sono poche. L'uomo era sorvegliato da quelli che abbiamo al porto, che verbalizzavano l'entrata e l'uscita a bordo, e...

– Va bene, di questo parleremo. Per ora mi interessa sapere se siamo sicuri che non siamo stati noi. Su questo posso avere garanzia?

Roberto non si fece sfuggire la possibilità di tornare su un terreno meno scivoloso.

– Sí, signore, direi di sí. Almeno dalla verifica che possiamo fare, dalla nostra posizione. Devo però ricordarle che oltre un certo livello non mi è concesso di accedere.

Pivani lo sapeva. Da Roma avevano due modalità di intervento. La piú frequente era impartire un ordine che doveva essere eseguito sul posto, ed era quello che Roberto aveva verificato con esito negativo. Ma se qualcuno giungeva da un altro luogo, faceva quello che doveva fare senza dire niente a nessuno e tornava da dov'era venuto, né Roberto né Pivani, né nessuno poteva esserne al corrente. La possibilità esisteva, insomma: ma era quasi impossibile accertarla.

Non disse piú niente, restando a guardare la sera che scendeva sul mare.

Roberto capí l'antifona. Sussurrò un saluto e se ne andò.

XXXIV.

C'era un momento, uno solo, in cui a Giulio Colombo sembrava che non fosse successo niente.

Che l'incubo non fosse mai avvenuto. Che quanto di atroce era accaduto, e per molti versi stava ancora accadendo, non fosse mai cominciato.

Gli pareva, in quell'unico, meraviglioso istante, che gli anni non fossero passati e il cuore avesse ancora speranza. Che il dolore fosse una memoria del futuro, che il cielo non fosse carico di pioggia persino in quell'illusorio aprile, e che ci fosse posto, se non per la gioia, almeno per il sorriso, nella sua vita.

Pregustava quindi quel momento. Si preparava. Sbarbandosi, lavandosi a fondo, predisponendo i vestiti e l'orologio d'oro con la catena. Controllando i baffi spioventi e le basette, tutte bianche. Annodandosi per bene la cravatta, sistemando il panciotto.

Cura particolare riservava poi al cappello e ai guanti, del resto un simbolo del lavoro che aveva svolto in quel negozio che, da semplice bottega, aveva trasformato in elegantissima attività del centro.

E che non era piú suo, ormai. Ma era un'ombra che non voleva invadesse il suo momento felice.

Puliva lui stesso le scarpe. Sceglieva la camicia, controllava il colletto per scongiurare segni di consunzione. Sistemava gli indumenti sul letto e li osservava per studiarne il risultato. Si rendeva conto che quei preparativi potevano apparire ridicoli, non era rimbambito al punto di non accorgersi delle sfumature di compatimento negli occhi dei familiari; ma non intendeva venire meno alla propria natura, e perdersi la bellezza di quell'unico momento a colori nella sua vita in bianco e nero.

A ben vedere, il cavalier Giulio Colombo poteva dirsi tra i fortunati. Perché se era vero che aveva perso tanto, era anche vero che non aveva perso tutto come molti altri.

Per esempio, aveva ancora una casa e una bella famiglia. Non era diventato povero, anche se aveva dovuto ridimensionare diverse spese e accettare l'aiuto dei figli che lavoravano. Poteva mangiare, vestirsi e perfino uscire a passeggio, anche se non smetteva di bruciargli l'aver dovuto licenziare Fortuna, l'anziana domestica che aveva fatto da balia ai suoi ragazzi ed era stata la prima a tenere in braccio Enrica, che tornava a trovarli come non fosse successo niente e si metteva a rigovernare distratta, e stava a lui e alla moglie Maria dire: basta, Fortuna, non sei piú a servizio. E lei faceva quella risata che sembrava un nitrito, figuratevi, cavalie', io sarò al vostro servizio finché campo.

Poteva dunque dirsi tra i fortunati. Sentiva parlare, in giro; e qualche amico che condivideva la sua condizione ed era in contatto con persone di altre città gli raccontava di cose terribili, vetrine spaccate, gente malmenata, ragazze molestate per strada, bambini cacciati dalle scuole senza che avessero fatto niente di male. O peggio. Lui invece viveva in un luogo poco incline all'intolleranza; e al di là del rispetto delle leggi, godeva della stima che si era guadagnato in una vita di lavoro. E poteva godersi pure il suo momento felice, per il quale era ormai pronto.

Mentre ripuliva le lenti pensò appunto alle leggi. E agli anni in cui ogni domenica, piovesse o ci fosse il sole, aveva radunato l'intera famiglia e l'aveva portata alla messa delle undici alla chiesa di San Ferdinando. A come incontrasse clienti e amici, concittadini di una comunità che sembrava allora impossibile da scalfire, tanto era coesa. A quante volte si toccava il cappello in segno di saluto, e a quanti lo facevano con la moglie al suo braccio e con lui, i figli dietro in ordine di età. A quello aveva pensato l'anno prima: alla messa. Com'era possibile? Tutti li vedevano andare a messa. Tutti conoscevano la famiglia Colombo.

Poi gli avevano spiegato l'articolo 8. Perché in quel decreto c'era l'articolo 8, che parlava anche di discendenza biologica. Nati da genitori di razza ebraica.

I ricordi del padre, nebulosi, riemergevano dal passato remoto. La madre, invecchiata cosí male da non capire piú quello che diceva, e poi morta. Quei due innocenti genitori umili e lavoratori. Discendente da razza ebraica.

Poteva dirsi tra i fortunati, perché aveva un amico notaio e aveva potuto organizzare la cessione del negozio al marito di Susanna, suo genero Marco, che da commesso era diventato padrone e, con la scusa che non si poteva mai sapere se chi entrava fosse un delatore, il padrone si era messo a farlo davvero. E lui, Giulio, da padrone era diventato commesso, sissignore e nossignore, alla sua età, con i capelli e i baffi tutti bianchi.

Poteva dirsi tra i fortunati? Forse. Ma se a un uomo togli la piú amata e gentile e bella delle figlie, e il lavoro costruito con migliaia di ore di fatica, è difficile definirlo fortunato. A pensarci bene.

E tuttavia, gli restava sempre il suo momento felice. Si sarebbe potuto dire esclusivo, non fosse stato per l'arcigna presenza di quella ragazza che parlava per incomprensibili proverbi, due metri indietro a loro e pronta a balzare come una tigre in caso di necessità; e della tigre aveva in effetti l'espressione feroce e i baffi, ma non l'eleganza e la bellezza.

Non c'era stato verso di non averla intorno, nonostante l'intervento di Ricciardi che comprendeva come il suocero volesse restare da solo con la nipotina in quella passeggiata settimanale. Nelide non riteneva negoziabile la propria sorveglianza. *Chi se corca chi criature se sceta cacato*, aveva detto enigmatica; Ricciardi, unico interprete di tali sentenze, aveva compreso il riferimento alla probabile mancanza di capacità dell'anziano nella cura di una bambina cosí piccola. Non era d'accordo, ma sapeva che non sarebbe servito a impedire alla governante di seguire i due a distanza.

Quando Marta andava a trovare i nonni, che abitavano cosí vicino, veniva cooptata da Maria, che le insegnava quello che aveva insegnato a Enrica e piangeva forte tenendola fra le braccia; le parlava tanto e ad alta voce, giocava con lei come fosse una neonata. La bambina sopportava, stoica, lanciando ogni tanto mute richieste d'aiuto a Giulio che le sorrideva paziente sotto i baffi, come per ventisei anni aveva fatto con la madre. Erano bellissime, quelle visite, ma non erano il suo momento felice.

Il cavaliere spruzzò la lavanda premendo due volte la pompetta. Il profumo del nonno, diceva Marta. Il profumo di papà, aveva detto Enrica. Con lo stesso tono, dopo aver inspirato voluttuosa con lo stesso naso. Nessuno sapeva quanto fossero in realtà uguali, Marta ed Enrica; e a nessuno il cavaliere l'avrebbe mai detto. Perché soltanto lui era in grado di capirlo, prevedendo le sfumature, precorrendo i pensieri.

Perché Enrica era stata come lui, dolce e testarda, gentile e introversa; e cosí era la bambina, l'aveva compreso in quelle ore terribili, quando tutti piangevano e lui fissava la neonata, e la neonata fissava lui dalle braccia della suora. Enrica, in realtà, non se n'era andata. Era di nuovo lí, in quella forma. Per questo Giulio Colombo era sopravvissuto a tanto strazio. Per questo non era morto la stessa notte.

Guardò l'orologio. Era l'ora del suo momento felice. Salutò la moglie e scese per le scale, il passo pesante divenuto all'improvviso leggero.

Un inchino alla portinaia, l'attraversamento della strada. Il portone di fronte. Un singolo minuto di attesa, passi lievi e veloci sulle scale, l'oscuro rimbrotto cilentano a scendere piano.

La breve rincorsa, il salto fra le sue braccia, la lunga inalazione sul suo collo: il profumo del nonno, disse la piccola voce soddisfatta.

Una passeggiata, uno spumone in Villa Nazionale, mano nella mano. Dimmi, bimba del mio cuore, hai imparato qualche nuova canzone alla radio? Sí, nonno, certo che sí, la vuoi sentire? Certo, bimba del mio cuore.

Poteva dirsi fortunato.

Perché aveva il suo momento felice.

XXXV.

Seduto su una pietra, l'uomo guardava il mare.

Era bello il mare, nelle stagioni cosí. Non faceva paura come quando era nero e ruggiva, e non era festoso come quando la gente cercava il fresco dal sole feroce. Adesso luccicava nella luce calante, e visto dalla sommità della collina dov'era la pietra pareva un territorio azzurro sul quale si sarebbe potuto camminare fino all'altra parte del mondo.

L'uomo portava un cappello in stoffa scura, all'uso antico, e una camicia larga dalle maniche arrotolate. C'era un po' di brezza, ma non sembrava accorgersene. Gli occhi puntavano lontano, ma non vedevano il mare. Vedevano il passato, e un futuro che non ci sarebbe stato.

Giunsero due giovani, uno magro e uno grosso che si tenne in disparte. L'uomo col cappello disse, senza salutare:

– Noi qua venivamo. È un posto bello. Appena cambia il tempo si avverte qui, per la prima volta. Mi fa sentire come il nonno, che era pescatore; il mare, mi diceva, ti racconta le cose. Tu senti niente?

Il giovane magro era a disagio. Guardava attorno, nervoso.

– Secondo me non è buono che stiamo qua. Non è buono che ci facciamo vedere insieme, non è buono che tu esci fuori. Non è buono proprio.

– Tu senti niente, dal mare?

– Che vuoi dire? Sento l'acqua da vicino, e l'odore. Ma non sento niente altro.

– Strano, perché tu col mare hai a che fare piú di me. Dovrebbe parlare con te, piú che con me.

Il giovane era sempre piú teso.

– Ti sembra il momento di parlare del mare e di quello che dice? Ti posso ricordare che stiamo in mezzo a un guaio bello grosso? E che si deve vedere cosa fare, prima che…

L'uomo distolse lo sguardo dall'acqua e lo fissò.

– Prima che? Finisci la frase. Prima che?

L'altro esitò.

– Prima che succede quello che non deve succedere.

– Ah. Adesso dovrebbe succedere qualcosa. Prima dovevo stare tranquillo, non c'era problema, nemmeno li trovavano, e se li trovavano pensavano a questo, a quello, a una rapina, a qualcuno che ce l'aveva con lui… E mi raccomando, prendiamoci tutto, cosí nemmeno si capisce chi sono…

Il giovane grosso, in disparte, sogghignò come per una barzelletta divertente. Il magro lo fulminò con lo sguardo.

– E cosí doveva essere, abbiamo fatto tutto bene! Non è certo colpa mia, nostra, se… Tutto quello che abbiamo fatto l'abbiamo fatto per te, non te lo scordare.

Un muscolo guizzò sulla mandibola dell'uomo, che aprí e chiuse ripetutamente la mano destra. Il gesto non sfuggí al giovane magro, che arretrò di un passo.

– Stammi a sentire, perché non voglio ripetere. Ti credi che perché ti fai accompagnare dallo scimmione io mi metto paura a dirti le cose come stanno? Prima che te ne accorgi ti tolgo il cuore dal petto e glielo infilo nel sedere, allo scimmione. Mi hai capito?

Il giovane disse, conciliante:

– Ascolta…

L'uomo sputò vicino ai piedi dell'altro.

– No, ascolta tu. Ti ricordi quando sei venuto da me e mi hai detto che li avevi visti per caso a San Giovanni? Mentre eri andato a portare la merce agli amici tuoi, che roba era? Casse di vino che arrivavano dalla Francia, o da dove sai tu.

Il giovane annuí, a disagio. L'uomo continuò:

– Io ti ho chiesto perché lo facevi. E tu mi hai detto che avevi a cuore l'onore mio. Che come hai visto tu, poteva vedere chiunque. E mi hai detto chi era lui, cosa faceva, perché era in zona. Te lo ricordi, sí?

– Senti, io...

– E io ho detto che tenevo troppo da perdere, e che mi conveniva mettere la vergogna in faccia a lei e a tutta la razza sua. Che avrebbero pagato loro, perché sulla terra non ci cresce niente, perché nessuno avrebbe commerciato piú con...

– Mi ricordo tutto, maledizione! E non capisco cosa che c'entra con quello che è successo, con quello che sta succedendo adesso, con quello che...

– C'entra, eccome se c'entra. Perché se adesso la situazione ti sta sfuggendo di mano, se neanche tu capisci quello che sta succedendo, allora le cose cambiano prima per te e poi per me. Perché io per quella puttana la libertà non la perdo. Adesso dimmi quello che è successo, per filo e per segno. E vedi di non scordarti i particolari, perché se no paghi tu.

L'altro raccontò tutto, senza omettere niente.

Alla fine l'uomo tacque, gli occhi fissi sul mare. Dopo un tempo che parve lunghissimo disse:

– C'è una cosa che si deve scoprire, e si deve scoprire subito: come hanno saputo di lei. Il nome, il cognome, chi era, dove abitava, a quale famiglia apparteneva. Perché nessuno la conosceva, non c'erano documenti né niente, nessuno sapeva che se la faceva con lui. Come l'hanno rintracciata, le guardie?

– Ce lo siamo chiesto anche noi, e non abbiamo trovato risposta. Può essere che lui ne abbia parlato a qualcuno, il nome...

– E il cognome? E l'indirizzo? È impossibile. Ci sta un infame che ha fatto la spia. E siccome lo sapevamo solo noi…

Il ragazzo arretrò, terreo.

– No! Sei pazzo, che dici? Stiamo nella stessa barca, a che servirebbe fare la spia? A passare tutti insieme lo stesso guaio?

L'uomo considerò la cosa.

– Giusto, sono d'accordo. Siamo sulla stessa barca. Solo che su questa barca mi ci hai messo tu, quando mi sei venuto a dire quello che stava combinando quella puttana. Perciò vedi di scoprire come quei poliziotti sono venuti a sapere il nome di lei e sono arrivati a casa.

Il giovane fece per andarsene. L'uomo lo fermò.

– Nel frattempo però ci stanno delle cose da fare. I due vecchi, padre e madre, staranno zitti? O gli verrà qualche prurito di parlare? Perché se dicono qualcosa, ci mettono due minuti ad arrivare a me.

Non aveva smesso di aprire e chiudere la grande mano nodosa. Il sole morente lasciò catturare un raggio dalla luccicante pietra dell'anello infilato al mignolo, incoerente eleganza su dita abituate alla terra. Il riflesso accecò per un attimo il giovane, che sbatté le palpebre.

– No, no, stai tranquillo, non diranno niente. Sono stato chiaro, con loro.

– E la sorella, quella piccola, non è un pericolo? Mi fa impressione, non parla mai, non la senti arrivare. Certe volte la vedevamo, qui, lei si metteva a ridere ma a me faceva venire il freddo addosso. Pure prima mi è sembrato di vederla. Lei…

Il giovane rise, e lo scimmione dopo un attimo si uní alla risata.

– Ma chi, Nunziatina? No, quella è scema, è come un animaluccio. Non ti preoccupare per lei.

L'uomo annuí.

– Andate. Io resto un altro po'. E fate quello che dovete fare: trovate chi ha parlato.

Restò solo, a fissare il mare.

E una ragazza, dall'ombra di un albero, fissava lui.

XXXVI.

Tutto ciò che non avrebbe voluto accadesse, accadde.

Maione per l'intero turno si era prefigurato il peggio, immaginando quello che avrebbe trovato al rientro; e nelle ore che passò al lavoro, si aspettò di essere chiamato d'urgenza per correre a casa, o a scuola delle ragazze, o in chiesa da don Pierino, o in prefettura, o al Municipio, o in ospedale, o al consolato americano, a seconda di chi tra Benedetta, Maria, Garofalo, la moglie di Garofalo o Lucia avesse optato per qualche gesto estremo.

Cosí non fu, e il brigadiere dapprima si sentí rassicurato; poi l'agitazione per quel silenzio salí di intensità, insieme alla tetra sensazione di essere ritenuto dalla propria famiglia non funzionale alla soluzione del problema.

Alla fine dello scontro di Maria e Benedetta con i Garofalo, le ragazze erano state richiamate in aula e i due coniugi si erano rifugiati in fretta nell'automobile gigantesca, ripartendo di gran carriera. A lui era toccato un solitario ritorno in questura, a piedi, e il lavoro collegato all'indagine sui ragazzi uccisi a San Giovanni.

Andò a casa a passo svelto. Nell'aprire la porta, gli parve che l'abitazione fosse stata abbandonata. C'era un silenzio curioso, irreale in quell'appartamento cosí densamente popolato. L'odore di cibo c'era, ma non il frastuono di stoviglie. Entrò in cucina, il rumore dei suoi passi udibile sul pavimento; e si trovò di fronte a una tavola imbandita in cui nessuno degli occupanti toccava cibo. Circostanza ancora piú clamorosa, conoscendo il famelico appetito soprattutto dei piú piccoli.

Lucia e i ragazzi erano seduti rigidi, ciascuno al proprio posto. Mancavano Maria e Benedetta.

– Buonasera. Dove stanno le ragazze?

Lucia rispose atona, gli occhi sulla zuppiera fumante al centro della tavola.

– Maria è stata punita dalla scuola. A quanto pare davanti a suo padre, che dovrebbe essere il suo principale educatore, ha dato un calcio a un adulto sconosciuto alla professoressa, che però ha visto quello che è successo e le ha fatto rapporto.

Maione spalancò e richiuse la bocca, come un pesce rosso. Anche il colore era affine all'animale. Lucia continuò.

– Benedetta non ha fame. Piange, non riesce a fermarsi. Ha detto che non la vogliamo piú, che la vogliamo cacciare via. E continua a chiedersi cos'ha fatto di cosí brutto per meritarsi questa punizione.

Di nuovo Maione spalancò e richiuse la bocca. Lucia riprese.

– Hanno recapitato questa lettera, indirizzata al brigadiere Raffaele Maione: è quella busta nel posto tuo.

Maione guardò il suo coperto, e in effetti in mezzo al piatto invece della cena c'era una busta. Aperta. Lucia disse:

– Un tale Garofalo Mario dice che si scusa per essere andato via, ma aveva affari urgenti. Che conferma la volontà di prendere Benedetta a vivere con sé, anche perché, cosí ha scritto, non ritiene consona alla ragazza la convivenza con coetanee, cosí ha scritto, avvezze alla violenza. Cosí ha scritto. Per cui vorrebbe affrettare i tempi, cosí ha scritto. E ti prega di preparare una valigia con gli effetti personali della bambina, cosí ha scritto.

Maione disse, flebile:

– Ma non era indirizzata a me, la lettera? Come mai l'avete aperta?

Lucia si voltò a guardarlo.

– E tu, con tutto quello che ti sei fidato di combinare, con questa tragedia che hai fatto arrivare su questa famiglia, di fronte al fatto che i tuoi figli, qua, non vogliono mangiare né adesso né mai piú se la sorella deve andare via, l'unica cosa che sai dire è che la lettera è stata aperta?

Maione si passò un dito nel colletto della camicia, in evidente difficoltà respiratoria.

– No, è che mi pare un brutto esempio da dare ai ragazzi, aprire le lettere indirizzate ad altri. Solo questo.

Lucia riportò gli occhi sulla zuppiera.

– Come puoi vedere, tutti qui facciamo il nostro dovere. I ragazzi vanno a scuola, svolgono le attività e si distinguono. Giovanni lavora e porta a casa lo stipendio, anche coi turni disagiati che suo padre, che potrebbe aiutarlo non…

– Ma non è vero, è che io non voglio farlo passare per un raccomandato! I turni sono quelli che…

Lucia riprese, come un automa.

– Le ragazze dànno una mano in casa, vanno a scuola, fanno le giovani italiane e sono tra le migliori della leva. Io tengo la casa come devo, e risparmio sulla spesa rompendomi la schiena per trovare le bancarelle che costano meno, caricandomi frutta e verdura come un mulo, e cecandomi gli occhi per cucire e adattare i vestiti ai figli man mano che crescono.

Maione boccheggiò. Gli sembrava di essere davanti a un tribunale, anche perché i figli se ne stavano a mascella serrata guardandolo malissimo.

– E io non faccio il mio dovere? Non vado a lavorare ogni giorno, rischiando la vita, per portarvi il pane a casa? Non sono un padre perbene, io?

Lucia tacque, e i ragazzi la scrutarono in attesa della risposta. Michele tirò su col naso, Antonio gli diede una silente ma dolorosa gomitata.

Poi la donna disse:

– Dovere di un padre è innanzitutto tenere la famiglia unita. Pensare al benessere dei figli, a farli felici. Non certo accogliere uno che arriva dalla sera alla mattina e chissà da dove, e accampa diritti su una presunta sua nipote che non ha mai visto da quand'è nata.

Maione protestò.

– Ma è un parente di sangue, non lo capisci? La legge gli dà dei diritti. Io faccio il poliziotto, mica posso mettermi contro la legge!

– Pure l'amore, è una legge. Pure la famiglia, è una legge. Chi stava vicino a Benedetta quando le è venuta la febbre di gola? Chi stava vicino a lei quando ha avuto il morbillo e sembrava lí lí per morire? Chi stava vicino a Benedetta quando piangeva perché aveva paura dei fuochi d'artificio della festa del quartiere? Chi stava vicino a Benedetta quando è diventata signorina? Forse quell'elefante vestito di colori assurdi e coi capelli rossi che dice che vuole essere la sua mamma?

Maione trasecolò.

– E che ne sai tu dell'elef... della signora Garofalo?

– E non la conosci, questa città? Prima ancora che tornassero le ragazze, a casa erano venuti: la bidella, un ambulante di mozzarelle e latticini che stava là davanti e di cui sono cliente, la madre di Assunta e quella di Giovanna, due compagne di classe di Maria, e poi la moglie del professor Nicolini della scuola, che si fa aggiustare i vestiti da me man mano che ingrassa.

– Ma io che posso fare? Se anche non volessi... ed è difficile, perché se vogliamo bene a Benedetta non possiamo neanche a cuor leggero toglierle un futuro migliore di quello che...

– E chi lo dice che stare meglio significa avere piú soldi? Se tua figlia, perché nostra figlia è, vuole stare con la sua famiglia?

– Io non voglio dire questo, voglio dire che...

– Rispondi, allora: se arriva una gran signora che non ha figli, come la contessa di Roccaspina, e ti dice: brigadie', tu di figli ne hai tanti. Fai una cosa, dammi a Michele, il piú piccolo. Io lo faccio diventare il mio erede, lo riempio di giocattoli e di soldi, tu che rispondi?

Michele aveva ascoltato a occhi spalancati. Poi, immedesimandosi nel racconto, aveva cominciato a singhiozzare, abbracciando il fratello Antonio col quale peraltro litigava sempre.

– Papà, vi prego, papà, non mi mandate via, non ci voglio andare dalla contessa, vi prego, papà!

Tutti i figli, uno alla volta, presero a piangere con un terribile, cacofonico effetto.

Maione proruppe:

– Io non ho fame, me ne vado a letto. Non vi voglio sentire piú, se no stasera faccio una strage.

E se ne andò in camera, sbattendo la porta.

Lucia ebbe un lampo di feroce soddisfazione.

XXXVII.

Ricciardi riuscí a ritagliarsi il tempo per passare da Bianca, come aveva pensato di fare sin da quando aveva conversato in quella maniera drammatica con Bruno Modo.

Non voleva tardare a cena, sapeva che Marta si sarebbe impuntata per aspettarlo; ma riteneva indifferibile parlare con la contessa, date le circostanze. Quindi aveva telefonato per prendere appuntamento, e ora si trovava nel bel palazzo sul lungomare.

Attendendo Bianca nel salotto, il commissario guardava il panorama, in piedi, le mani in tasca, davanti alla porta a vetri che dava sul balcone. La brezza muoveva piano le tende e portava con sé l'odore della salsedine. Sulla distesa scura brillavano, come stelle cadute, le luci delle barche che uscivano a pesca; piú lontano, quelle dei quartieri periferici e delle piccole città costiere.

Provò a individuare San Giovanni e Portici, e immaginò i cuori pulsanti di Teresa Imperato e Paolo Parodi, vibranti nell'attesa dell'incontro; la felicità nel vedersi, il desiderio, la passione, l'amore. E cercò di figurarsi in che inferno fosse sprofondato chi aveva deciso di mettere fine a quelle vite nell'istante in cui si godevano il loro personale paradiso.

Pensò anche a sé stesso, e a quello che il mare aveva significato per un cilentano di montagna quale lui era. Rivide il proprio arrivo in città, da studente. Rivide le indagini connesse al mare. Rivide Livia, e una notte di tempesta con le onde che urlavano e gli occhi che supplicavano un amore che lui non poteva darle.

E rivide Enrica, la sua Enrica disperata, che non capiva ciò che non poteva capire ma che intravedeva, dietro un'inspiegabile cortina, ciò che lui sentiva per lei. E gli chiedeva: *A cosa serve allora, tutto questo mare?*

A interrompere le sue riflessioni giunse la padrona di casa.

La bellezza di Bianca era leggendaria. Alta, sottile, slanciata, capelli biondi raccolti a sottolineare il viso regolare, labbra imbronciate, ciglia folte e occhi di un indimenticabile viola. Entrò a passo lungo, in eleganti pantaloni svasati.

– Eccoti, amico mio. Che gioia vederti. D'accordo, la famiglia è ben rappresentata nella mia giornata, ma ogni tanto è un piacere ricevere anche te.

Ricciardi prese posto in una poltrona di fronte a quella in cui si era seduta lei.

– Lo so, Marta infesta la tua casa ogni giorno. E devo dirti che ne è entusiasta, non parla d'altro. Ormai qui è quasi tutto il suo mondo, e io non sarò mai in grado di ringraziarti abbastanza per quello che stai facendo.

Bianca si schermí, facendo segno al cameriere.

– Il caffè lo prendi anche a quest'ora, giusto?... Non scherzare, Ricciardi. Io senza Marta non potrei piú vivere. È quel tipo di bambina che riempie la vita anche con la sola presenza. Peraltro è bravissima, la signora Stromillo, che pure è esperta, a volte di fronte alle sue domande è in difficoltà. Senza contare l'affetto, la dolcezza. E la simpatia: ha una vena ironica particolare, mi fa morire dal ridere. Ha preso il meglio da te e dalla sua povera mamma.

– Non sai che gioia sia sentire queste parole da una donna come te, Bianca. Nella sfortuna, Marta è stata davvero fortunata. E lo sono stato io, soprattutto. Non avrei proprio saputo come fare.

– L'amicizia è un valore importante. Specie di questi tempi. Se invece di limitare la tua vita al lavoro e alla casa ogni tanto ti affacciassi nella società, ti renderesti conto di quanto tutto stia andando a rotoli. Siamo invasi da gente che ha a cuore solo i propri interessi, un mondo di *parvenus* aggrappati a questa politica indegna che ci porterà chissà dove. Marta va difesa, preservata. Il nostro futuro dev'essere bello, per lei.

– Sono d'accordo, Bianca. E devi credermi se ti dico che anche dal mio punto d'osservazione le cose non vanno meglio, anzi. In un certo senso è di questo che sono venuto a parlarti.

La contessa fece una smorfia.

– Lo immaginavo che non era stata la voglia di vedermi, a spingerti fin qui. Né la curiosità di sapere come procede l'istruzione di Marta, perché sai che in caso di problemi ti cercherei io, e perché conosci tua figlia. Dunque, che succede?

Ricciardi si alzò e tornò al balcone. Quasi cercasse nel mare scuro la forza di parlare all'amica.

– All'indomani della morte di Enrica, mi sono sentito perduto. Guardavo davanti a me e non vedevo niente. Soltanto il buio, come adesso da qui, dove il mare non si vede, ma c'è. Specie per la bambina. Credevo fosse impossibile per me crescerla. E invece, a distanza di quasi cinque anni, posso dire che le cose stanno andando bene. E Marta è la figlia che ogni padre sognerebbe. Questo grazie a te, Bianca. Soltanto grazie a te.

– Che dici? Io non ho fatto niente. È una femminuccia, aveva bisogno di una figura femminile, ho solo coperto quel ruolo. Ti assicuro che ha fatto piú Marta per me che io per lei…

– Ma io sono quello che sono, Bianca. Non posso cambiare i miei pensieri, i miei sentimenti e soprattutto il mio senso della giustizia. Se devo fare qualcosa che pure possa mettermi a rischio, io devo farlo.

Bianca portò una mano alla gola'.

– Adesso mi spaventi, Ricciardi. Che succede?

– Niente, niente, amica mia. Nessun pericolo. Ma vedo accadere ogni giorno cose strane. Sparizioni, deportazioni, arresti da parte di organizzazioni di cui nemmeno conosciamo il nome. E quello che è davvero incredibile è che tutto ciò avviene nel silenzio. Nessuno alza la voce, nemmeno le famiglie. È tale il clima di paura, che ognuno protegge sé stesso accusando gli altri.

– Che vuoi dire, Ricciardi? Ti prego, non usare sottintesi. Sono una donna, e certe cose non le capisco e non le voglio capire. Sii esplicito.

Gli occhi verdi colmi di tristezza ressero l'inquietudine che si era allargata in quelli di lei.

– Il mio lavoro a volte mi porta a incrociare delle strade, Bianca. Possono essere strade pericolose, che portano alla verità ma che vanno contro certi interessi. Mi si può prospettare un bivio: accertare i fatti o dover fingere di credere alle versioni che mi vengono fornite. Molti colleghi scelgono il silenzio: si fanno da parte, insomma. Io non ne sono capace.

Bianca si alzò di scatto, fronteggiando l'amico.

– E non pensi che dovresti trovarla, questa capacità? Non sei solo, maledizione. Hai amici che ti vogliono bene, tua figlia. Hai me, se credi. Ritieni accettabile mettere a repentaglio tutto per una questione di principio?

– Non è soltanto una questione di principio, Bianca. È la mia vita. Il mio modo di esistere. Non sarebbe giusto per nessuno, fingere di essere diverso.

A Bianca si spezzò la voce.

– E cosa potrebbe succedere?

Ricciardi le mise una mano sulla spalla.

– Che io sparisca nel nulla, dalla sera alla mattina. Devi stare tranquilla, io tornerò. Tornerò sempre. Ti prego però, nel frattempo, di occuparti di Marta, e di Nelide. Accoglile qui, con te; nessuno oserà toccarle se saranno sotto la tua protezione. Fallo per la bambina, è cosí piccola e innocente.

Bianca taceva, le lacrime le rigavano il viso. Poi disse:

– Sai che lo farei, comunque. Ma non ti perdonerò mai, mai, se farai accadere questo. Perché non esiste principio che porti qualcuno ad abbandonare la famiglia. Nulla conta piú degli affetti.

– È soltanto una precauzione, Bianca. Non mi capiterà niente, vedrai. Voglio solo essere sicuro che Marta potrà contare su di te.

– Ascoltami bene, Ricciardi. Io non ho figli miei, e come sai non ne avrò piú. Ma quando parlo con Marta, quando mi viene in braccio e mi chiede di raccontarle una storia, quando la sento parlare a Federico, il figlio della signora Stromillo, provo qualcosa che prima non conoscevo. Ho avuto un sentimento profondo per Enrica. Mi piaceva, eravamo amiche; e per te… Non credo di dover dire quello che provo per te. Eppure Marta è qualcosa di diverso da voi, è speciale. È la persona piú vicina a essere la figlia che non avrò mai. Quindi direi che non devi avere dubbi sulla cura che avrò di lei. Con te, o senza di te.

Il mare, fuori, sembrò del tutto d'accordo.

XXXVIII.

Il turno era finito da almeno due ore quando Bruno Modo uscí dall'ospedale. Gli piaceva trattenersi, anche se poi si lamentava di quanto il lavoro debordasse dall'alveo per invadergli la vita.

In realtà, era quello il tempo che gli somigliava di piú; giacché chi gli sarebbe subentrato fronteggiava l'ordinaria amministrazione, lui poteva concedersi di piú all'altra parte del mestiere: visite approfondite, lunghe conversazioni con i malati per dar loro conforto, giochi coi bambini ricoverati, sostegno ai familiari disperati che se ne stavano nei corridoi, nell'androne o all'esterno della struttura, in attesa di notizie sui propri cari.

Non aveva molto da fare, del resto. Frequentava ormai pochissimo i bordelli, di cui era stato assiduo cliente; vuoi per raggiunti limiti di età, vuoi perché non gli metteva allegria incontrare quei tronfi buffoni in camicia nera che infestavano ogni luogo. E non era uno a cui piaceva ubriacarsi da solo in qualche taverna. Si era convinto che perfino il cane lo guardasse con disapprovazione, e questo lo mortificava.

Meglio quindi lavorare finché la stanchezza gli annebbiava la mente. Almeno non era costretto a guardarsi attorno, a vedere una città un tempo vera fino all'eccesso e che ora gli appariva come la scenografia di una gran brutta commedia.

Un'ombra si staccò dal muro e gli venne incontro. Non riconobbe subito chi fosse, ed ebbe un moto di spavento.

– Buonasera, dottore. Facciamo un po' di strada insieme, vuoi?

Bruno guardò il Professore e non rispose, poi prese a camminare. Le modalità di incontro della loro piccola associazione erano a prova di sorveglianza, fatte di bigliettini non interpretabili e di incontri in luoghi periferici e poco noti. Se il piú anziano e riservato di loro, quello piú conosciuto e individuabile, si era spinto fin là, poteva significare solo una cosa: era successo un fatto grave.

– Fammi dire, dottore, che sono felice di vederti. Sono stato al riparo in quel portone per due ore, ho visto uscire tutti i tuoi colleghi e ho pensato che... che fosse capitato anche a te. Mi sarebbe dispiaciuto molto, credimi.

– Capitato che cosa, Professore? E che significa «anche a te»?

L'anziano sospirò. Sembrava piú curvo, piú stanco. Negli occhi non brillava la solita scintilla che sosteneva la sua ironia.

– Nel pomeriggio dovevo incontrare Gaspare. Aveva parlato con un compagno, in fabbrica, che gli aveva detto di conoscere il marinaio di un peschereccio che faceva rotta sulle Pontine, il quale poteva, dietro pagamento, fare il lavoro di Parodi.

Bruno corrugò la fronte.

– Davvero ne ha parlato con un estraneo? Senza essere sicuro di...

– Mi aveva detto che con quest'uomo avevano affrontato discorsi politici, che era allineato alle nostre idee. E comunque non gli aveva parlato né di noi né di niente che rimandasse alla nostra società. Gli aveva fatto capire che a Ventotene c'era un suo parente, e che voleva mettersi in contatto per dare notizie ai figli. Una storia plausibile, che reggeva.

Modo sentiva il cuore martellargli nelle tempie. Aveva condotto il Professore lontano dalla via principale, ma c'era comunque gente per strada e qualcuno si voltava a guardare. Gli occhiali cerchiati d'oro, l'andatura curva e i baffi spioventi dell'anziano erano facilmente riconoscibili.

Il Professore riprese:

– Io gli ho detto che avrei voluto parlargli di persona, troppe mediazioni per i miei gusti. Ma abbiamo bisogno di quel contatto, non possiamo permetterci di restare senza comunicazioni con loro. E abbiamo preso appuntamento alla fine del turno.

– E allora?

– E allora Gaspare non c'era. In compenso c'era una macchina nera col motore acceso, proprio lí fuori. Me ne sono accorto per miracolo e sono corso via. Sono andato a casa di Gaspare e c'era la stessa macchina. Non ho avuto il coraggio di passare per casa mia.

Camminarono in silenzio, per consentire a Bruno di elaborare l'informazione.

– Gaspare... Non so nulla di lui. Ha famiglia, figli...

– Aveva una moglie, ma è morta. E non ha figli. Sono sicuro che non dirà niente di noi, ho fiducia assoluta in lui e nei princìpi in cui crede. Ma mi pare evidente che bisogna alzare il livello di guardia, e che per un po' dobbiamo evitare di incontrarci tutti insieme. Sono venuto io stesso da te perché abito non lontano dall'ospedale, e perché non me la sentivo di affidare un biglietto a un ragazzino.

– Sí, sono d'accordo. Resta però che non abbiamo contatti con le isole e con i nostri amici. La morte di Parodi è una perdita gravissima, al di là della vita di quel povero ragazzo.

– A proposito, si è scoperto niente? Sarebbe importantissimo per la propaganda se venisse fuori che l'hanno ammazzato loro. Un piccolo caso Matteotti, quasi quindici anni dopo e in questa città. Farebbe molto rumore.

Il dottore scosse il capo.

– No, nessuna notizia. È stato difficile per me tacere chi fosse, avendolo riconosciuto subito; non c'erano documenti, soldi, gli avevano preso tutto, anello, orologio. Volevano far pensare a una rapina, i bastardi: ma non hanno nemmeno saputo organizzare la scena.

Il Professore sospirò.

– Allora non verrà fuori niente, purtroppo. La polizia al solito insabbierà. Lo faranno passare per un atto di delinquenza comune.

– Non stavolta, Professore. Ho parlato col commissario incaricato dell'indagine, e gli ho detto chiaro e tondo che si tratta di un delitto politico. È una persona...

L'altro si era fermato di botto, ed era il ritratto del raccapriccio.

– Che?! Hai detto a un poliziotto che sapevi trattarsi di una questione politica? E quindi gli hai dovuto dire di cosa si occupava Parodi?

– No, no, non vi dovete preoccupare. Siamo amici da molti anni, non mi tradirebbe mai. Mi ha dimostrato in tante circostanze quanto sia fedele alla nostra amicizia, ci metterei la mano sul fuoco. E comunque non ho parlato di nessuno se non del sottoscritto, non potrebbe risalire a voi.

– Anche Gaspare si fidava del suo compagno in fabbrica. Non capisci quanto siano astuti? Pagano, quindi si conquistano la delazione. Non hanno bisogno di convincere con gli ideali. Lo fanno con i benefici.

– Io mi fido del mio amico. Ed era l'unico modo per assicurarmi che, se dovessero venire fuori elementi che accusano i fascisti, sarebbero fatti valere.

– Per ora non dobbiamo avere contatti, dottore. Aspettiamo che la situazione evolva. E per quanto riguarda gli assassini del povero Parodi, be', ti consiglio di non contare sul tuo amico. E di prepararti a una fuga veloce, se avessi sentore di strane presenze.

E scomparve in direzione opposta.

Caminito que todas las tardes
feliz recorría cantando mi amor
no le digas si vuelve a pasar
que mi llanto tu suelo regó.

Caminito cubierto de cardos
la mano del tiempo tu huella borró
yo a tu lado quisiera caer
y que el tiempo nos mate a los dos.

[Stradina su cui ogni sera
correvo cantando il mio amore
non dirle se ritornasse a passare
che fu solo il mio pianto a bagnarti.

Stradina coperta di cardi
la mano del tempo ha cancellato
    ogni traccia
vorrei cadere lungo il tuo ciglio
e che il tempo ci uccida entrambi].

GABINO CORIA PEÑALOZA, *Caminito*, 1926.

XXXIX.

Laura era cullata dalla voce di Diego e dal racconto; ma la sua anima musicale era distratta dalla melodia che l'uomo continuava a suonare in sordina, e anche dal picchiettare della pioggia sulla finestra, che si era fatto piú intenso. Le sembrava di assistere all'anteprima di un altro spettacolo rispetto a quello che si sarebbe tenuto quella sera e l'avrebbe vista protagonista. Provò a riscuotersi.

– Perché mi dici queste cose? Cioè, sia chiaro, io ti ringrazio, e scusami ancora se prima sono stata brusca, è la frustrazione di non riuscire a cantare *Caminito* come vorresti tu. Ed è bello conoscere le storie che hanno fatto esistere un tango tanto bello. Ma tu vuoi farmi capire qualcos'altro. Perché non me lo dici direttamente e la facciamo finita?

L'uomo trangugiò un altro sorso.

– Vedi, *señora*, i cantanti sono strana gente. Ignorano la loro funzione esatta. Sanno di essere al centro dell'attenzione, sono abituati a prendersi la scena e hanno ragione, perché le canzoni sono fatte per essere cantate. Ma non capiscono mai con precisione quello che devono fare. In alcuni casi, come il tuo, il cantante si prende la scena ancora prima di aprire la bocca. Non devo dirtelo certo io quanto sei bella, e quanto questo attiri l'attenzione.

Laura si corrucciò. Dalla bellezza le erano venute soltanto disgrazie.

– Non capisco che c'entra.

Diego rise, le bretelle sussultarono.

– Gli uomini ti spogliano con gli occhi e le donne ti vorrebbero ammazzare. Sapessi quanto è divertente leggere negli sguardi delle persone quello che passa loro per la testa, da dietro al *bandoneón*, ogni sera. Per carità, succede anche con le ballerine. In questo senso, avere i miei gusti ti fa essere un osservatore privilegiato.

– No, non intendevo questo. Volevo dire: che significa che un cantante non sa qual è la sua funzione?

– Ah, sí. Allora: una canzone è fatta di due cose, no? La musica e la poesia. Tu puoi ascoltare soltanto la musica? Certo. E puoi leggere soltanto la poesia? *Seguro*. Ma una canzone, *señora*, non è soltanto una poesia e una melodia, no. Specie se è un tango. Il tango è qualcosa di diverso: è «un pensiero triste che si balla».

Laura si avvicinò al pianoforte, prese una sigaretta dal pacchetto di Diego e l'accese.

– E questo come incide, sul cantante?

– Incide enormemente. Perché il cantante è quello che deve unire le due parti, la musica e la poesia. Sta al cantante, alla sua interpretazione, legare le cose e amalgamarle. È come un cuoco, che mescola gli ingredienti e fa venire fuori un piatto che ha un sapore tutto suo. Mi capisci, *señora*?

– Ti capisco, certo. Si chiama interpretazione, è quello che facciamo tutti, lo fanno anche i musicisti. Ognuno interpreta, ci mette del suo. È in questo che consiste il nostro mestiere, Diego.

– Sí. Questo è facile, quando musica e poesia si somigliano. Quando tra loro c'è lo stesso sentimento. E quasi sempre è cosí, perché una musica viene scritta su una poesia, o ancora piú spesso viceversa. Il poeta o il musicista, cioè, *interpretano* quello che l'altro vuole dire.

– Continuo a non comprendere. Mi dici cose ovvie che non mi aiutano a cantare meglio questo dannato *Caminito*.

– Perché non vuoi capire, *señora*. Eppure è semplice. *Caminito*, è un tango diverso dagli altri. E perché? Perché la musica e la poesia *non* sono state scritte l'una per l'altra. È il motivo per cui ti ho raccontato le due storie, ricordi?

– La stradina è diversa, giusto? Una qui, alla Boca; l'altra a Olta, no?

Diego sbuffò.

– Sí, ma non è questo il punto. Pensaci bene: Juan de Dios Filiberto che scambiava un saluto con una giovane prostituta, e il pensiero allegro prima di una giornata di lavoro. Ascolta.

E dai tasti tirò fuori la musica, che preceduta da quelle parole sembrò quasi una marcetta. Poi proseguí.

– Il mio amico Gabino Coria Peñaloza, invece, torna dov'è stato felice a rincorrere il pensiero di ciò che ha perduto. E ancora sente l'odore di quello che è stato.

E suonò la stessa melodia, che a Laura parve stavolta quasi una marcia funebre.

– Vedi, *señora*? Eppure sono gli stessi tasti, nella stessa sequenza, con lo stesso tempo. Ma il sentimento diventa diverso. Questa canzone non nasce per tenere insieme parole e musica. Ognuna nasce per stare da sola, per dire la sua. E qui entri in scena tu, Laura. Proprio tu.

– Io? Cioè, chi canta questo pezzo?

Diego smise di suonare, e il silenzio calò nella stanza come una scure. La pioggia sui vetri continuò a dettare il tempo, inascoltata.

– No. Non chi canta. Tu. Perché non c'è scelta, in questo tango. In questo tango non si può scegliere di cantare quelle parole secondo la musica. In *Caminito* vince la poesia, e sai perché? Perché nel tango un pianto pesa piú di un sorriso.

Laura era disorientata.

– Guarda che io le parole le ho sentite dentro, e non devi insegnarmi tu a cantare il dolore! Ce l'ho messo il dolore, e tanto, anche!

– E chi mai ha detto che non ce l'hai messo? Lo so, l'ho avvertito. E sei stata brava, perché era un dolore sincero, genuino. Non è questo.

– No? E allora, maledizione, che accidenti vuoi che faccia? Che ce ne metta di meno?

Diego rise, le mani avevano ricominciato a suonare.

– No, no. Lo devi solo cambiare, *señora*. Perché quello che metti in questa canzone è il dolore sbagliato.

Laura si spazientí, andò verso l'attaccapanni a prendere il soprabito.

– Sai che ci puoi fare con questa dannata canzone, col tuo amico Gabino, col tuo musicista Filiberto e tutto il tango del mondo? Io alla mia età e con la mia esperienza non posso stare qui ad ascoltare le farneticazioni di un pazzo sul dolore giusto e su quello sbagliato, e…

– Tu non hai rimpianto.

La frase atona di Diego sembrò uno sparo durante l'irruzione della polizia in un bordello abusivo. Laura rimase con la mano a mezz'aria, a pochi centimetri dal cappotto.

– Che hai detto? Che cosa non ho?

– Hai dolore, tanto. E una vena di rabbia, che non guasta. Non conosco la tua storia, ma dev'essere stata difficile. E immagino la strada per arrivare fin qui: ma non è lo stesso *caminito* di Gabino. Lui aveva perduto tutto, e andò in quella viuzza di campagna per respirare il suo rimpianto; quello che avrebbe forse dovuto fare, e non aveva fatto, quando se n'era andato. E quello che avrebbe potuto fare la sua donna, che invece non l'aveva aspettato. Ma mai, in nessuna parola della poesia, c'è speranza. Solo ricordo, e sofferenza. E forse desiderio di morire.

Laura disse, in un soffio:
– E come credi che mi senta, io, in ogni minuto della mia vita, se non piena di dolore?
– Tu, *señora*, hai ancora speranza. È per questo che non riesci a cantarla, questa canzone. Almeno, non come dev'essere cantata. Il tuo dolore ha dentro un sogno, di ritorno e di felicità: quello del povero Gabino no.
E Livia Lucani non seppe piú cosa rispondere.

XL.

Il vicebrigadiere Sebastiano Ponte, in servizio permanente presso l'ufficio del vicequestore Angelo Garzo in qualità di attendente, aveva il tronfio atteggiamento di chi vive di luce riflessa.

Camminava impettito nei corridoi, faceva osservazioni sulle uniformi dei colleghi e rimproverava a caso perfino i pari grado godendo di una sostanziale impunità derivata dal contatto permanente col superiore, che lo favoriva in cambio di ogni genere di commissione.

Era perfino stato promosso, l'unico avanzamento di carriera che si era verificato in questura nell'ultimo anno, il che aveva generato una certa quantità di malumore. Una condizione privilegiata, che aveva un unico risvolto negativo: il brigadiere Raffaele Maione, il quale, proprio in virtú della promozione, era diventato suo superiore diretto. Maione provava per Ponte una manifesta antipatia spesso tradotta in ogni possibile vessazione, incluso qualche scappellotto che di bonario aveva assai poco.

Ma non si diventava Ponte senza essere in grado di imparare in fretta, per cui il vicebrigadiere aveva mutuato da Garzo un insegnamento al quale si uniformava con decisione: sii sempre forte con i deboli, ma non dimenticare di essere debole con i forti. Cosí, in prossimità dell'enorme brigadiere, Ponte inscenava una spettacolare metamorfosi diventando simile al servitore di un marchese settecentesco.

Per questo, quando bussò alla porta di Ricciardi, sapendo della presenza di Maione all'interno dell'ufficio, si profuse in un profondo inchino che mise in primo piano la pelata incipiente.

– Buona mattina a voi, commissario e caro brigadiere. Il vicequestore signor Garzo, vi vorrebbe vedere un momento, se possibile.

Maione fissò la semicalvizie con disgusto.

– Che è, Ponte, hai il colpo della strega? Se c'è una cosa piú schifosa della faccia è la testa, stai pure perdendo i tre capelli che ti erano rimasti. Alzati, fammi il favore, se no ti faccio alzare io.

Ponte si sollevò di scatto e batté i tacchi due volte, ricordando un pessimo ballerino di flamenco.

Ricciardi sospirò; si aspettava da un istante all'altro la convocazione di Garzo. Il delitto Parodi era una questione rilevante e difficile da far passare sotto silenzio, anche se, come quasi sempre accadeva, i giornali non ne avevano fatto ancora parola.

Si avviò, seguito da un Maione di umore nero che provò ad allungare un calcio a Ponte, da quello prontamente schivato nell'imitazione di un ballerino.

Ricciardi gli lanciò un'occhiataccia.

– Poi, quando vuoi, mi spieghi il motivo per cui da qualche giorno cerchi di attaccare briga con chiunque.

– Commissa', quando uno in casa viene vessato, fuori se la deve pure prendere con qualcuno. Altrimenti scoppia.

Garzo li accolse mentre compilava un documento, giacché amava mostrarsi ai sottoposti mentre era impegnato in un lavoro dai contorni nebulosi. Alzò una mano, continuando a scrivere e stabilendo una netta scala delle priorità. Maione grugní infastidito.

Garzo concluse, rilesse, avvitò il tappo della stilografica, passò il rullo di carta assorbente sul foglio e finalmente si dedicò ai due convocati.

Il vicequestore curava il proprio aspetto in modo maniacale; dalla rasatura perfetta ai capelli pettinati all'indietro, dai baffetti che sembravano disegnati agli occhiali luccicanti, dall'anello al mignolo all'orologio fiammante. Sosteneva che per ottenere rispetto dagli altri, bisognava averlo innanzitutto per sé stessi.

– Allora, Ricciardi. Mi è arrivata una richiesta di sospensione della partenza del piroscafo *Rosanna*, di una compagnia di navigazione genovese. L'ho collegata con l'omicidio dei due ignoti a San Giovanni, perché l'uomo è stato poi identificato come...

Scartabellò i documenti sul piano della scrivania, finché trovò quello che stava cercando.

– Parodi Paolo, primo ufficiale del *Rosanna*, appunto.

Ricciardi attendeva in silenzio, conoscendo la fastidiosa abitudine di Garzo a ricostruire punto per punto, anche pleonasticamente, le situazioni che esaminava. Interromperlo sarebbe stato inutile, ed era un errore che non faceva piú da anni.

– Ora, io non ho dubbi che stiate svolgendo le indagini con la dovuta solerzia, e sono certo che ben presto sarete in grado di assicurare i colpevoli al magistrato e alla galera. E tuttavia, Ricciardi, vi devo dare una notizia.

Maione strusciò i piedi a terra, come un toro che si prepara a caricare. Ricciardi disse:

– Ditemi pure, dottore.

– Il proprietario della compagnia è un aristocratico, un esponente della nobiltà ligure piú antica. Pare abbia contatti frequenti addirittura con la casa reale, che ha fatto un intervento con Roma. Ci chiedono di far partire quanto prima la nave, per non alterare i tempi del viaggio commerciale che deve compiere.

Ricciardi si finse impressionato.

– Capisco, dottore; e mi rendo conto delle pressioni al signor questore e al nostro ufficio, quindi...

– Esatto, Ricciardi, proprio cosí. E voi sapete che io, se avessi ricevuto la promozione che mi è dovuta da anni e che non mi viene concessa unicamente per la perizia con cui conduco il nostro ufficio, non sarei mai da ostacolo a un'indagine. Purtroppo il signor questore, come sapete, è giovane e non molto esperto: e mi ha chiesto la cortesia di fargli avere un'informativa sullo stato delle indagini.

– Sarà mia cura redigere un rapporto articolato, dottore, non appena avremo raggiunto un punto da cui si comprenda facilmente la capacità dell'ufficio, e quindi vostra, di acquisire elementi concreti. Per fare questo, però, abbiamo bisogno di un minimo di tempo, entro il quale non possiamo consentire alla nave di partire.

Garzo corrugò la fronte.

– Ah, no? E perché mai, Ricciardi?

– Perché i membri dell'equipaggio potrebbero essere a conoscenza di fatti riguardanti il delitto, dottore. O addirittura chi ha ucciso Parodi potrebbe essere responsabile anche del secondo omicidio. Sapete, spesso tra i marinai, costretti a bordo per tanto tempo, si sviluppano relazioni di carattere particolare.

Ricciardi sapeva della patologica paura che aveva Garzo della polizia segreta, visto che era spesso chiamato dal questore a controllare denunce e arrestare per crimini ignoti persone fino al giorno prima ritenute piú che rispettabili.

La strategia andò a segno.

– Questo è sicuro, Ricciardi. È sicuro. E lo riferirò al questore proprio con le vostre parole. Però, vi devo pregare di accelerare le indagini per acquisire in fretta quegli... elementi di cui parlavate prima. Non sia mai che, alla prossima richiesta, non abbiamo ancora niente da riferire. E un'altra cosa: appuriamo presto se i compagni di Parodi sono o non sono coinvolti. Non riusciremo a trattenere a lungo la nave, se il re chiama il duce.

– Certo, dottore. A questo proposito, vi informo che stamattina il brigadiere Maione e il sottoscritto andranno a sostenere un interrogatorio che potrebbe darci indicazioni positive, nella città di Portici.

Come spesso gli accadeva, Garzo sentiva di essere stato preso in giro; ma non avrebbe saputo dire come né perché.

– Va bene, Ricciardi. Andate pure.

Quando il commissario e il brigadiere furono usciti, Garzo andò alla porta e la chiuse a chiave. Poi tornò a sedersi. L'espressione era cambiata, e il funzionario calmo e sicuro di sé aveva lasciato il posto al ritratto dell'angoscia.

Tolse gli occhiali e si passò una mano sul volto. Poi aprí un cassetto chiuso a chiave, al cui interno c'era un documento di diversi fogli. Li pose al centro della scrivania e scorse col dito l'elenco di nomi scritti a macchina. Sul primo foglio erano stampigliati un simbolo e una sigla, che alla gran parte delle persone non avrebbero detto nulla.

Ma non a lui.

Nel terzo foglio, al centro, era scritto: «Pistoia Rachele, anni 42, coniugata dottor Garzo Angelo – Figli: Sara 22 a., Simona 19 a. e Matteo 8 a».

Il vicequestore alzò gli occhi sulla foto al centro della scrivania. Una bella donna dagli occhi neri, due ragazze altrettanto belle e un bambino vestito da marinaretto molto simile al padre lo fissavano seri.

Una lacrima gli scese lenta sulla guancia.

XLI.

Quello che Ricciardi aveva detto a Garzo non era frutto dell'esigenza di giustificare un ritardo nelle indagini. Quando Ponte aveva offerto loro la sommità del proprio cranio spelato, lui e Maione avevano appena prefigurato la strategia da seguire l'indomani.

Gli unici elementi concreti erano venuti dalla visita del maresciallo Scognamiglio, grazie al quale avevano identificato la donna, Teresa Imperato. L'incontro con la famiglia, e il successivo riconoscimento del cadavere, avevano lasciato nei poliziotti alcune zone d'ombra che meritavano di essere illuminate.

Anche l'atteggiamento dei due fratelli di fronte alla morta non era stato esente da perplessità. Costantino, il maggiore, aveva emesso un lamento teatrale, abbandonandosi poi a un'invettiva minacciosa contro ignoti; ma al corpo sgozzato della sorella aveva dedicato un fuggevole sguardo. Domenico, poco piú che un ragazzo, era invece sbiancato, aveva barcollato e non aveva tolto gli occhi dal volto esangue della ragazza, senza proferire suoni. Anche quando il fratello lo aveva trascinato via non sembrava tornato in sé. Non era impossibile che reazioni cosí differenti provenissero da caratteri diversi, certo: ma Ricciardi e Maione lo avevano comunque rilevato.

Il commissario non poteva parlare al brigadiere della pista fascista omettendo il coinvolgimento di Modo. Era sicuro della discrezione di Maione, ma non voleva gravarlo di una consapevolezza che avrebbe potuto diventare pericolosa per lui. E d'altronde non poteva che attendere in tal senso qualche notizia da Pivani. Nel frattempo, stante la barriera di silenzio issata attorno alla *Rosanna*, l'unica traccia da percorrere era quella della ragazza di Portici.

La sera precedente c'erano stati perciò due contatti telefonici col maresciallo dei carabinieri di stanza nella cittadina. Il linguaggio adottato era stato piuttosto metaforico, data l'ufficiosità del coinvolgimento del militare e la presenza di almeno due centraliniste sulla linea. Maione aveva chiesto di incontrare la persona che aveva indicato il nome della ragazza come vittima; il maresciallo aveva assicurato che ne avrebbe chiesto la disponibilità, poi aveva richiamato confermando l'incontro. L'unica condizione, per dir cosí, era la sua presenza. A titolo di garanzia di riservatezza.

All'arrivo sul posto, al termine di un accidentato percorso in auto a cura di Maione in cui Ricciardi si pentí di non essere credente e dunque di non avere santi da invocare, trovarono il maresciallo. Scognamiglio non era in divisa ma in borghese, e li attendeva nell'androne di una palazzina che aveva visto tempi migliori.

L'uomo anticipò la domanda e disse, dopo averli salutati:

– La città è piccola, commissa'. Una visita congiunta di carabinieri e polizia sarebbe un fatto troppo insolito. E la signora purtroppo è già nel mirino, non per colpa sua.

Ricciardi non chiese ulteriori spiegazioni e seguí il carabiniere, insieme a Maione, lungo una rampa di scale sconnesse.

Bussarono a una porta. Venne ad aprire una donna che a Ricciardi a prima vista sembrò anziana. Li condusse in un salotto impregnato di un vago odore di cipolla, come del resto l'intera palazzina.

Grazie alla luce che veniva da una finestra, si resero conto che la signora non era affatto anziana: era addolorata. I capelli grigi raccolti erano secchi, il viso bruno recava rughe profonde, e gli occhi erano arrossati come per un pianto recente. Portava un vestito nero, con una catenina d'oro e una medaglietta che sembrava maschile. Due fedi alla mano sinistra, la piú stretta a fermare l'altra sull'anulare, testimoniavano lo stato di vedovanza. L'età non doveva superare di molto i cinquant'anni.

Dopo averle presentato i poliziotti, Scognamiglio disse:

– La signora Concetta Oliviero ha accettato di incontrarvi, ma ha precisato che non ha sporto denuncia e non ha alcun desiderio di rendere pubblico quello che sa. È una mia cara e vecchia amica, andavamo a scuola insieme, sono stato invitato al suo matrimonio e... e ho tenuto in braccio suo figlio. Devo chiedervi di nuovo, davanti a lei, quello che vi ho chiesto in questura, commissa'; e pure a voi, brigadie'. Quello che ci diciamo oggi non potrà uscire da qua dentro. Niente tribunale, niente testimonianza. Altrimenti dobbiamo andarcene. Adesso.

Ricciardi assentí.

– Posso capire, maresciallo. E mi auguro di trovare, sulla base di quello che la signora ci dirà, altri elementi. Ma non posso invece assicurarvi, e voi col mestiere che fate dovreste saperlo, che per mandare il colpevole in galera non ci sarà necessario ottenere una testimonianza della signora. O di chiunque abbia informazioni su questo delitto.

Il carabiniere parve infastidito e fece per alzarsi.

– Allora mi dispiace, ma...

La donna sollevò una mano.

– Edua', stai tranquillo. Le cose sono cambiate. Non mi interessa niente di quello che mi può succedere.

Il carabiniere protestò.

– Conce', non è cosí, tu non puoi nemmeno immaginare che...

– Ti ho detto che le cose sono cambiate. E se posso mandare in galera chi ha fatto questa cosa, lo devo fare. Se vuoi stare qua, e io lo vorrei tanto, non intervenire. Fammi il piacere.

Ricciardi fissò la donna. Il tono deciso tradiva una forte convinzione; ma il viso devastato parlava di un dolore recente, ancora in fase di elaborazione. Si chiese che le fosse accaduto, e quali fossero le cose che erano cambiate. Non fece domande, attese che la donna parlasse.

Lei aveva preparato il caffè e lo aveva versato nelle tazzine poste sul tavolo del salotto. C'erano perfino dei biscotti, una rarità per le case popolari di quei tempi. Concetta fece segno di favorire, aggiunse lo zucchero, versò l'acqua da una caraffa. Tutto quello che deve fare una padrona di casa.

Maione lanciava occhiate in tralice a Scognamiglio, che invece se ne stava imbronciato a manifestare il proprio dissenso.

Perdurando il silenzio, Ricciardi ritenne di parlare.

– Signora, non vorrei che le mie parole di prima dessero l'idea di fredda burocrazia. Non è cosí. Ho dato la mia parola, e la manterrò, che se non sarà necessario questa nostra... conoscenza non verrà fuori, ve lo posso garantire. L'unico interesse che abbiamo è scoprire chi ha ammazzato quei due giovani mentre... mentre se ne stavano per conto loro. Non avremo pace fin quando non lo avremo arrestato. Quindi vi ringraziamo per quello che potrete fare.

La donna bevve l'ultimo sorso dalla tazzina.

– Ho visto prima che guardavate i miei anelli, commissario. Sono vedova, mio marito, pace all'anima sua, è morto dieci anni fa e gli è stato risparmiato questo sfacelo, almeno in parte. Era liberale, e aveva capito subito dove sarebbe andato a parare quello che sta a Roma. Nostro figlio, Lorenzo, invece no, non aveva capito. Anzi. Aderí subito al partito, si iscrisse, andò alle manifestazioni. Giovane, entusiasta, pieno di speranza per il futuro: sono in tanti, no? O almeno lo sono stati, anche se adesso è piú la paura che la speranza a riempire le piazze, cosí mi pare.

Maione chiese, piano:

– Vostro figlio, signo'? Sta qua con voi?

– No, brigadiere. Mio figlio è stato portato via un anno e mezzo fa, dalla sera alla mattina. Nonostante come vi ho detto fosse iscritto al partito, nonostante avesse aderito a ogni normativa prevista per i professori universitari. Faceva l'assistente alla cattedra di Diritto civile. Ma è stato portato via lo stesso.

Ricciardi disse:

– Posso chiedervi come mai, signora?

La donna si raddrizzò sulla sedia, come a mantenere l'orgoglio e la dignità prima che fossero messi in discussione.

– Mio figlio fu portato via perché omosessuale, commissario. Trascinato in un'isola delle Pontine, dov'è stato fino a un mese fa.

Maione domandò:

– Un mese fa? E adesso dove sta vostro figlio, signo'?

Il maresciallo disse:

– Conce', ti prego, guarda che non sei tenuta a…

La donna proseguí.

– In paradiso, brigadiere. Mio figlio è morto. Per le percosse dei guardiani, nell'isola dov'era confinato. Lo so perché me l'ha detto Paolo Parodi, che ha conosciuto qui Teresa. Adesso vi racconto tutto.

XLII.

Me lo ritrovai qui sotto, una sera che tornavo dalla prefettura.

Ci lavora un amico del mio povero marito, fa l'impiegato. Ci andavo ogni giorno, per cercare di capire che ne avevano fatto di Lorenzo.

Erano giorni difficili per me. Un figlio ti sparisce dalla sera alla mattina, mamma, penso che faccio tardi perché incontro degli amici, vai a dormire e non ti preoccupare. E non torna piú, e passano le ore e i giorni e tu prima aspetti il ritorno, poi una brutta notizia, poi una notizia qualsiasi.

Io non è che non lo sapevo, com'era mio figlio. Una mamma lo sa prima che lo sappia lui stesso. Ma magari speri che cambi, o che se ne stia da solo, che faccia le cose con discrezione, in questi tempi in cui quelli cosí sono considerati peggio degli assassini.

E poi pensavo: Lorenzo è fascista, iscritto al partito, magari prevale questo. Invece poi ho saputo che l'avevano visto mentre baciava un ragazzo, e allora ha prevalso il bacio. Purtroppo.

E insomma ero esausta, una giornata intera a girare per gli uffici, e tutti a dirmi: signora, che vi devo dire, ripassate un altro giorno. Oppure: signora, vostro figlio è grande, magari se n'è andato per i fatti suoi e non ha avuto il coraggio di dirvelo. Nessuna notizia. Ma io lo sapevo che Lorenzo non se ne sarebbe mai andato senza dirmi niente.

Torno a casa, e c'è questo ragazzo fermo sotto il portone. Cosí, all'aperto, sotto gli occhi di tutti, che a ripensarci dopo è da brividi, come fosse il tempo di fare certe cose alla luce del sole. E mi chiede: siete voi, vero, la signora Oliviero? Con quell'accento strano, e la divisa da marinaio.

Mi si è fermato il cuore. Ho pensato: eccola, la brutta notizia. È arrivata. Adesso questo mi dice che Lorenzo si è imbarcato su una nave e che è morto.

Non gli rispondevo. Lo guardavo, lui diceva: no, no, signora, non vi preoccupate. Si tratta di vostro figlio, sí, ma non di brutte notizie. Sta bene, e vi saluta.

Proprio cosí: sta bene, e vi saluta. Detto in mezzo alla strada, sotto il portone. In pratica sotto la casa di uno che era stato appena preso e mandato al confino.

L'ho afferrato per il braccio e l'ho trascinato di sopra. Gli ho chiesto come, dove, perché. Era un figlio di mamma pure lui, piú o meno la stessa età di Lorenzo. Prima mi ha detto che l'aveva incontrato a Ventotene, c'era andato su una scialuppa perché la nave era troppo grande per entrare nel porto, sbarcava per portare il carbone e prendere quello che coltivavano là, fagioli, capperi, lenticchie o quello che è. E mi ha detto che erano molti mesi che si fermava coi prigionieri, gli portava sigarette e qualcosa di buono da mangiare, e prendeva i messaggi.

Io sul momento questo fatto, vi dico la verità, l'ho sentito con un orecchio solo. Volevo sapere di Lorenzo, tutto, da com'era vestito a quello che mangiava, con chi era, come l'avevano arrestato e se l'avevano picchiato. Volevo sapere se era triste o addolorato o arrabbiato, se aveva quello che gli serviva e che aveva intenzione di fare per tornare da me. Volevo sapere tutto, del mio bambino.

Lui provava a calmarmi. Mi diceva che i prigionieri erano tanti e lui non poteva far vedere che si tratteneva con loro. Ma che Lorenzo gli era piaciuto perché aveva quasi la sua età, che era gentile e stava tutto sommato bene. Che gli aveva dato il mio indirizzo, e gli aveva chiesto di venire qui a rassicurarmi. E lui era venuto, e se volevo sarebbe anche tornato.

Voleva andare via, aveva fretta. Non me lo disse, ma io capii che non ero l'unica alla quale aveva cose da riferire; a chiedere l'avrei solo messo in pericolo, e mi sarei messa a rischio anch'io, di questi tempi meno si sa e meglio è.

Il giro che fa la nave, l'ho imparato dopo, dura un mese e mezzo. Potevo aspettare notizie di Lorenzo ogni tre mesi, piú o meno. Ho vissuto per quei momenti, e credo che mi volesse anche bene, Paolo. Mi raccontò che la madre non ci stava piú con la testa, e che appena era qui si sentiva come nel periodo in cui la madre stava bene. Il padre invece era morto, erano stati i fascisti: quando ne parlava gli cambiava la faccia. Aveva al dito un anello con un brillante, diceva che era l'unica cosa che teneva del padre: mi portò anche una fotografia dei genitori, somigliava alla madre, ma il padre aveva i suoi stessi occhi, oltre all'anello. Secondo me si era messo a fare questo fatto dei messaggi soprattutto per il padre, piú che per convinzione politica personale.

Mi parlava di Lorenzo, e qualche volta distoglieva gli occhi. Non sapeva mentire, Paolo. Capivo che mio figlio non stava bene, che era triste o avvilito, una madre queste cose le sente. Non potevo fare niente, ma era pur sempre un contatto con lui.

Questo paese è un posto pieno di paura, Eduardo ve lo può dire meglio di me. C'è una miseria terribile, e ognuno cerca di mettersi in luce, di sembrare fedele al regime per non correre il rischio di perdere un padre di famiglia all'improvviso; e qual è il modo migliore di sembrare fedeli, se non accusare qualcun altro? Perciò stanno tutti attenti sperando di vedere un segnale, pronti anche a inventarselo. Poi hanno pure cominciato con gli ebrei, povera gente che non fa male a nessuno.

Io, dopo che presero Lorenzo, sono diventata un'appestata. Nemmeno mi salutano per strada, quando vado a fare la spesa. È per questo che Teresa era meravigliosa.

Teresa era la figlia di una mia vecchia amica, Annamaria, l'ho vista nascere. Pure lei, Annamaria, è sparita quando hanno preso Lorenzo. Per carità, non ce l'ho con lei, la capisco. Teresa no, però. Teresa veniva lo stesso a trovarmi, mi portava un po' di formaggio o di frutta, qualche fiore. Era una ragazza bella quanto buona. Figuratevi, mi chiedeva dei libri perché aveva imparato a leggere da sola, in un posto dove le donne sono come le bestie e servono a lavorare e a figliare e basta.

Io non l'avrei mai messa a rischio, facendole incontrare Paolo. Era promessa al figlio di Ascione, il commerciante di ciliegie e di frutta che ha un terreno confinante col suo. Ma se le cose devono capitare, capitano. Non lo sapete, commissa'? Dio, il diavolo, o il caso: le cose capitano.

Paolo arrivò qualche giorno prima del previsto, e qui con me c'era Teresa. Fu un attimo, non me lo scorderò mai il momento in cui si sono guardati. Fu come vedere un fulmine che scarica a mare, durante un temporale d'estate. Nove mesi fa, precisi.

Ci provai a fargli capire che non era cosa, credetemi. Uno di fuori, uno che andava per mare; e una bella come il sole, che si doveva sposare col figlio di chi comanda in tutta la zona. Se solo qualcuno li avesse visti insieme, succedeva una tragedia.

E sapevo pure, perché me lo diceva Annamaria quando ancora ci vedevamo, che la famiglia era vicina alla rovina e l'unica speranza era proprio quel matrimonio, gente ricca e potente che poteva sistemare i figli maschi che intanto si arrangiavano col contrabbando. Una tragedia, sarebbe stata.

Ma il fulmine che scarica a mare non lo fermate, commissa'. È un fatto naturale.

Paolo era un ragazzo onesto, credetemi. Me lo disse dopo due volte, io non sapevo nemmeno che si stavano vedendo: io me la sposo, signora Concetta. Io voglio vivere con lei, ogni giorno che il Padreterno mi darà.

Si sarebbe fermato da navigare, avrebbe chiesto un posto di terra alla compagnia. Mi disse che si poteva fare. Mi disse che avrebbe dovuto smettere di portare messaggi dall'isola, questo gli dispiaceva, ma aveva un amico a bordo, ufficiale come lui, che avrebbe potuto prendere il suo posto, di lui si fidava.

Mi disse che Teresa l'avrebbe portata via, perché non era felice con la sua famiglia, che l'unica persona che avrebbe voluto prendere con sé era la sorella, Nunziatina, che era legatissima a lei. E che era preoccupata, perché il padre e i fratelli non gliel'avrebbero consentito mai, perché per loro sarebbe stata la fine.

Lui allora mi raccontò che aveva parlato col comandante, e aveva ottenuto che nessuno facesse caso all'introduzione delle due ragazze come clandestine; le avrebbe fatte partire cosí, era sicuro che tutto sarebbe andato bene.

Era un programma assurdo. Ma se due ragazzi possono prendersi il loro destino, allora ci devono provare.

L'ultima volta che l'ho visto è stato due mesi fa. Non mi ha detto niente, mi ha abbracciata e ha cominciato a piangere. E io ho capito che Lorenzo non c'era piú. Gli ho detto di stare attento, almeno lui: mi ha dato un bacio e mi ha chiamata mamma Concetta, mi ha spaccato il cuore in due. Teresa invece è venuta a trovarmi fino a due settimane fa, e io non le ho chiesto piú niente di Paolo; ma aveva gli occhi cosí felici che ho capito che il loro momento si stava avvicinando.

Tre giorni fa è venuta Nunziatina, la sorella di Teresa. E mi ha raccontato del ritrovamento della sorella.

Io ci ho riflettuto per tutta una notte, commissario. Ce l'avevo col mondo intero, che mi aveva portato via Lorenzo e la voglia di campare.

Poi però ho pensato agli occhi di quei due ragazzi, e a un fulmine che scaricava a mare.

E sono andata a cercare Eduardo.

XLIII.

Tornando a casa, quella sera, Ricciardi si chiedeva che cosa avrebbe dovuto dedurre da quanto raccontato da quella signora straziata. E si chiedeva, come sempre, quanto contassero i sentimenti nel peso da dare a quel racconto.

Era di sicuro vero che Concetta aveva voluto bene al marinaio e alla ragazza; e che nutriva un odio sordo nei confronti di chi le aveva tolto il figlio e lo aveva ucciso. Ed era altrettanto vero che non aveva espresso opinioni in merito all'omicidio, limitandosi a riferire quello che aveva visto coi suoi occhi. Eppure sarebbe stato facile concludere, in maniera coerente con un teorema che la mente di lei avrebbe potuto architettare, che ad ammazzare Paolo e Teresa erano stati appunto i fascisti.

Ma non lo aveva fatto. Anzi, se un orrore aveva rappresentato, era quello della solitudine e dell'abbandono in cui era stata lasciata dal paese, e di come la ragazza fosse obbligata a un destino già disegnato dalla sua famiglia, al quale non sarebbe potuta sfuggire.

Ma non emergeva nulla, dal punto di vista delle prove. Nessun elemento che facesse propendere per una soluzione. Forse era Ricciardi a essere distratto dalle preoccupazioni, come stava accadendo anche a Maione, sempre pensieroso e poco concentrato sul lavoro.

Lasciandosi dietro la via affollata e inoltrandosi nell'ultimo tratto meno illuminato verso il suo portone, il commissario pensò a Bruno, alla sua temeraria tendenza a cacciarsi nei guai; a Bianca, che aveva fatto solo preoccupare; a Marta, la sua piccola Marta, che in quei giorni doveva sottoporre alla prova che forse le avrebbe cambiato la vita rendendola irrimediabilmente un inferno.

Ma una parte della sua mente continuava a danzare intorno all'omicidio dei due ragazzi, e si chiedeva cosa gli stesse sfuggendo, quale particolare non fosse riuscito a mettere nella giusta evidenza.

Perché c'era qualcosa, ne era certo. Qualcosa che aveva visto ma non ancora emerso nella corretta dimensione. Se ne stava lí, appena sotto il livello di coscienza; e avrebbe potuto non emergere mai, facendogli perdere la via giusta, che era sempre la piú semplice.

Un fulmine che scarica a mare. Cosí aveva detto la signora Oliviero dell'incontro fra due ragazzi. Il sorriso di lui, la gentilezza di lei. I padri, uno morto da antifascista, l'altro che usava la figlia come una soluzione alla probabile rovina; le madri, una demente e troppo lontana, l'altra silente e paurosa e troppo vicina. Ricordò quella schiena, il rimestare la pentola senza mai dire una parola.

E ricordò la sagoma di quella ragazzina, che si rifugiava dietro la casa e non si faceva vedere; ma che andava a dire a Concetta della sorella, e di fatto la costringeva ad avviare il processo di riconoscimento. Un fulmine che scaricava a mare.

Una voce sussurrò alle sue spalle:

– Un soldino per i vostri pensieri, commissario.

Si fermò di scatto. Era a cento metri da casa, la strada era deserta. Vide un'automobile scura procedere lenta dall'altra parte della via.

La voce continuò, con lo stesso tono.

– Continuate a camminare, tranquillo. Avete solo incontrato una conoscenza. Una vecchia conoscenza, a dire il vero.

Pivani lo affiancò. Gli arrivava alla spalla, il cappello a tesa larga che dava ombra al viso, il soprabito col bavero sollevato. Disse, colloquiale:

– Certo che le sere di aprile in questa città sono proprio pericolose, non credete? Dopo una giornata calda riescono a diventare frizzanti. Meglio non scoprirsi.

– Io sono di montagna, mi sembra sempre caldo qui. E quanto a non scoprirsi, siete voi a essere abituato. Non io.

Pivani ridacchiò.

– Ho sempre apprezzato la vostra ironia nera, commissario Ricciardi di Malomonte. Non è facile, essendo uno che sorride cosí poco. Siete diventato insolitamente puntuale, da ultimo. I rapporti mi dicono di un rispetto degli orari di lavoro che prima non avevate.

– Mi lusingate, Pivani. Crederò di essere molto importante, se mi fate pensare che io sia sotto la vostra sorveglianza.

Da sotto il cappello venne uno sbuffo.

– Oh, ma non solo voi. Tutti i funzionari di polizia, da un certo grado in su, sono oggetto di sorveglianza. Anche per la vostra incolumità, non possiamo permetterci di perdere gente valida. Ma non sono qui per ragioni di servizio. Vi dovevo delle informazioni, ricordate?

Il commissario ingentilí il tono.

– Non mi dovete niente, Pivani. Sono io ad avervi chiesto una cortesia, per poter indirizzare le mie indagini. E per…

– E per sapere se ciò di cui è convinto il vostro amico, il dottor Modo, risponde a verità.

Ricciardi si fermò.

– Pivani, io non ho parlato di Bruno, e non voglio che entri nei nostri discorsi. Immagino sappiate, e altrimenti ve lo dico io, che ho sempre scoraggiato ogni sua manifestazione di idee politiche. So che questi sono tempi… difficili, anche per chi ha un pensiero non conforme al generale consenso. E lui ha i precedenti che sappiamo, purtroppo. Quindi vorrei poter parlare con voi senza che il suo nome venga a galla. Possiamo, per favore?

– Ma davvero pensate che non sappiamo che è stato il dottore a dirvi che l'omicidio di Parodi era opera nostra, o comunque commissionato al partito? Vi prego, commissario: ce lo siamo detti l'ultima volta: tutto, ma non le prese in giro.

– E allora, per favore, non pretendete che io metta nei guai il mio amico. Se avete qualcosa da dirmi, che possa aiutarmi a scoprire un assassino, vi ringrazio; ma senza che vengano coinvolte altre persone.

– Ah, ma vengono sempre coinvolte altre persone. Provate a guardare questa città, magari dall'alto, da una di queste meravigliose colline da cui si vede il mare, la montagna e tutto il reticolo di strade e vicoli. Voi vedete persone: io vedo una rete. Un intricato groviglio di relazioni, nel bene e nel male. Odio, soprattutto; e un'animale necessità di sopravvivenza. Credetemi, non c'è modo di evitare il coinvolgimento di molti, se non di tutti. Magari fosse possibile.

– Mi dispiace per voi, se vedete solo questo. Ci sono anche altri sentimenti, e l'amicizia è tra questi. Adesso, se non vi dispiace, vorrei sapere cosa avete da dirmi.

Pivani non sembrò rilevare la scortesia.

– Certo, dovete tornare dalla vostra bambina, lo capisco. E spero che stia bene e cresca felice. I bambini lo meritano, anche se noi adulti facciamo di tutto per rovinargli il mondo. Vi dirò quello che ho trovato, e ci metterò pochissimo.

Ricominciò a passeggiare. La macchina dall'altra parte della strada si rimise in cammino, mantenendo la distanza.

– Dunque: non siamo stati noi. Questo ve lo dico subito. Per onestà devo circoscrivere il concetto: non c'è stato alcun ordine, a nessun livello, che prevedesse quest'azione contro l'ufficiale.

– Perché questa specificazione, Pivani?

– Perché non è stata una verifica da poco. Al contrario di quanto potete pensare, a operare sul territorio sono diverse strutture che rispondono a molte figure, qui e a Roma. Non c'è una precisa divisione delle competenze, purtroppo, e questo a volte rende il mio lavoro assai difficile. Ecco perché ci sono voluti giorni, e ora posso dirvi che non c'è stato nessun incarico in quel senso.

– Mi state dicendo che non può essere stato un omicidio politico?

Il viso di Pivani era parzialmente illuminato dalla luce di un lampione, per cui si vide la smorfia di incertezza.

– In linea di massima sí, è cosí. Ma la verità è che non si può escludere qualcosa di individuale. Vedete, Ricciardi, l'attività di… postino che svolgeva il buon Parodi era nota. Si sapeva che raccoglieva i messaggi, e si sapeva a chi li consegnava. Non si era ritenuto di fermarlo perché i prigionieri che si avvalevano di questo, chiamiamolo, servizio non erano ritenuti pericolosi, e in fondo serviva a tenerli buoni, e a tenere tranquille le famiglie. Ma quest'attività poteva essere comunque pericolosa, soprattutto per lui.

– In che senso, pericolosa?

– Anche se vi sembra strano, Ricciardi, ci sono molte persone disposte a tutto pur di compiacere il partito. Scoprire che Parodi svolgeva un'attività manifestamente antifascista poteva dar luogo a una reazione, anche violenta. Lui peraltro era seguito con attenzione dalla struttura di Genova omologa alla nostra, il defunto padre era andato incontro a una brutta sorte proprio per questo, lí sono ancora piú virulenti. Quindi non posso, in coscienza, escludere che qualcuno abbia agito su tali basi. Ma non credo, però.

– Perché?

– Perché lo avrebbero rivendicato. Che senso ha fare qualcosa se non se ne trae beneficio?

Ricciardi concordava. Aveva senso.

– Vi saluto, commissario. Mi piacerebbe tanto unirmi a voi e al dottore, in una delle vostre serate in trattoria. Forse troveremmo molte piú cose in comune di quanto pensiamo. Ma immagino che non si potrà mai –. Fece un cenno del capo e la macchina nera si avvicinò, come un animale ammaestrato. – Cercate di fargli capire che non ci sfugge nulla, delle sue frequentazioni e delle sue amicizie. Uno di loro è stato portato via proprio in questi giorni, esagerava col proselitismo, diciamo cosí. Lui, il dottore, è attento di recente. Ma è appeso a un filo. Come tutti noi, del resto.

Inaspettatamente tese la mano, e Ricciardi, dopo un attimo di esitazione, gliela strinse. Era fredda, sottile e ferma. Il commissario sentí la forma dell'anello che Pivani portava al dito.

E all'improvviso ogni cosa andò al suo posto.

XLIV.

Non che avesse grandi speranze, il brigadiere Maione. Né l'ora ormai tarda e la salita ripida agevolavano l'ottimismo, peraltro ai minimi storici dopo gli eventi recenti.

Ma non si sarebbe mai perdonato una resa senza quell'ultimo, disperato tentativo.

Benedetta non era riemersa dalla cameretta. Maria era rimasta a presidio della sorella per tutto il tempo, e negli occhi continuava a luccicare la lucida determinazione a ribadire – a forza di calci negli stinchi – che avrebbe difeso l'unità familiare a ogni costo, punizioni scolastiche incluse.

Lucia era venuta a letto e si era rannicchiata nel suo lato, dando le spalle al marito. Nessuna buonanotte, tantomeno un bacio di saluto. Lui si era rigirato come una cotoletta, tormentato da rimorsi, timori per il futuro e soprattutto da una fame spaventosa. Alla fine si era alzato, e aveva incontrato proprio Benedetta, gli occhi gonfi di pianto e di stanchezza, che andava in bagno.

Non gli aveva detto niente. Lo aveva abbracciato fortissimo, aveva detto *papà, papà mio*; lui non aveva saputo che cosa dire. Poi la mano di Maria era spuntata dalla porta della stanza, aveva abbrancato il braccio della sorella e l'aveva trascinata all'interno.

La giornata successiva era stata un inferno, per il brigadiere. L'indagine non proseguiva come avrebbe dovuto, e il cadavere di quella povera ragazza abbandonata dalla famiglia gli faceva sembrare la vita un inutile spreco. Perdipiú il tempo correva, e c'era il concreto rischio di dover accompagnare Benedetta verso la sua nuova vita strappandola a Lucia, Maria e i fratelli. Avrebbe dovuto essere il carnefice, e sapeva che non gli sarebbe mai stato perdonato. Lui, che amava quella bambina piú di sé stesso; lui, che l'aveva voluta in casa; lui, che mai avrebbe rinunciato a lei.

E tuttavia non vedeva soluzioni, tranne quella carta assurda che stava andando a giocarsi in cima al dedalo dei Quartieri Spagnoli. Non lo faceva volentieri; e da qualche tempo non aveva notizie dell'ambiguo abitante dell'appartamento all'ultimo piano dell'ultima palazzina dell'ultima traversa dell'ultimo vicolo, dopo l'ultima rampa e l'ultimo sconnesso gradino che non mancava di strappargli un'ultima imprecazione, che valeva come bussare alla porta. Ma se c'era qualcuno che poteva consigliargli una qualsiasi via di fuga, quello era Bambinella.

Non erano tempi facili per i *femminielli*. In molti erano stati portati via, altri avevano mutato in fretta i propri costumi. Al di là della lotta contro l'omosessualità a fini morali, il regime cercava di migliorare l'immagine pubblica del paese, e la colorata, estroversa, rumorosa presenza di quei personaggi cosí radicati nella tradizione non piaceva alle alte sfere. Per cui non solo non se ne vedevano per strada, ma era difficile incrociarne anche nei sordidi appartamenti in cui provavano a esercitare la prostituzione, bersagliati dalle denunce di perbenisti e delatori.

Bambinella, però, aveva continuato la sua vita senza sostanziali alterazioni, pur non essendo la discrezione tra le sue qualità migliori. Maione, e molti altri con lui, sospettava che nella sua selezionata clientela ci fossero personaggi importanti; e aveva sentito sussurrare che uno di questi fosse appunto un gerarca fascista ai massimi livelli.

Come che fosse, il *femminiello* stava attento a proteggersi. Limitava le sortite all'esterno e rimaneva nel quartiere, protetto dalla comune benevolenza. Era una risorsa per tutti, altruista e gentile com'era, e nessuno lo voleva perdere.

Nemmeno sapeva bene perché ci andava, Maione. Ma quell'assurdo individuo era diventato un confidente, quasi un amico per lui; e voleva chiedergli come fare a convincere Lucia che era meglio per Benedetta affidarla ai Garofalo. Nessuno capiva le donne come Bambinella: magari sapeva consigliargli come avrebbe dovuto prendere la figlia, anche solo per rasserenarla.

La porta era chiusa. Strano, in genere c'era sempre uno spiraglio. Maione bussò, cercando di non fare troppo rumore: lo aveva sempre messo a disagio, arrivare fin là. L'idea che qualcuno potesse pensare che fosse un cliente lo avviliva.

La porta si spalancò di botto su uno spettacolo incredibile.

Sulla soglia c'era un essere spaventoso. Il metro e ottanta di naturale dotazione, incrementato da due scarpe su misura, perché un tacco 12 numero 46 non era reperibile sul mercato, soprattutto se in pelle rossa, oscurava il pianerottolo. Ma non era questo lo spettacolo incredibile: Bambinella esibiva due lunghe trecce nere e una vaporosa veste di velo bianca e azzurra, le maniche a sbuffo in stile medioevale, una coroncina di finte perle in testa e una mantellina in raso sulle spalle. Il trucco, piú pesante del solito, dava l'idea di una bambola di porcellana mal dipinta. Il sorriso si apriva sulla dentatura equina, e l'effetto generale era inquinato dalla fitta peluria che ricopriva il dorso delle mani e gli avambracci, cosí come il torace visibile dalla *guêpière* rossa.

Maione, che pure era abituato a qualsiasi cosa, restò a bocca aperta. Bambinella disse, a occhi chiusi:

– Trafiggimi con la tua freccia, mio Robin!

Il brigadiere si riscosse.

– Un calcio nel sedere va bene lo stesso? Non ho portato l'arco.

Bambinella aprí le palpebre, sorpresa.

– Uh, brigadie', ma siete voi? Che bello, non vi aspettavo! Prego, prego, accomodatevi! Quanto tempo è che non ci vediamo?

Maione lanciò un'occhiata dietro di sé, nel timore di essere stato visto.

– Troppo poco, Bambine'. Troppo poco, credimi. Tu hai il potere di farmi pentire di essere venuto non appena arrivo, prima ancora che parli. Ma come ti sei combinato, si può sapere?

Il *femminiello* rise, col solito, breve nitrito.

– Ah, questo? No, è uno scherzo con un mio clien... amico, che sto aspettando. Siamo tutti e due appassionati della pellicola *La leggenda di Robin Hood*, non so quante volte l'abbiamo vista al *Cariati*, qua vicino. Non vedete che sono uguale identica a Olivia de Havilland che fa Lady Marianna? Ora, siccome lui assomiglia tale e quale a Errol Flynn, facciamo questo gioco a mascherarci. Mo' se lo aspettate lo vedete, se è identico. Vi faccio un surrogato, che dite?

Maione non riusciva a distogliere gli occhi dalle trecce. Sembravano vere.

– No, no, grazie. Anzi, se aspetti questo tuo amico, è meglio che me ne vado. Tanto non ha senso venire a chiedere un consiglio, la situazione non si può risolvere.

Bambinella si sedette vezzosa, allineando le lunghe gambe e mettendo in mostra altra peluria.

– Non sia mai detto, brigadie'. Ormai siete arrivato fin qua, e siccome so quanto vi pesa la salita non ve ne faccio andare se non mi dite come mai siete venuto. E poi lo sapete: per me l'amicizia viene prima del... del resto.

Maione sospirò.

– E va bene, ma facciamo in fretta. Dunque, qualche giorno fa…

Bambinella conosceva la storia della famiglia Maione, cosí come l'evoluzione dell'affidamento di Benedetta. Era stata testimone della disgrazia che aveva coinvolto i genitori della bambina, aveva avuto perfino un ruolo nell'assunzione delle informazioni che erano servite a risolvere il caso. Quindi Maione poté dare per scontato il lungo antefatto e venne subito al punto.

Mentre parlava, si accorse che negli occhi del *femminiello* si accendeva una luce sinistra. Quell'espressione non gli piacque affatto.

– Ti stai divertendo, Bambine'? No, perché se credi di potermi sfottere per questa disgrazia, io ti faccio volare dal balcone. Cosí invece di Lady Marianna fai l'Angelo azzurro.

– Sí, brigadie', mi sto divertendo. Ma non per quello che pensate voi. Continuate, prego.

Appena l'uomo giunse in fondo, Bambinella cominciò a ridere. Prima piano, poi sempre piú forte, fino a doversi asciugare le lacrime. Maione restò allibito, dopo si arrabbiò, infine allungò le mani sul collo di Lady Marianna, determinato a strozzarla.

Bambinella si divincolò.

– No, scusatemi, brigadie', ma la gente ha davvero una faccia tosta incredibile. Statemi a sentire, ché vi racconto una bella storia.

E iniziò a parlare.

Quando concluse, Maione fece una cosa che non ricordava di aver mai fatto: si alzò e l'abbracciò forte.

Poi si avviò di corsa verso la porta, l'aprí e si trovò di fronte a un ometto alto sí e no un metro e mezzo, panciuto e rubizzo, il paltò sul braccio, che esibiva un costume verde con due bottoni aperti sul ventre perché troppo stretto.

In testa aveva un cappello con una piuma, e in mano un arco giocattolo con una freccia di bambú. Un paio di baffetti sottili e un accenno di pizzetto erano l'unica cosa al mondo che poteva vagamente ricordare Errol Flynn.

Il sorriso ebete sul viso dell'ometto appassí all'istante quando invece della sua Marianna scoprí davanti a sé tre metri cubi di brigadiere di polizia.

In altri momenti Maione lo avrebbe preso a calci. In quello, lo scavalcò e si lanciò per le scale, verso l'aria aperta.

XLV.

Federico sollevò gli occhi dal foglio e diede un'occhiata a Marta.

La bambina era silenziosa. Aveva come sempre finito i compiti con rapidità, ma invece di giocare al tè si limitava a cullare la principessa Elvira con aria pensosa.

– Mi spieghi che hai, oggi? Hai la febbre, per caso? Quando non faccio rumore coi giocattoli, mia mamma viene sempre a darmi un bacio sulla fronte per sentire se sono caldo.

– No, non ho la febbre. Mi sento bene, anche se non ho fame. Tra poco, appena finisci di fare le C, dobbiamo fare merenda; ma non ho ancora fame.

Federico disse, vantandosi un po':

– Sai che una volta, per la mia febbre, mia mamma ha dovuto chiamare il medico? Pensa che era notte, non si poteva aspettare il giorno dopo. Io ero molto piccolo e non mi ricordo, ma lei me lo ha raccontato un sacco di volte. Mi ha detto che pioveva forte, che io ero assai raffreddato, e che il dottore è venuto, tutto bagnato. Mi ha fatto la siringa!

– La siringa? E che cos'è?

– Non lo sai? È una cosa terribile! Mettono un pentolino sul fuoco con l'acqua dentro, e questa cosa di vetro con un ago enorme. E poi mettono una medicina nella bottiglina di vetro e ti infilano l'ago nel sedere, e mettono la medicina nel tuo corpo. Cosí la medicina si mangia la malattia. Però brucia moltissimo!

Marta non poteva crederci.

– Io per fortuna non l'ho mai fatta. Quando mi viene la febbre Nelide mi dà uno sciroppo e mi mette i bendaggi imbevuti di aceto rosso sui polpacci. Mi passa subito.

Federico ci pensò, poi ritenne superato il problema e disse:

– Ma allora, se non hai la febbre, che hai?

La piccola si strinse nelle spalle e prese a pettinare con le mani i capelli di Elvira.

– Non lo so. Sono un po' triste. Perché sento che sono tristi tutti, e mi dispiace.

– Tutti chi?

– Ieri sono uscita con il nonno. Parliamo tanto, ma stiamo anche zitti. È bello, mi piace: io capisco lui, e lui capisce me. Ma ieri aveva brutti pensieri. C'entrava la mia mamma, ma anche altre cose che non capisco.

– Quali altre cose?

– Mi sembrava che avesse paura. Per lui, per me; ma anche per la nonna.

– E perché non glielo hai chiesto?

– Perché se ne parla si sente pure peggio. E poi dice: tu sei piccola, devi ridere.

Federico rifletté.

– I grandi fanno cosí, certe volte. La sera mia mamma, per esempio, in certi giorni piange. Si gira verso il muro, o va in bagno, e piange. Io capisco che non si vuole far vedere da me, e allora faccio finta di non accorgermi: ma lo so che sta piangendo. Secondo me, se non ci vogliono dire le cose, peggio per loro.

Marta riprese a parlare, sempre guardando la principessa Elvira.

– E poi c'è un'altra cosa, del mio papà. Ha detto che dobbiamo uscire, domani.

– E non sei contenta? Tu sei sempre contenta, di stare col tuo papà. E ti capisco, piacerebbe tanto anche a me.

– Non stavolta. Me l'ha detto che aveva gli occhi addolorati. Non è una cosa bella, lo sento.

– Ma di che ti preoccupi? Se sei col tuo papà non può succederti niente.

– Sí, sí, questo lo so. Ma non vorrei che fosse triste lui. Anche questo certe volte succede, e c'entra la mia mamma. E anche qualcosa di brutto.

Federico masticò la matita.:

– Sai, Marta: sono proprio contento di essere amico tuo. Tu sei l'unica che mi ascolta.

– Grazie, ma non è vero. Anche la tua mamma ti ascolta, mica solo io!

– No, no. Mia mamma mi capisce, è vero. Ma non mi ascolta. Tu sí. Per fortuna che ci sei, Marta. Per fortuna.

Marta sorrise. Poi disse:

– Senti, facciamo che ti metti sulla porta e controlli se arriva qualcuno. Io finisco la tua paginetta di C, cosí possiamo andare a fare merenda. Ci è venuta fame, a me e alla principessa Elvira!

XLVI.

Nunziatina li aspettava, e alla fine vennero.

Non sapeva quando sarebbero arrivati, e tutto sommato neanche era certa che venissero cosí presto: ma la ragazza aveva pensato che non era possibile che non capissero prima o poi, anche se non si poteva dire chiaro e tondo quello che era successo.

Quando aveva sentito quello che i fratelli avevano detto, e la conferma del padre e il silenzio della madre, si era resa conto che l'unico modo che aveva era la signora Concetta. Lei sapeva qualcosa, anche se non sapeva tutto, e lo poteva dire. Aveva coraggio, la signora Concetta; e aveva già perduto tutto quello che c'era da perdere.

Anche Nunziatina aveva perduto tutto quello che poteva perdere. Perché Teresa non l'avrebbe portata piú via all'alba, come le aveva promesso, sulla nave nel mare immenso, a vivere una vita nuova senza che le dicessero animale, senza che la prendessero a calci. E nemmeno le avrebbe piú letto le favole, perché aveva imparato a leggere di nascosto e la signora Concetta le regalava i libri.

Per questo era andata da lei, e le aveva detto le cose come stavano. E la signora Concetta le aveva detto va bene, chiamo il mio amico carabiniere e gli dico che il corpo è quello di Teresa; ma il resto lo devono capire da soli, altrimenti scannano pure me, anche se nemmeno mi importa tanto sono morta già, ma se la cavano alla fine.

C'era un altro modo, però. C'era un'altra cosa che Nunziatina poteva fare.

E Nunziatina aveva cercato in casa, quando loro erano sulla spiaggia a caricare la merce. E aveva trovato quello che doveva trovare. Lo aveva portato alla signora Concetta e lei aveva chiamato di nuovo il suo amico carabiniere.

Adesso però stavano arrivando, e c'era un altro pezzo di lavoro da eseguire. Per cui andò di corsa sul retro della casa, vicino alla parete, e si mise in attesa. C'erano i due dell'altra volta e sei guardie, bene, vuol dire che avevano capito.

Uno dei fratelli, Giuseppe, li vide e provò a scappare, ma una guardia gli fece lo sgambetto e lo fece cadere. Lo portò dentro, dove c'erano gli altri.

Ricciardi affrontò subito Costantino, il maggiore, che stava mangiando.

– Imperato, partiamo da un presupposto: io so che siete stati voi. Nessuno conosceva vostra sorella a San Giovanni, per questo incontrava lí l'ufficiale, Parodi. Ho fatto fare delle ricerche al posto di guardia e mi risulta che voi siate in rapporti commerciali, per merce di provenienza dubbia, con un grossista che ha il magazzino proprio di fianco al portone dove c'è il giardino in cui i due sono stati uccisi.

Costantino faceva girare lo sguardo sui fratelli e sul padre, intimandogli di tacere. Avrebbe risposto solo lui.

– E questo che significa, commissa'? Se anche fosse, ed è tutto da provare, io a quella puttana di mia sorella non l'ho vista. Né io, né i miei fratelli.

– Io credo di sí. Ma ammettiamo pure che sia vero quello che dite. Eravate voi ad avere interesse a che vostra sorella sposasse il figlio di Ascione, il proprietario del terreno grande a monte di questo. Era l'unica maniera di salvare la famiglia, piena di debiti. Sarebbe stata una tragedia, se non l'avesse fatto.

Costantino ostentava indifferenza, tanto che era rimasto col cucchiaio in mano.

– È vero, e chi lo nega? Ma certi affari si potevano fare lo stesso, pure se mia sorella se ne andava con quello. Certo non ci mettevamo a fare questa cosa, no? E comunque vi ripeto, commissa', noi non c'entriamo.

Maione si rivolse al padre e alla madre.

– Una figlia. Avete condannato a morte una figlia. Sangue del sangue vostro, che avete cresciuto e che avete allattato. Io non me lo riesco a immaginare, un delitto peggiore.

Il padre disse, stridulo:

– Era una disonorata, una *zoccola* da quattro soldi. Si meritava quello che ha avuto. E non siamo stati noi.

Costantino disse, brusco:

– Statevi zitto, papà. Fate parlare a me.

Ricciardi fece una smorfia di fastidio.

– Secondo me è meglio per voi se tacete, invece: avete appena detto una cosa che non potevate sapere, che vostra sorella voleva andarsene.

L'uomo arrossí.

– Io... me l'aveva detto lei, quando le ho chiesto la ragione per cui non si era fatta trovare da Carlo, il fidanzato. Mi ha detto: rassegnati, io me ne vado.

– E cosí ha firmato la sua condanna. E voi l'avete uccisa, insieme ad Ascione.

Costantino rise, di una risata priva di allegria.

– Non avete uno straccio di prova, commissa'. Anzi, sapete che vi dico? Andatevene da casa mia, qui non siete gradito.

Maione si avvicinò e gli mollò uno schiaffo di potenza tale da farlo cadere con tutta la sedia. Il fratello Giuseppe mosse un passo in avanti e Camarda, la guardia che gli stava dietro, lo colpí con un manganello nell'incavo del ginocchio, abbattendolo.

Ricciardi prese qualcosa dalla tasca del soprabito.

– Ecco la prova. Il portafoglio coi documenti di Parodi, che tenevate sotto il vostro materasso. L'abbiamo appena trovato.

L'uomo strabuzzò gli occhi.

– Com'è possibile? Non siete andati di sopra, e... – Un lampo di consapevolezza gli attraversò lo sguardo. – L'animale. È stata quell'animale di Nunziatina. Ve l'ha dato lei, è vero? Quella cagna di merda.

Ricciardi guardò verso la parete, dove la prima volta aveva visto sparire la sagoma della ragazzina. La stessa che l'aspettava all'uscita della casa di Concetta, la sera prima, e che era corsa via senza dire niente. Ma che aveva detto a Scognamiglio che il portafoglio era nelle mani del fratello, e che un anello era al dito di un altro uomo.

– No, no, Imperato. Lo abbiamo trovato noi, ci sono sei guardie e un brigadiere disposti a confermarlo. Cosí come un maresciallo e quattro carabinieri, in questo momento, sono disposti a confermare che al dito di Ascione Carlo c'è un anello d'oro appartenuto al povero Parodi, e prima di lui a suo padre. Come si vede bene in una fotografia che è nella sua cabina sulla nave *Rosanna*, che acquisiremo come ulteriore prova.

Nel silenzio attonito che seguí, la madre si mosse. Attraversò lentamente la stanza, si avvicinò al figlio maggiore e gli sputò in faccia. Poi si avvicinò al marito e sputò in faccia anche a lui. Quando prese un coltello dalla credenza e cercò di scagliarsi sul padre di Teresa, Maione la fermò.

– È troppo tardi, signo'.

Nunziatina emerse dal suo nascondiglio quando stavano portando via i fratelli. Si avvicinò a Ricciardi, senza dire niente. Il commissario la guardò in viso e non vide traccia di dolore, né di soddisfazione.

– Hai fatto la cosa giusta, sai. Non te ne pentire mai.

– Mi pento, invece. Ce ne dovevamo andare prima, io e Teresa. Questo non è un posto per chi sa leggere le favole.

Ricciardi non capí quello che voleva dire, ma in fondo, pensò, non si capisce mai del tutto quando si tratta di un delitto come quello.

E ancora una volta non c'era nessuna soddisfazione nemmeno in lui, perché non c'è niente di consolatorio nel trovare un colpevole.

Pensò alla ragazza, che da morta chiedeva perdono al suo amore. Aveva immaginato che lo chiedesse al fidanzato che l'aveva colta in flagranza di tradimento, il che lo aveva spinto a pensare ad Ascione quando Concetta gli aveva raccontato della promessa di matrimonio; adesso capiva che invece chiedeva perdono a Parodi, il suo amore vero, ammazzato per colpa sua.

'E ccerase, aprile è 'o mese, diceva la canzone.

Le ciliegie.

E aprile, il mese che finge bellezza e bontà, ma che ha un coltello nascosto dietro il sorriso.

Chissà chi aveva materialmente vibrato i colpi sulla testa di Parodi, e chi aveva sgozzato Teresa. All'improvviso non gli importava.

Gli importava solo di sapere se Marta vedeva i morti. Oppure no.

XLVII.

Pur avendoci pensato migliaia di volte in cinque anni, si rese conto che stava per arrivare impreparato all'evento.

Sapeva che sarebbe stato una domenica, di mattina. E una mattina di sole, in quella primavera, perché tutto fosse inondato di luce e di ottimismo, e perché non ci fosse nessuna nuvola all'orizzonte.

Sapeva che sarebbero stati loro due da soli, anche se la presenza di Nelide a una ventina di metri non era eludibile, e d'altra parte la ragazza cilentana non avrebbe visto altro che la passeggiata di un padre e di una figlia, mano nella mano. Nulla di piú innocuo, nulla di piú terribile.

Sapeva che a nessuno sarebbe sembrato straordinario, prendere aria in un aprile che era tutto una promessa agli occhi innocenti, e tutto una minaccia ai suoi.

Sapeva che avrebbe scelto con cura l'itinerario, un'auto pubblica da casa fino alla grande piazza, poi a piedi sino all'apertura della Villa Nazionale, tra ambulanti che urlavano e musicisti che suonavano e cantanti che cantavano, e donne ben vestite e uomini sorridenti, mendicanti e reduci mutilati che chiedevano la carità.

E soprattutto sapeva che avrebbe individuato il morto giusto, dopo una dolorosa ricerca durata almeno una settimana, che gli aveva lasciato l'anima piena di nuovi graffi ma che avrebbe cautelato un minimo la sua bambina, nel caso fosse stata come lui. Sua madre non aveva avuto la stessa cura, trentacinque anni prima; e lui ancora ne portava gli inguaribili segni.

C'era questa donna, fra i trenta e i quaranta. Era andata di notte su una panchina, in fondo alla Villa, una settimana prima. Si era seduta, aveva aperto una boccetta e l'aveva ingerita. La morte era sopraggiunta piano, e al di là di un po' di bava dalla bocca e degli occhi rivoltati all'insú non c'erano segnali di particolare orrore. Ripeteva: *Ti aspetto, amore. Ti aspetto, amore. Ti aspetto, amore.*

C'era andato appena aveva visto il rapporto della ronda che l'aveva trovata, la mattina dopo. Stava già cominciando a sbiadire, non c'era piú molto tempo, ed era perfetta per la prova: non spaventosa, solo triste.

Avrebbe dovuto sentirsi pronto, ma fin da quando vide Nelide che vestiva la bambina a festa si sentí invece un traditore, un padre che porta la figlia a un inconsapevole sacrificio. Pensò a come doveva essersi sentita la madre, all'epoca: e a come aveva dovuto guardarlo da quel momento. Pregò con tutto il cuore Enrica di accompagnarlo, e di proteggere la bambina e lui stesso. Amore mio, ti prego e ti prego ancora, fa' che sia come te, che abbia solo occhi che vedono il bene; e se devono vedere il male, che sia lo stesso male che possono vedere tutti. Fa' che non debba sopportare la dannazione che sopporta suo padre, il suo maledetto padre.

Cercò di fingere se non allegria almeno serenità. Un paio di volte colse gli occhi di Nelide addosso; la ragazza avvertiva qualcosa, e non si spiegava cosa. Rosa lo aveva fissato nello stesso modo per tutta la vita. La novità, forse, era in una nebulosa percezione di un pericolo per Marta, che c'era in effetti, ma che mai avrebbe saputo spiegarle.

La piccola era bellissima. Una veste gialla che ricordava il sole, una mantellina dello stesso colore a coprirle le spalle, un nastro tra i capelli. Era felice di quella passeggiata, l'aspettava ogni domenica; e quella domenica, in particolare, c'era la Villa con l'orchestrina e lo zucchero filato, e tutti gli altri bambini che correvano e giocavano, e soprattutto il suo bellissimo papà che si dedicava a lei.

Durante il tragitto non smise mai di parlare. Gli raccontava delle lezioni, di zia Bianca, del nonno, del suo amico Federico; e della signora Stromillo, della nonna, dei cugini piú grandi. Un quadro generale che veniva aggiornato ogni sera, prima del meraviglioso momento cuore a cuore sulla poltrona con le luci basse, e la radio che suonava nuove canzoni e vecchi pezzi d'orchestra.

Camminarono mano nella mano, tra la variopinta e rumorosa folla della Villa, gli occhi di Nelide fissi sulla schiena. Si fermarono a prendere lo zucchero filato, nel quale Marta affondò la faccia. Il sole era caldo, e l'odore del mare sapeva d'estate. Aprile affascinava e mentiva, secondo la propria natura.

Man mano che si avvicinavano, il cuore di Ricciardi batteva sempre piú forte. Aveva sempre pensato che il colore degli occhi della bambina fosse un segnale di libertà, ma adesso capiva di essersi illuso; era soltanto un dato ereditario, uno dei mille e mille che esistevano. Marta aveva molto di sua madre, ma anche molto di lui.

Si fermarono davanti alla casina della musica, dove l'orchestra raccoglieva gli applausi entusiasti della folla raccolta ai piedi della piattaforma. Strauss, riconobbe Ricciardi. Valzer, polka. C'era voglia di leggerezza, di allegria. C'era voglia di chiudere il mondo fuori.

Incontrarono almeno due squadre di camicie nere, i fiocchi svolazzanti sui cappelli a tronco di cono. Sorridevano camminando a petto in fuori, gli stivaloni che lasciavano profonde impronte nella terra battuta dei viali. E le ragazze sorridevano di rimando, i bambini salutavano con la mano;

ma non lo facevano con le guardie, che pure vegliavano sulla sicurezza e sulla serenità delle famiglie. Il commissario rilevò questo dato con una punta di fastidio, ma cancellò subito il pensiero. Quello era un giorno diverso. Quel giorno la preoccupazione era un'altra.

Arrivarono nei pressi della panchina. Ricciardi distinse la luminescente figura della donna, seduta col capo reclinato, la bava alla bocca, e percepí il suo triste dolore, *Ti aspetto, amore mio.* Ebbe voglia di prendere Marta in braccio e di tornare indietro, di scappare a gambe levate, di chiudersi nel grembo sicuro di casa e rinunciare per sempre a gettare sulle spalle di lei la stessa croce. Ricordò con chiarezza quello che gli aveva detto Enrica, quando le aveva aperto il cuore manifestandole la sua natura, e la preoccupazione per i figli: *Ci saremo noi, amore. Ci saremo noi, a proteggerli.*

E invece te ne sei andata, disse con la voce del cuore. Te ne sei andata e mi hai lasciato solo a decidere, a provare a proteggerla. E io sono inadeguato, non ho forza sufficiente. Non ce la faccio.

Ma ci doveva provare. Lo sapeva con chiarezza dal momento in cui aveva visto Marta appena nata. Doveva alzare attorno a lei un muro. Le avrebbe parlato, l'avrebbe aiutata a capire. Un po' alla volta. Non com'era stato per lui, che aveva dovuto vedersela da solo: se Marta avesse avuto la sua condanna, l'avrebbero vissuta insieme. Era quello che Enrica aveva voluto dire. Ed era quello che avrebbe fatto.

Si avvicinarono. In quella parte terminale della Villa, distante da musica e bancarelle, la gente era poca. Ricciardi ascoltava Marta dirgli della sua bambola e di quando le avrebbe raccontato della passeggiata, e si chiese cosa stesse vedendo, se quella signora addormentata sulla panchina le fosse palese o non ancora. Se lo sarebbe mai stata.

Giunti alla panchina, disse:

– Non sei stanca, amore mio? Abbiamo fatto un sacco di strada. Vuoi sederti? Cosí ci riposiamo.

La bambina fece un distratto sí con la testa.

Sedettero. La morta, Ricciardi e la bambina. Nelide si fermò, in piedi, a una decina di metri.

La donna invocava il suo amore. Ricciardi pregava Enrica. Marta mangiava il suo zucchero filato, dondolando le gambe che non toccavano terra.

Passò un minuto. Ne passò un altro.

Un ambulante che vendeva semi e nocciole urlò un richiamo, alle loro spalle. Ricciardi sobbalzò, Marta ridacchiò. Ondate di dolore e di malinconia arrivavano all'uomo da sinistra. Aveva la pelle d'oca. La sensazione era impossibile da ignorare, ma per una bambina tutto può essere normale.

Prese fiato.

– Senti qualcosa, amore mio?

– Posso venire in braccio, papà?

Ricciardi rifletté sul significato della richiesta. Voleva aiuto? Voleva sentirsi al sicuro perché percepiva un pericolo? Aveva paura?

Prenderla in braccio significava esporla alla visione. Sottrarle la barriera del suo corpo, l'ultimo diaframma. Avvicinarla alla donna morta.

Di nuovo dovette resistere alla tentazione di scappare con la bambina in braccio. La tensione lo stava uccidendo. Nelide percepí qualcosa e si mosse inquieta.

Ricciardi prese Marta e la fece sedere sulle sue gambe, il volto verso la visione. Ora o mai piú, pensò. Era giunto il momento che da cinque anni gli faceva passare insonne parte di ogni singola notte.

– Posso chiederti una cosa, papà?

La voce tranquilla, ma addolorata.

– Dimmi, piccola mia. Chiedimi tutto quello che vuoi.

– Perché sei triste? Perché non sei contento, papà?

Ricciardi tacque, cercando di capire. Poi chiese:

– Vedi qualcosa, amore mio? Chi c'è, su questa panchina?

– Ci siamo noi, papà. Ci siamo io e te. Come sulla poltrona di casa. Abbracciati, che sentiamo la musica; solo che c'è l'orchestra invece della radio. E allora, me lo dici perché sei triste?

Amore, amore, amore mio. Ti ringrazio. Grazie di averla protetta, grazie di averla liberata.

Grazie di essere esistita, di avermi amato. E di avermi lasciato questo piccolo miracolo profumato, col nastro fra i capelli.

– Non sono triste, amore mio. Sono il papà piú fortunato del mondo, perché ho la bambina piú bella e sana del mondo. Come potrei essere triste?

Marta ridacchiò:

– È vero, non sei piú triste adesso. Mi compri ancora zucchero filato? Ti prometto che lo mangio tutto.

Il sole e il mare luccicarono nell'aria leggera.

Aprile, come sempre, sembrava sincero.

E come sempre, non lo era del tutto.

XLVIII.

Si capí che era successo qualcosa fin dal momento in cui Maione entrò. Maria, che transitava nei paraggi dell'ingresso, alzò gli occhi con aria di sfida e vide qualcosa che le fece correre un brivido lungo la schiena: una scintilla di folle determinazione negli occhi solitamente placidi e benevoli del padre.

Corse da Lucia, mentre Raffaele andava a passo di marcia nella sua stanza. Dopo una breve confabulazione che coinvolse i figli, la donna si affacciò a vedere cosa stava accadendo.

Maione si stava cambiando, in fase di scelta della cravatta giusta.

– Vestiti, Luci'. Dobbiamo uscire.

– Io non vado da nessuna parte, se non…

Maione la fissò con una durezza che lei non ricordava di avergli mai visto.

– Luci', ho detto: vestiti. Non me lo fare ripetere. Hai cinque minuti.

A quel punto Lucia era preoccupata. Si vestí in fretta e fece giusto in tempo a prendere la borsetta, perché Raffaele la trascinò via sbattendo la porta sugli occhi sgranati dei ragazzi.

Camminarono per mezzo chilometro, in silenzio. Raffaele teneva un passo che Lucia faticava ad assecondare. Un paio di volte provò a chiedere spiegazioni, ma non ottenne risposta. Il marito era impenetrabile.

Giunsero in un famoso caffè di via Toledo, Raffaele entrò e si infilò in una saletta interna scambiando un gesto col capocameriere, che si inchinò compunto.

All'interno della saletta non c'era nessuno. Maione sedette e fece segno a Lucia di accomodarsi al suo fianco.

– Senti, Raffae', se pensi che un invito al caffè possa...

L'uomo teneva gli occhi sulla porta.

– Luci', per una volta statti zitta e siediti. E soprattutto, fai parlare me.

Mai, mai era stata trattata cosí dal marito. Piú sorpresa che offesa, si lasciò cadere sulla sedia. Nemmeno due minuti dopo entrò trafelata una coppia. Pur non avendo mai visto quei due, Lucia li riconobbe subito per averne ricevuto decine di descrizioni che combaciavano nella maggior parte dei dettagli.

L'uomo, magro e azzimato, si tolse il cappello.

– Eccoci qua, carissimo brigadiere, siamo accorsi appena ricevuto il vostro biglietto. Ma questa è la signora Lucia, vero? Vostra moglie! Cara, carissima signora, grazie per aver badato in questi anni alla mia nipotina, luce degli occhi miei che...

Maione tagliò corto.

– Sí, sí, e questa, Luci', è la signora Garofalo. È americana. Accomodatevi, Garo', cosí parliamo e ci intendiamo.

La monumentale Janet esibiva un vestito arancione e un cappello verde. La carnagione biancastra e la chioma rossa davano un effetto cromatico che ricordava la bandiera irlandese. Provò a sedersi, ma la misura della sedia la indusse a optare per il divanetto. Allungò una mano guantata verso Lucia, che la guardò come un animale morto e non la sfiorò.

Garofalo disse:

– Allora, immagino che questa sia una riunione organizzativa. Io pensavo cosí: domani manderei un facchino a prendere le cose di Benedetta, che credo non siano poi molte, e le farei portare a Mergellina. Poi andrei a scuola, per confermare che fino alla fine dell'anno scolastico la ragazza può restare dov'è, in fondo mancano solo due mesi, poi l'iscriviamo a...

Maione disse, in tono neutro:

– Garofalo, secondo me invece stiamo correndo un poco troppo. È per questo che vi ho fatto venire fin qua. Dobbiamo parlare.

L'uomo scambiò un'occhiata con la moglie, che fece una smorfia di fastidio.

– Ancora, brigadiere? Io ho avuto l'impressione fin dal nostro primo incontro che ci volevate mettere i bastoni fra le ruote, e questo mi dispiace, perché siete un uomo di legge e dovreste essere il primo a capire che contro il diritto del sangue e quello degli uomini non ci si mette. Questa è una famiglia che dopo essere stata colpita tanto duramente dalla sorte, adesso si riunisce e...

– Ecco, Garofalo. Dite bene: la legge. E avete ragione, io sono un uomo di legge. Per la quale ho il massimo rispetto, mi fate torto se pensate il contrario. Il punto è invece il vostro rapporto con la legge. Non il mio.

– Non capisco, che volete dire? Mettete in dubbio la mia identità? Io sono lo zio di Benedetta, zio di sangue!

– Ah, certo, lo so. Anzi, a questo punto sarebbe peggio se non foste voi, molto peggio. Il problema, anzi i problemi, sono altri. E se me lo consentite, li elencherei.

– Io non ritengo proprio di...

Maione cominciò a enumerare.

– Primo, Benedetta. Il testamento del compianto fratello vostro lascia a Benedetta tutti i suoi beni, che a quanto ho scoperto oggi facendomi una passeggiata all'archivio notarile, e giuro che in questi anni non ci avevo mai pensato, sono piuttosto consistenti, perché oltre alla bella casa di Mergellina dov'è successa la tragedia ci sono anche dei terreni in Irpinia e nel beneventano, una villa a Sorrento e un deposito alla posta. La ragazza ne avrà la piena disponibilità al compimento dei ventun anni. Noi non lo sapevamo. E non sapevamo che l'amministrazione dei suddetti beni, in caso di morte di entrambi i genitori, è affidata a chi ha la sua tutela.

L'uomo aveva cominciato a sviluppare un malsano colorito a chiazze.

– Non… non lo sapevo. E non mi tange, perché per fortuna i miei possedimenti sono…

– Secondo: i vostri possedimenti. E la vostra situazione economica generale. Voi siete povero, Garofalo. Anzi, non siete povero: state inguaiato, in effetti. Siete scappato in America per sfuggire a un plotone di strozzini, che hanno sentito tanta nostalgia di voi e sono tutti felicissimi di avervi visto tornare: e che avete tacitato solo promettendo di ripagarli non appena aveste messo gli artigli sui soldi di Benedetta. E perché questo?

Garofalo non rispose. Sembrava sull'orlo di un travaso di bile, e Lucia pensò che sarebbe morto fulminato di lí a poco.

Maione riprese:

– Perché, punto terzo, ci sta la situazione americana. Voi intanto siete tornato, Garo', perché in America state piú inguaiato di come state qua. Se qua il problema sono gli strozzini, che piú di un bel *mazziatone* non vi possono fare, lí avete fatto una bella serie di reati finanziari, truffe nei confronti dello Stato e di privati, bancarotte fraudolente eccetera, tanto che sulla vostra testa pende un mandato di cattura di dodici pagine. Dodici non è un numero buttato lí a caso, le ho contate. Perché una copia di quel mandato è sulla scrivania mia, vi ricordate? Quella che avete *sconcicato* col vostro bel cappello.

Mentre Garofalo sembrava intagliato nel legno, la moglie aveva avuto una spettacolare metamorfosi. Il volto tondo e serafico si era alterato in un'orribile espressione irata, le mani grassocce si erano chiuse ad artiglio e i denti digrignavano con un udibile stridio.

In un italiano perfettamente comprensibile, dalla vaga inflessione americana ma con molte parole in dialetto della provincia occidentale, cominciò a bassa voce a inveire contro il marito.

– Animale, imbecille, idiota, ti avevo detto che dovevamo restare in America, cambiavamo Stato e nome, bastava trovare un po' di soldi e nemmeno quello sei riuscito a fare, tu e le tue manie di grandezza, deficiente ottuso.

Garofalo imbastí una difesa.

– Io… io sono comunque lo zio di Benedetta, e quello che dite non ha effetto davanti al tribunale italiano. Sono iscritto al partito, e saprò tutelare le mie ragioni in tutte le sedi che…

– Ah, certamente, e chi ve lo impedisce. Io però potrò andare a trovare un mio compare che, guarda caso, lavora al consolato americano. Sono molto efficienti, sapete, beati loro. Noi siamo piú lenti. Una volta saputo nome, cognome e indirizzo, perché per tenere Benedetta voi dovete stare in un indirizzo stabile se no il tribunale ve la leva subito, in cinque minuti vi vengono a prendere e vi portano un'altra volta dall'altra parte dell'oceano. In galera, però.

Garofalo boccheggiò:

– No, certo, io… E che devo fare, brigadie', per contare sulla vostra discrezione? Non possiamo permetterci, la mia signora e io… Si tratta di alcuni disguidi che risolverò di sicuro, ma nel frattempo, ecco, dovremmo ritirarci a… a pensare, ecco, a escogitare una soluzione. Quindi, se mi consentite…

Fece per alzarsi, ma Maione gli prese il braccio in una morsa ferrea. L'uomo squittí e si risedette.

– Allora, la mia discrezione l'otterrete senza problemi firmando questo documento.

Tirò fuori un foglio e una penna dalla tasca della giacca.

– È una rinuncia a ogni pretesa di affidamento o adozione di Benedetta, fino al raggiungimento della sua maggiore età. Una bella firma, e potete andare a pensare a tutte le soluzioni che volete. Io però vi consiglio di non dire a nessuno dove vi ritirate: gli strozzini sono abili a trovare le loro prede.

Garofalo firmò. La moglie si alzò dal divanetto con molta fatica, continuando a schiumare rabbia in dialetto puteolano. Uscirono senza salutare.

Lucia fissava il marito con gli occhi lucidi, poi disse a bassa voce:

– Mamma mia, che uomo ho sposato.

– Fortuna che ogni tanto lo capisci.

XLIX.

Aprile che dà speranze, aprile che ne toglie. Aprile che sussurra parole terribili, con il tono della poesia.

Il vicequestore Angelo Garzo non riusciva a trovare la forza di tornare a casa.

Aveva allontanato Ponte, brusco, quando aveva bussato per la terza volta alla porta dell'ufficio per chiedere come mai il superiore se ne stesse rintanato lí dentro.

La lista gli era arrivata quella mattina. Un evidente errore, di quelli che derivano dall'incuria e dalla superficialità, perché non era in questura ma in prefettura che doveva essere recapitata. E nemmeno l'avevano letta, altrimenti il suo nome sarebbe risaltato con tutta evidenza.

Quella lista lo metteva di fronte a tutta la sua vita. A ciò che aveva avuto, a ciò che riteneva acquisito. A ciò a cui ancora aspirava.

Ma gli dava anche tante spiegazioni. Gli chiariva per esempio per quale motivo non gli era stata assegnata una funzione dirigenziale, anche in una città piú piccola, nonostante la lunga sequenza di successi. E che la parentela con l'ex prefetto, zio della moglie, non solo non era stata un vantaggio, ma anzi una zavorra.

Ora però non era quello il problema. Il problema era quello che sarebbe accaduto. E quello che avrebbe dovuto fare.

Sapeva delle origini di sua moglie. Sapeva di quanto la visibilità che aveva cercato fino all'ossessione adesso si rivelasse un'arma a doppio taglio. Sarebbe bastato mantenere un profilo basso? Sarebbe bastato scomparire dalla scena? Sarebbe bastato chiudere moglie e figli in casa, almeno fino a quando le acque non si fossero calmate?

Continuava da ore a farsi le stesse domande, chiuso in ufficio e con la lista davanti.

Era stato cosí che aveva visto quegli altri nomi.

E all'elenco di domande senza risposta se n'era aggiunta una.

Come avrebbe fatto a dirlo a Ricciardi?

Aprile dall'aria dolce, aprile dal sapore del mare. Aprile del desiderio e delle carezze, aprile che toglie il sonno.

Lucia si stringeva al petto del marito, accoccolata sazia nell'incavo del suo braccio.

– Non ci posso pensare, Raffae'. Ero convinta che tu ti fossi rassegnato, che avessi deciso che Benedetta se ne doveva andare con quella gente. E invece stavi preparando questa strategia!

Maione non era cosí disonesto da prendersi falsi meriti, pure se quella gratificazione era dolcissima.

– No, Luci', è stato un tentativo disperato. Se lo vuoi sapere, io da Bambinella c'ero andato per sapere come fare a tranquillizzarti. E invece da quel diavolo è venuto fuori tutto questo. Bambinella è una miniera inesauribile.

Lucia sorrideva nel buio. Quando Maione pensava si fosse ormai addormentata, disse:

– Adesso però sappiamo che Benedetta è ricca, ricca assai. Che facciamo con tutto quel ben di Dio? I tutori siamo noi, no?

– No, Luci', io ci ho pensato bene. Lasciamo tutto come sta, tanto le case sono affittate e i terreni sono a mezzadria, ho controllato. Non ci sta niente da gestire, e io non voglio toccare un centesimo. Quando la ragazza sarà grande, deciderà lei che fare con quei soldi. Noi stiamo bene cosí.

– Hai ragione, Raffae'. Non ho mai visto una famiglia restare unita, se ci stanno tanti soldi in mezzo. In fondo noi il piatto a tavola lo abbiamo sempre messo, no?

– E che piatto, Luci'. Hai fatto un ragú di ringraziamento che era uno spettacolo, stasera. Un bel festeggiamento.

Lucia lo baciò.

– E chi ti ha detto che abbiamo finito di festeggiare, brigadie'? Vieni qua, ché ti devo dire una cosa importante. Molto importante.

Aprile dei tanti segreti, aprile dei vicoli bui. Aprile che ha bisogno di pace, aprile che ha bisogno d'aiuto.

Ricciardi entrò nel caffè *Uccello*, all'angolo di via Duomo. E stavolta seppe dove andare.

Il dottor Modo alzò il bicchiere verso di lui.

– Ecco Ricciardi, il cavaliere della giustizia. Che lascia liberi i criminali e incarcera la povera gente.

Il commissario restò in piedi.

– Povera gente che uccide due ragazzi innocenti. Che scanna una sorella, e spacca la testa a uno sconosciuto.

Modo lo fissò con gli occhi rossi di vino e di fumo.

– Ah, certo. Ma avresti avuto il coraggio di sbattere dentro un paio di camicie nere, tu? E sei cosí sicuro della tua soluzione, sí? Perché non mi risulta che abbiano confessato, Ascione e i fratelli Imperato. Magari i veri assassini sono alla ricerca di qualche altra testa da spaccare. Come la mia, o la tua.

Ricciardi sedette.

– Ascoltami bene, Bruno, e non chiedermi come conosco queste cose. Quelli lo sanno bene cosa fai tu e cosa fanno i tuoi amici. E sapevano benissimo dei messaggi che Parodi portava avanti e indietro. Vi lasciano fare, perché non ritengono la cosa importante. Capisci? Se foste stati pericolosi, adesso tu non saresti qui. E Parodi, forse, sarebbe in prigione ma ancora vivo.

Modo lo fissò sorpreso.

– Ah, ecco. Vedo che hai preso contatti diretti, che sei diventato organico a questa gente. Vedo che hai rinunciato all'idea di un mondo migliore, se non per te almeno per quella povera bambina che hai generato. Sei un poliziotto, d'altronde.

– Sí, lo sono. E quindi metto in galera chi ammazza, ferisce, rapina, sottrae, maltratta. Senza riguardo per il colore della camicia.

Modo si alzò, barcollando.

– Se ammazzo una persona, il commissario Ricciardi mi mette in galera. Se ne ammazzo mille, e se ne mando mille al confino, il commissario Ricciardi mi rispetta e mi ringrazia per le informazioni che gli elargisco. Perfetto. Paga il conto, grazie: almeno in questo renditi utile a un ex amico.

E se ne andò nella notte.

Aprile delle ricchezze e delle povertà, aprile dei silenzi e delle parole. Aprile della tenerezza, aprile dei bambini.

Bianca era seduta allo scrittoio quando la signora Edna Stromillo chiese timida il permesso di entrare.

– Prego, accomodati pure, carissima. Oggi è giorno di paga, ti stavo aspettando.

La giovane avanzò fino alla parte dell'ampia stanza in cui l'altra stava scrivendo, nel cono di luce di una lampada. Bianca le porse una busta che aveva preparato in precedenza. Edna la soppesò, fingendo che fosse troppo piena per reggerla con una mano.

– Contessa, siete troppo generosa con me. Davvero, non mi merito questo compenso!

– Ma che dici, Edna? Sono i soldi meglio spesi del mio bilancio, credimi. Il lavoro che stai facendo con Marta è meraviglioso, e il padre me ne ringraziava anche ieri. Siamo molto felici di come stai assolvendo al tuo compito.

– No, contessa. La verità è che dovrei pagare io per il privilegio di insegnare a una bambina cosí. Marta è in assoluto la piú pronta, intelligente e sensibile allieva che una maestra possa desiderare: è come se capisse in anticipo ogni idea, ogni nozione una voglia spiegarle. Non faccio nessuna fatica, con lei.

Bianca sembrò piú felice ancora.

– I complimenti alla mia piccola Marta mi fanno piú piacere di quelli fatti a me, lo sai. Grazie, tesoro.

Edna Stromillo aggiunse, dolce:

– E non è solo questo, contessa. Io vi devo ringraziare soprattutto per avermi concesso di tenere con me il mio Federico. Non posso credere ai progressi che sta facendo, per il solo fatto di poter stare cosí vicino a Marta. Non ha piú quelle brutte crisi di nervi, è tranquillo, ha pure ricominciato a mangiare. Anche per questo dovrei pagare io.

La contessa disse, decisa:

– Quel bambino è un tesoro, si vede dalla luce che ha negli occhi. Mi sono affacciata, qualche volta, e ho visto come Marta gli parla. E lui la guarda con attenzione. Come se potesse sentirla.

Edna Stromillo sospirò.

– Sí, ho anch'io questa impressione. Federico non ha il papà ed è sordomuto dalla nascita. Ma Marta si comporta come se potesse parlargli e ascoltarlo.

Bianca sorrise, intenerita.

– Sí. È proprio cosí.

Aprile piovoso, aprile freddo. Aprile che sembra l'autunno. Aprile, dall'altra parte del mondo.

Livia uscí all'aperto, e fu investita da una corrente fredda alla quale il suo corpo tardò ad abituarsi.

Aveva cantato, alla fine. E aveva riscosso un gran successo, applausi scroscianti e lancio di fiori sul palcoscenico.

E altrettanti fiori aveva trovato nel camerino, con biglietti che imploravano un altro sorriso, ma personale, diverso da quelli dispensati dal palcoscenico.

Come ogni sera, d'altronde.

E come ogni sera aveva declinato i numerosi inviti. Come ogni sera sarebbe tornata a casa da sola, avrebbe bevuto una tisana e mangiato qualcosa, poi sarebbe andata a letto.

Sperando di cadere in un sonno senza sogni; sapendo che invece avrebbe sognato, di mare e di primavere che sembravano primavere, di occhi verdi e di speranze. Perché Diego aveva ragione: il suo dolore non era senza futuro.

Il suo dolore era il dolore di un ritorno. Per cantare *Caminito* aveva dovuto recitare, ne era capace, e il musicista le aveva fornito la chiave giusta; ma non era il racconto del suo stesso dolore.

Che assurdo aprile era quello dall'altra parte del mondo.

Sorridendo triste nella notte, Livia pensò che forse aprile, il suo aprile, sarebbe tornato.

Bastava saper aspettare.

Nota.

I versi alle pp. 1, 149, 209 sono tratti dalla canzone *Caminito*. Testo di Gabino Coria Peñaloza e musica di Juan de Dios Filiberto (1926).

Questo libro è stampato su carta contenente fibre certificate FSC®
e con fibre provenienti da altre fonti controllate.

FSC
www.fsc.org
MISTO
Carta da fonti gestite
in maniera responsabile
FSC® C115118

Stampato per conto della Casa editrice Einaudi
presso ELCOGRAF S.p.A. - Stabilimento di Cles (Tn)
nel mese di novembre 2022

C.L. 25423

Edizione — Anno

1 2 3 4 5 6 7 — 2022 2023 2024 2025